Nachmittags und nirgendwo

AF289204

Troy Dust

Nachmittags und nirgendwo

Roman

Text + Umschlagmotive:
Copyright © 2o24 by Troy Dust

Satz+Umschlaggestaltung:
Troy Dust

www.troydust.com

Verlag:
BoD · Books on Demand GmbH, In de Tarpen 42, 22848 Norderstedt

Druck:
Libri Plureos GmbH, Friedensallee 273, 22763 Hamburg

ISBN: 978-3-7597-7578-8

»Du hast aber auch vergessen, daß der denkende Geist eines jeden gleichsam ein Gott und ein Ausfluß der Gottheit ist;«

Marcus Aurelius Antoninus
›Selbstbetrachtungen‹
Zwölftes Buch, 26., Albert Wittstock

Vorspiel

B i r r g h s   L e e r e

Die Sterne, Galaxien und Cluster waren derart weit entfernt, dass sich ihr Licht so verlor wie die Wärme. Alles und nichts waren in dieser Schwärze vereint, in diesem raum- und zeitlosen Monstrum, aus dessen Schlund es kein Entrinnen gab.

Wo es in *Bootes Void, Calderas Graben* und *Idex' Klamm* – Ja sogar im *Mahlstrom des Lichts* – immerhin vereinzelte Galaxien gab, füllte *Birrghs Leere* ein Nichts, das sogar den fortschrittlichsten Instrumenten standzuhalten vermochte; selbst ein *Rogue Planet* war in diesen Weiten so selten, dass er letztendlich gar nicht existierte.

Während man die *Voids* erforschte, tauchten die wildesten Spekulationen und Theorien auf, nur um widerlegt zu werden oder aus dem allgemeinen Bewusstsein zu verschwinden. Es gab keine Gärten aus *Dyson-Sphären*, keine hochentwickelten, verborgenen Zivilisationen und keine Übergänge in andere Universen. Es war eine Ödnis ohne Wüste, ein Wahnsinn ohne Gesicht und ein Abgrund ohne Boden.

Die Leere in diesen Räumen wurde jedoch unweigerlich von den furchtbarsten Dingen erfüllt, denn das Fehlen von allem bildete einen perfekten Nährboden für die Phantasie – genau wie die Schatten jenseits eines Lagerfeuers.

Kapitel 1

Der Geist im Nebel

Es war Zeit.

Vilgan saß auf dem Balkon seiner Wohnung und spürte das klamme Polster der alten Couch unter sich. Irgendwo im grauen Dunst, der die Stadt, den Hafen und das Meer verschlungen hatte, hörte er ein Nebelhorn, den Ruf zum Aufbruch.

Er fühlte sich auf eine seltsame Art leicht, fast schwerelos, als wäre er in einem Traum oder gar Teil des Nebels; ein Geist im Nebel, eine untrennbare Einheit. Und da die Sonne noch Stunden benötigen würde, um sich durch das feuchte, kühle Grau zu brennen, konnte er die Gunst der Stunde nutzen und dem Ruf folgen. Er würde nichts weiter sein als eine Silhouette, ein flüchtiger Schatten.

Damit erhob er sich, griff den Rucksack, der neben der Couch am Boden stand, und ging in die Wohnung. Er schloss die Balkontüre, schulterte den Rucksack und schaute noch einmal in jedes Zimmer, nur um sich ein letztes Mal zu vergewissern, dass er nichts zurücklassen würde.

Die Räume waren leer. Weder Möbel noch ein Bild an der Wand. Kein Buch in einer Ecke am Boden, keine Kerze und keine Decke. Er hatte bis auf die Couch auf dem Balkon, die Kleidung an seinem Körper und den spärlichen Inhalt des Rucksacks alles verkauft oder verschenkt, hatte nahezu jeden Vertrag gekündigt und Online-Accounts gelöscht. Selbst auf seinem Bankkonto lag nur noch ein kaum nennenswerter Restbetrag. Mit dem Verlassen der Wohnung würde er sich endlich auflösen und ein wirklicher Geist sein.

Er hatte lediglich darauf verzichtet, den Mietvertrag und die Verträge für die Versorgung mit Strom und Wasser zu kündigen. Ein fixes

Datum für einen Auszug hätte ihm nämlich genau die Freiheit geraubt, die er an seiner Entscheidung so schätzte. Und damit würden diese wenigen Verträge schon bald die einzigen greifbaren Überbleibsel seiner Existenz sein.

In diesem Zusammenhang fragte er sich, wie lange es dauern würde, bis jemand feststellte, dass er nicht mehr hier war. Aber eine potenzielle Antwort hätte für ihn nicht bedeutungsloser sein können. Das Wichtigste war aktuell, den Zug zu erreichen und dem Plan zu folgen, die Stadt zu verlassen und weit in den Norden zu reisen, so tief in das grüne Herz der Wälder, dass es nicht einmal mehr einen Trampelpfad gab, diesen letzten Ausläufer der Zivilisation. Es war ein lautloser Ruf; etwas lockte ihn, und er hatte keine Ahnung, weshalb ausgerechnet in diese entlegenen Regionen.

Vilgan zog die Wohnungstüre hinter sich ins Schloss.

Der Flur des Hochhauses war still.

Er nutzte den Fahrstuhl, in welchem es nach Zigarettenqualm, Urin und blumigem Parfum roch. Die Wände, die Decke und sogar der Boden waren übersät mit Kritzeleien. Unten angekommen warf er seinen Schlüsselbund in den Briefkasten und verließ das Gebäude.

Er hatte kein Smartphone mehr und kein anderes elektronisches Gerät, mit dem er eine Spur hätte hinterlassen können. Zudem verschwendete er keinen Gedanken an Überwachungskameras, denn davon würde es weiter draußen auf dem Lande keine geben, schon gar nicht in den abgelegenen Tiefen der Wälder. Da es für ihn ohnehin ungewöhnlich war, eine solche Reise zu unternehmen, würden die Algorithmen nichts Verwertbares erzeugen können. Und selbst wenn, er hatte den zeitlichen Vorteil auf seiner Seite und so einen Vorsprung, der sein Verschwinden sicherstellte.

Im Laufe der letzten beiden Jahre hatte er sämtliche Kontakte mit immer weniger Aufmerksamkeit bedacht, um alles im Sande verlaufen zu lassen. Er hatte Freunden zunehmend mehr Ausreden geliefert, um sich nicht mit ihnen treffen zu müssen, und hatte E-Mails von Bekannten erst nach Tagen, Wochen und später sogar nach Monaten halbherzig beantwortet, nur um letztendlich weder auf das eine noch das andere zu reagieren. Das waren seine ersten Schritte gewesen, um ein Geist zu werden.

Während er sich zu Fuß auf den Weg zum Bahnhof machte und die feuchte, kühle Luft einsog, spürte er eine Ruhe und Klarheit, wie er sie gefühlt noch nie erfahren hatte.

Und so verschwand Vilgan im Nebel dieses Morgens, ohne dass jemand davon wusste.

Kapitel 2

Die große Isolation

Seine Gedanken wanderten ziellos umher, während er aus dem Fenster des Zugabteils sah und die Welt an ihm vorüberzog. Er dachte an die zersetzte Gesellschaft, die Perspektivlosigkeit, die in jedem Winkel der tristen, mit Müll und Kriminalität gefüllten Städte klebte. Er dachte an die Leute, die ein angebliches Anrecht auf alles besaßen und selbstbestimmt gegen all jene waren, die es wagten, eine abweichende Meinung zu vertreten, die nicht in das Muster aus Schwarz und Weiß passte. Er dachte an die Gehirnwäsche durch die Medien, an den erfolgreichen Verkauf von Lügen und Halbwahrheiten unter dem Deckmantel von Umweltschutz und Verantwortung. Er dachte an große Worte, die nichts enthielten, an das Bestreben, Kinder und Heranwachsende zu formen und sie zu willenlosen Konsumenten zu machen, die nicht bemerkten und nicht bemerken konnten, was um sie herum geschah. Jeder Wunsch war nur einen Tastendruck entfernt, jede Phantasie nur einen Klick. Man sollte zufrieden lächeln, während man immer weiter in den Abgrund getrieben wurde; dumm genug, um nicht zu rebellieren, jedoch schlau genug, um eventuell die eine oder andere Tätigkeit zu verrichten.

Es war alles so sinnlos. Auch diese Gedanken. Und trotzdem saß Vilgan nun hier und ließ all das und noch mehr durch seinen Kopf ziehen, ohne dass sich darin ein Nährwert für sein Hirn finden ließ; und genau diese Tatsache war ein Element der Summe, die ihn letztendlich zu seinem Plan veranlasst hatte. Er musste froh sein, den Irrsinn erkennen zu können. Auf der anderen Seite hatte ihn die Welt aber förmlich gezwungen. Entweder würde er sich auf diese Reise begeben oder er würde verrückt werden.

Natürlich konnte es ihm gleich sein, was um ihn herum geschah, solange es ihn nicht persönlich betraf. Aber er konnte die Ungerechtigkeit, den Schwachsinn und all das dazwischen nicht einfach wegwischen und ignorieren, auch wenn genau das für sein Seelenheil die beste Option gewesen wäre. Aber wie lange hätte er die künstliche Blindheit ertragen können? Wann hätte er so viel Groll in sich angehäuft, um jeden Augenblick explodieren zu können? Nein, die Augen zu verschließen war kein Weg, um mit den Dingen umzugehen. Dieser stille, unbemerkte Rückzug war die richtige Entscheidung. Eventuell handelte es sich dabei um Bestimmung, etwas, das so oder so eingetreten wäre, völlig unabhängig von äußeren Faktoren. Vielleicht war die Welt ja so, um Vilgan den vorherbestimmten Weg zu zeigen und einen gewissen Anreiz zu geben, alles hinter sich zu lassen.

Er konnte sich umschauen, doch nichts vermochte die Leere in ihm zu füllen, eine Leere, die er nicht herausschreien konnte, selbst wenn dabei seine Stimmbänder reißen würden, denn der Knoten in seinen Eingeweiden war zu fest. Er konnte nichts daran ändern und musste aus den Dingen seine Konsequenzen ziehen, denn das war der einzige Weg, um vernünftig damit umzugehen, sich nicht weiter unnötig aufzureiben und Erlösung und Frieden zu finden.

Die Gedanken waren ihm nicht neu, denn sie beschäftigten ihn schon seit vielen Jahren. Neu hingegen war aber die Entschlossenheit, mit der er aus dem Käfig ausbrechen wollte. Endlich hatten die großen und kleinen Hinweise und Sticheleien des Schicksals Früchte getragen und er wusste, dass er nichts von Bedeutung zurückließ. Er würde nichts verpassen und nichts vermissen. An diesem Punkt gab es nur noch ihn und diese Reise, eine Wallfahrt ohne konkretes Ziel – und ohne Wiederkehr.

Die dichte Wolkendecke über der Landschaft wollte nicht aufreißen. Vilgan hatte vielmehr den Eindruck, als würde das Grau zunehmend dunkler werden. Aber vielleicht sanken die Wolken auch nur tiefer, um die Welt zu erdrücken und zu verschlingen, weil auch sie es leid waren, den Irrsinn einfach zu erdulden.

Er atmete tief durch und sah in die Ferne, wo sich alles im Regen und im Nebel verlor.

War er glücklich? Einerseits könnte man argumentieren, dass er es nicht war, eben *weil* er hier in diesem Abteil saß und damit seine Absicht verfolgte. Andererseits hatte dieser Entschluss nicht zwingend etwas damit zu tun, schon gar nicht ausschließlich. Es war mehr Resignation als eine pure Reaktion auf widrige Lebensumstände und emotionale Instabilität. Letztendlich war es wohl eine Mischung aus allem; aber als unglücklich würde er sich keineswegs bezeichnen. Ihm war allerdings bewusst, dass jede Sache, an die er dachte und nach der er sich möglicherweise sogar hin und wieder sehnte, nichts weiter darstellte als eine Ablenkung, eine Unterhaltung, etwas, das den Fokus von seinem Selbst nahm. Aber im gleichen Moment würde er die Kontrolle abgeben, denn die externen Faktoren würden sein Innenleben bestimmen – es wäre eine Illusion, keine Wahrheit.

Vielleicht hatte er auch nur zu viele Werke gelesen, die sich mit stoischer Philosophie befassten, und deshalb den Blick für das Wesentliche verloren. Aber was war das schon? Niemand hatte eine allumfassende Lösung, die ein erfülltes, zufriedenes Leben garantierte. Und wo wären Kunst und Medizin ohne Leid?

Vilgan sah auf seine alte Armbanduhr. Es würde nicht mehr lange dauern, bis er den Bahnhof erreichte, wo er umsteigen musste. Dabei hoffte er, ein ebenfalls leeres Abteil vorzufinden, zumal er die ganze Nacht unterwegs sein würde. Aber er war guter Dinge, denn aus irgendeinem Grund waren die Bahnhöfe, an denen dieser Zug bisher gehalten hatte, beinahe wie ausgestorben; so wie die Straßen, die sich im Dunst jenseits der Fensterscheibe abzeichneten. Und vielleicht bildete er sich das auch nur ein, da er zu lange in der Hektik der Großstadt gelebt hatte, ohne sie wirklich zu verlassen.

Der Zug rollte ratternd dahin, symbolisch für das Leben, das genauso leer war. Leer und bedeutungslos in Anbetracht der Dimensionen und Mächte des Universums. Allerdings war ihm auch klar, dass nicht jeder so denken konnte, denn sonst hätten sich nie irgendwelche Dinge in der Welt bewegt, gleich ob positive oder negative.

Während weitere Gedanken und Ortschaften vorüberzogen, zeigten sich schrittweise hellere Stellen im Grau der Wolken, die sich zaghaft zu kleinen Rissen entwickelten, welche das freundliche Blau des Himmels darüber durchscheinen ließen. Doch so schnell die farblichen Akzente auftauchten, so schnell wurden sie auch wieder verhüllt. Da aber Zahl und Größe wuchsen, bekam die Welt dort draußen langsam ein viel freundlicheres Gesicht. Der Regen ließ nach und irgendwann riss der Wind die letzten Wolkenfetzen auseinander. Was blieb war ein sonniger Tag und das Funkeln der Wassertropfen und nassen Stellen, was allem einen fast magischen Schein verlieh. Vom Asphalt der Straßen und den Dächern der Häuser stieg Dampf auf, der sich schnell verflüchtigte.

Vilgan betrachtete die Felder mit ihren Hainen und kleinen Ortschaften im Hintergrund und spürte dabei eine angenehme, innere Ruhe. Nach einer Weile wanderte sein Blick über die ländliche Gegend, ohne dass er auch nur einen Gedanken hatte; natürlich war ihm das in diesem Moment nicht bewusst.

Und so verstrich die Zeit, während in der Ferne immer wieder das Funkeln des Meeres zu sehen war.

Kapitel 3

Mehrere Stunden des Marschierens hatten Vilgan immer weiter von den letzten Häusern der kleinen Ortschaft weggeführt, die lediglich zweimal am Tag via Bus mit der nächsten Stadt verbunden war. Diese Gegend war derart abgelegen, dass es nicht einmal einen Laden gab. Die Annehmlichkeiten lösten sich so auf wie der Asphalt unter seinen Füßen.

Die Straße war mittlerweile nichts weiter als eine knirschende Ansammlung von Geröll, das längst nicht mehr unter all dem Gras und Moos erkennbar war und sich nur hin und wieder durch Geräusche und das Gefühl unter Vilgans Sohlen bemerkbar machte. Selbst die Bäume hatten die einstige Schneise durchbrochen und aufgelöst. Ob man hier draußen eine weitere Siedlung geplant und das Vorhaben kurz vor dem ersten Spatenstich aufgegeben hatte?

Er besaß ein paar Flaschen Wasser und mehrere Packungen Energieriegel als Verpflegung. Zudem hatte er einen Regenponcho, einen dünnen Schlafsack und eine Unterlegplane in seinem Rucksack. Es ging um den Zweck, nicht um Bequemlichkeit, zumal er nicht einmal wusste, wie weit er in die Wälder vordringen musste, um ihrem Ruf zu dem unbekannten Ziel zu folgen. Er hatte keine Karte und entsprechend keine Ahnung, was ihn im Detail erwartete. Er verließ sich lediglich auf seinen Kompass, um die Richtung gen Norden beizubehalten, und auf das Wissen, das er sich bei der Planung dieser Reise angeeignet hatte. Er wusste, dass der hinter ihm liegende Ort der letzte Außenposten der Zivilisation war, den es hier oben gab. Vor ihm erstreckten sich ausschließlich endlos weite Wälder bis hinauf zur Küste, die laut seinen Recherchen derart schroff war, dass es in all den Jahrhunderten und Jahrtausenden niemand gewagt hatte, dort ein Lager aufzuschlagen, sesshaft zu werden und eine Gemeinde zu gründen.

Während er sich durch das teils hüfthohe Gras kämpfte und hoffte, bald das Unterholz des Waldes zu erreichen und dort etwas besser voranzukommen, begann die Sonne damit, sich langsam dem Horizont zu nähern und immer längere Schatten auf die Gegend zu legen. Er hielt immer wieder kurz inne, lauschte und sah sich um, denn er wusste nicht, was die Leute dachten, die ihn gesehen hatten, und ob ihm jemand folgte. Es dürfte mehr als ungewöhnlich sein, dass sich eine Person an diese Stelle auf der Landkarte verirrte. Aber es hatte keiner nach ihm gerufen, ihn angehalten und Fragen gestellt. Allerdings musste er durchaus damit rechnen, dass sich hier draußen ein Jäger aufhielt, der für ein paar Tage die Wildnis durchstreifte, um genau das Tier zu erlegen, für das sich diese Strapazen lohnten.

Irgendwann realisierte Vilgan, dass er nur noch vereinzelte Vögel in der Ferne hörte. Er war umgeben von dem geheimnisvollen Raunen, dem Flüstern der Baumkronen und dem Rauschen und Rascheln von Gräsern und Büschen; die Zivilisation war verstummt. Zeitgleich zog sich das Grün am Boden immer weiter zurück und schaffte Raum für das schattige Graubraun des Waldes. Zwar lockerten Teppiche aus Moos und Inseln mit Gräsern und bunten Blumen die zunehmend erdrückende Tristesse auf, doch selbst ein Meer aus Farn konnte nicht davon ablenken, dass sich Vilgan in eine Abgeschiedenheit vorwagte, welche selbst die Natur zu meiden schien. Nur die Bäume hielten der Veränderung stand, mit ihren knochigen Wurzeln fest im steinigen Boden verankert.

Er konzentrierte sich vermehrt darauf, einen geeigneten Platz für die Nacht zu finden. Zwar gab es immer wieder abgeknickte und entwurzelte Bäume, die einen gewissen Schutz geboten hätten, doch er war sich sicher, noch etwas Besseres zu finden. Ferner musste er berücksichtigen, dass es hier draußen durchaus Wölfe und andere gefährliche Tiere gab, vor denen er sich definitiv zu einem gewissen Maß während der Nacht schützen musste. Obwohl es sein letzter Weg war, wollte er sich keinesfalls zerfleischen lassen und so unkontrolliert aus dem Leben scheiden.

Ob es Zufall war, ließ sich nicht sagen, als Vilgan etwas Gräuliches zwischen den Baumstämmen ausmachte, das sich nach ein paar Minuten als alte Bushaltestelle entpuppte. Diese bestand aus mehreren riesigen Schachtringen, die übereinandergestapelt und mit einer Betonplatte abgedeckt worden waren. Der Zugang war nichts weiter als ein grober Durchbruch, wobei man die eiserne Bewehrung so weit zurückgearbeitet hatte, dass keine Verletzungsgefahr bestand. Im Inneren befanden sich zwei U-Steine aus Beton als Sitzgelegenheit. Moos hatte sich auf dem von der Witterung an manchen Stellen brüchigen Beton ausgebreitet. Ein paar Pflanzen wuchsen in dem eigenwilligen Bushäuschen. Sie blieben aufgrund des Mangels an Sonnenlicht und Wasser jedoch kümmerlicher als ihre Verwandten außerhalb.

Vilgan betrachtete das verrostete Schild neben der Haltestelle. Die verbliebenen Lacksplitter ließen nur noch eine Ahnung zu, wie es vorher ausgesehen haben mochte, während der laminierte Plan darunter bis zur Unleserlichkeit verblichen war; er hatte sich so aufgelöst wie die Straße. Und nun befand sich dieses ungewöhnliche Häuschen so tief in dem Wald und fernab von allem, dass es wie zufällig platziert wirkte. Möglicherweise war er seit Jahrzehnten die erste Person, die einen Fuß an diese Stelle setzte.

Er umrundete die Schachtringe und entschied, die Gunst der Stunde zu nutzen und hier sein Nachtlager aufzuschlagen. Für Vilgan war es mehr als eine Laune des Glücks, dass er auf das Bushäuschen gestoßen war. Er musste nur ein paar Äste und Zweige heranschaffen, um den Zugang zu sichern, und schon wäre er bereit für eine längere Ruhepause, und das ohne die Sorge, alle Richtungen auf einmal im Auge behalten zu müssen.

Als die Farben des Tages immer mehr verblassten, zog sich Vilgan in den Unterschlupf zurück und verbarrikadierte den Zugang von innen mit größtmöglicher Sorgfalt. Es ging nicht um einen perfekten Schutz. Größere Tiere, die ihm potenziell gefährlich werden konnten, sollten lediglich genügend Lärm verursachen, um ihn aus dem Schlaf zu reißen und ihm die Möglichkeit zu geben, nach dem Ast zu greifen, den er gefunden hatte und welcher sich perfekt als Knüppel eignete.

Es dauerte nicht lange, bis er in eine Zwischenwelt aus Traum und Realität glitt, wo sich Erinnerungen und Phantasie vermischten und Sekunden in seinem Unterschlupf zu Stunden und Tagen in der nicht greifbaren Welt in seinem Kopf wurden.

Er betrachtete die von ihm entworfene und in seinem Wagen installierte Vorrichtung, mit der er dicht auffahrende Autofahrer filmen und das Bildmaterial automatisch analysieren lassen konnte, um dann unter Einberechnung von Brechungswinkeln ein Sperrfeuer aus Laserstrahlen zu entfachen, um die Person am Steuer erblinden zu lassen. Zusätzlich gab es kleine Behälter, die von der hinteren Stoßstange verborgen wurden und in denen sich selbstgebaute Krähenfüße befanden. Auf Knopfdruck öffnete sich der jeweilige Behälter und gab zwischen 7 und 9 Krähenfüße in unterschiedlichen Größen frei, um vom kleinen Fahrzeug bis hin zu den größten Sattelschleppern alles fahruntüchtig zu machen.

Vilgan sah durch den Türspion und betrachtete die zwei Männer, die sich für Mitarbeiter eines Telefonanbieters ausgaben. Er öffnete und begrüßte sie freundlich. Sie erzählten ihm irgendetwas, das ihn nicht interessierte und dem er nicht einmal folgte. Er meinte, er würde sich mit all der neuen Technik nicht auskennen und ob sie eventuell sein

Telefon und seinen Router sehen wollen würden, um sich ein genaueres Bild machen zu können.

Als die Männer in der Wohnung waren, ließ er die Türe hinter ihnen ins Schloss fallen. Zeitgleich schlug er dem Mann, der ihm am nächsten war und welcher mit dem Rücken zu ihm stand, mit dem Hammer, den er die ganze Zeit in der Hand gehalten hatte, auf den Hinterkopf. Er spürte, wie der Knochen nachgab und das Metall in die warme Weichheit des Hirns eindrang.

Während der Mann seltsame Geräusche von sich gab und mit dem Hammer im Kopf zusammenbrach, verrieten die Augen des anderen, dass dieser nicht begriff, was hier eben geschah.

Die Szene wechselte, ehe Vilgan den zweiten Mord beging.

Er saß in einem Büro. Sein Vorgesetzter hinter dem Schreibtisch erzählte vom Erfolg der Firma und dass jeder, sogar Vilgan, Teil dieser herausragenden Leistung war, man aber trotzdem weiterhin alles geben müsse, um nicht das aufgebaute Bewegungsmoment zu verlieren und von der Konkurrenz eingeholt zu werden.

Statt über den Sachverhalt nachzudenken, fragte sich Vilgan, wie der Mann reagieren würde, wenn er sich nun mit einem Teppichmesser die Halsschlagader durchtrennen würde. Wäre sein Chef entsetzt? Oder würde dieser für das nächste Gespräch einfach den Raum wechseln? Lagen in den anderen Büros vielleicht schon seine leblosen Kollegen?

Und wie er all die Zeit über eine Maske tragen und die Fassade aufrechterhalten konnte, verwunderte und entsetzte Vilgan zugleich. Er konnte wirklich jedem ein Schauspiel liefern. Niemand ahnte etwas von seinen Plänen und den Dingen, die in ihm brodelten.

„Ein Mann sollte im Leben ein Gemälde in Öl erschaffen, eine Vision seiner tiefsten Schrecken", sagte der undefinierte Schatten in der Ecke des Zimmers. „Und ein Mann sollte einen anderen töten."

Die Dinge flossen ineinander und Vilgan war sich nicht sicher, wo die Grenze zwischen Wahrheit und Einbildung lag. War er ein Mörder und auf der Flucht? Oder handelte es sich lediglich um Phantasien, die jedem irgendwann einmal durch den Kopf gehen, ohne zwangsläufig eine tiefere Bedeutung zu haben?

Irgendwann hatte er damit begonnen, Menschen als Charaktere zu betrachten, denen er in einem Videospiel begegnete. Die Existenz der meisten Leute hatte keinen Einfluss auf sein Leben. Andere waren unerreichbar, obwohl sie politische Ausrichtungen und wirtschaftliche Aspekte bestimmten und damit aktiven Einfluss auf die gesamte Gesellschaft hatten. Und wieder andere konnten eine positive Wirkung auf sein Leben haben, wenn er ihnen nur wohlwollend begegnete.

Seit er sich mit dieser Herangehensweise an die Geschehnisse in der Welt angefreundet hatte, kam er weitaus besser mit dem alltäglichen Irrsinn zurecht. Das wollte ihm allerdings nicht immer gelingen, denn schließlich war er keine Maschine – und kein Psychopath.

Vor ihm lag ein Tunnel, der sanft in einem Bogen nach unten verlief und sich in der Ferne verlor. Er blickte hinter sich, wo der Tunnel weiter anstieg und ebenfalls kein sichtbares Ende besaß. Die dreckigen Neonröhren an den Wänden legten ein rostiges, schattenloses Licht auf den Beton.

Der Asphalt hatte weder Fahrbahnmarkierungen noch Verfärbungen, die auf eine Benutzung durch Fahrzeuge hingewiesen hätten. Auch sah er keine Bordsteinkanten oder durch Beleuchtung klar hervorgehobene Fluchtwege. Es gab kein einziges Geräusch und nicht den geringsten Lufthauch.

Vilgan fragte sich, wie viele Meter ihn von der Oberfläche trennten. Erhoben sich über dem Gewölbe mächtige Berge? Lag über ihm ein See? Oder gar ein Meer?

Er wusste nicht, wie lang der Tunnel war oder wohin er führte, allerdings stand zugleich fest, dass er nicht einfach hier stehen bleiben und auf ein Wunder hoffen konnte. Also lief er los.

Hinter ihm sangen zahllose Vögel, während vor ihm die Sonne den Horizont in ein flammendes Meer verwandelte. Nur wenige Wolken waren am Himmel zu sehen, doch diese reichten aus, um das Licht helle und dunkle Streifen zeichnen zu lassen. Vor ihm erstreckte sich ein frisch umgepflügter Acker, lehmig, dunkel und feucht. Hier und da hatten sich Pfützen gebildet. Bei genauerer Betrachtung musste Vilgan allerdings feststellen, dass es sich nicht nur um Brocken von aufgerissenem Erdreich handelte, sondern auch um von Dreck verschmutzte Körper, verrenkt, zusammengepresst und sonderbar verdreht, als bestünden sie aus einem elastischen Kunststoff. Er konnte keinerlei Gesichter ausmachen, aber auch keine Hände oder Füße, lediglich Teile, die an Arme, Beine und Torsi erinnerten – und irgendwie an wilde, riesige Wucherungen. Die erkennbaren Elemente sahen menschlich aus, auf den zweiten Blick jedoch völlig fremdartig.

Plötzlich blendete ihn die Sonne und er musste die Augen zusammenkneifen, während die Vögel in den Baumkronen lauter zu singen schienen.

Er folgte einem Trampelpfad durch einen toten Wald. Die dicht stehenden Bäume und Gehölze hatten ihre Rinde abgeworfen und ragten nun wie Knochen zum zunehmend dunkler werdenden Himmel. Er trat zwischen Gras und Moos immer wieder auf Brocken und Schollen aus Asphalt. Die Bäume schienen immer mehr zu werden und stetig näher zu kommen, als würden sie ihn dazu drängen, sich zu beeilen, um möglichst schnell von hier zu verschwinden. Eventuell wussten sie aber auch, dass die Zeit gegen sie selbst arbeitete, weshalb sie alles daran setzen mussten, um ihn nicht entkommen zu lassen.

Vilgan erreichte kurze Zeit später eine Stelle, an der ein zweiter Pfad den seinen kreuzte. Er blieb stehen und sah nach links, wo sich der Weg hinter einer Biegung verlor. Längst standen die Bäume so dicht, dass sich ihre Kronen über dem Pfad durchdrangen und so ein hölzernes Gewölbe bildeten.

Als er nach rechts blickte, erkannte er eine Silhouette im Halbdunkel unter den blattlosen Bäumen und erschrak.

Ehe er reagieren konnte, hörte er Worte, von denen er nicht wusste, ob sie von der Gestalt kamen oder nur in seinem Kopf existierten.

„Du solltest nicht zwischen toten Bäumen sein", sagte die Stimme, der Vilgan kein Geschlecht zuordnen konnte.

Er spürte Panik in sich aufsteigen, obwohl sich der Schatten kein Stück bewegte.

„Dir entrinnen Zeit und Weg."

Ein Druck legte sich auf seine Kehle und es fiel ihm zunehmend schwerer, zu atmen und einen klaren Gedanken zu fassen.

Vilgan öffnete die Augen und brachte damit das Gefühl der Unruhe aus der geträumten Zwischenwelt mit in das Hier und Jetzt. Sein Herz schlug spürbar in der Brust und seine Atemfrequenz war beschleunigt.

Er benötigte einen Moment, bis er realisierte, wo sich die Schwärze befand, in der er zu schweben schien. Dann richtete er sich langsam auf. Der obere, nicht verbarrikadierte Teil des Durchgangs zeichnete sich mittlerweile undeutlich ab.

Die schwach leuchtenden Ziffern seiner Armbanduhr verrieten, dass der Sonnenaufgang noch einige Stunden entfernt war. Er fühlte sich wach und erholt, was in ihm die Frage aufkommen ließ, ob er nicht aufbrechen sollte.

Er lauschte eine Weile, doch abgesehen von dem Ruf eines nacht-aktiven Vogels und dem leisen Raunen der Baumkronen, durch die ein leichter Wind zog, gab es nichts zu hören; kein verdächtiges Knacken im Unterholz, kein erregtes Schnüffeln einer namenlosen Bestie.

Kurze Zeit später marschierte Vilgan wieder durch den Wald, dessen dunkle Konturen sich im Licht des Vollmondes aus der nächtlichen Schwärze schälten. Er kam weitaus besser voran als vermutet und konnte so bereits eine größere Strecke zurücklegen, noch ehe sich das erste Glimmen des anbrechenden Tages am Himmel zeigte. Begleitet wurde er von einem angenehm warmen Wind, der sich beinahe unnatürlich mild für diese Zeit und diesen Ort anfühlte.

Er setzte einen Fuß vor den anderen, mit zunehmender Helligkeit immer entschlossener und sicherer, bis er sich in einer Art Trance befand und nicht bemerkte, wie sich die Umgebung veränderte und die Sonne immer mehr den Himmel eroberte.

Sein Körper war hier in diesem Wald, sein Geist allerdings überall und nirgendwo zugleich.

Und so vergingen die Stunden. Unbemerkt und unaufhaltsam.

Kapitel 4

Vom Verwesen einer Hoffnung

Wie lange marschierte er bereits? Seit wann kämpfte er sich immer wieder durch unwegsames Gelände inmitten dieser Bäume, die zu mehr wurden als Spendern von Sauerstoff und Schatten. Sie wurden zu Beobachtern, zu stillen Begleitern dieser Reise.

Was sollte er eigentlich hier draußen finden? An welchen Ort lockte ihn dieser unbestimmte, innere Drang? Und wo sollte er sich niederlegen, um einzuschlafen und die Welt und all das Chaos hinter sich zu lassen?

Längst konnte er sich bei Anbruch der Abenddämmerung auf eine beliebige Anhöhe stellen und nirgends auch nur ein Licht ausmachen. Er schien bereits derart abgelegene, alte und unsichtbare Pfade zu beschreiten, dass es nicht einmal die Ahnung eines Kondensstreifens am Himmel gab und in der Ferne keine aufsteigenden Säulen aus Dampf und Rauch, die stumm darauf hingewiesen hätten, dass es außer ihm doch noch andere Menschen in diesen grünen Weiten gab.

Vilgan wusste, dass er nicht ewig in die Wälder eintauchen konnte, denn irgendwann würde der letzte Energieriegel verzehrt sein. Wasser stellte dank der zahllosen Bäche und Flüsse, die frisches Wasser aus den Bergen brachten, kein Problem dar. Allerdings wollte er keinesfalls in die Situation geraten, eine Entscheidung treffen zu müssen, weil er Gefahr lief, irgendwo entkräftet zu verenden anstatt aktiven Einfluss auf sein Ende zu haben. Aber was, wenn genau das der Sinn war, der Preis, den es zu zahlen galt? Was, wenn sich die erlösende Ruhe nur am Ende eines erbarmungslosen Leidensweges zeigte? Und was, wenn ihn etwas lediglich in diese Einsamkeit gelockt hatte, um ihn einem letzten Test zu unterziehen?

Er spürte, wie er seine Gedanken immer weniger kontrollieren konnte. Er sah nur Bäume und den Himmel, hörte den Wind und die Vögel und erblickte jene Bewohner des Waldes, die sich ihm zu zeigen gewillt waren. Trotzdem mangelte es an Eindrücken, eventuell auch einfach an der oft verhassten Ablenkung, die klare Gedanken verwässerte und bis zur Unkenntlichkeit verstümmelte. Doch hier in den Wäldern gab es nichts und so konnte er sich lediglich den Dingen in seinem Kopf ergeben und ihrer Dynamik folgen.

Er fragte sich, inwiefern seine Entscheidung für diesen Schritt direkt und indirekt von anderen bestimmt worden war. Sich über andere Menschen aufregen, Dinge in ihr Tun hineininterpretieren, sich von ihren negativen Gedanken anstecken lassen, all das gab ihnen eine Macht über ihn, jene Kontrolle, die er nie hätte aus der Hand geben dürfen. Auf der anderen Seite war da diese unglaubliche Müdigkeit, die selbst 30 Stunden Schlaf nicht hätten auflösen können. Vermutlich wäre es nur eine Frage der Zeit gewesen, bis er sich irgendwann – unter einem anderen Vorwand – doch auf den Weg gemacht hätte. Vielleicht war das alles Bestimmung, ein Schicksal, dem er sich nicht entziehen konnte.

Aber wer kannte schon die Wahrheit? Vielleicht lag die höchste Annäherung an sie irgendwo zwischen den philosophischen Texten längst vergangener Jahrhunderte und den neuesten, angesagten 20-Sekunden-Online-Videos.

Und so verschmolzen die Dinge; seine Schritte und das Raunen der Bäume, Gedanken und Minuten, Bilder in seinen Erinnerungen mit den Stunden, das Licht mit den Schatten und die Wolken mit dem Blau des Himmels.

Etwas irritiert blickte Vilgan hinab auf das Lagerfeuer in der kleinen Grube, um die zusätzlich mit Sorgfalt ein Graben gezogen worden war, wohl aus Mangel an Steinen und Geröll. Daneben lag ein Haufen aus Zweigen und kleinen Ästen. Ein morscher Baumstamm bildete die perfekte Sitzgelegenheit.

Der Einbruch der Nacht würde noch einige Stunden auf sich warten lassen. Allerdings zogen immer dunklere Wolken auf, welche den Schatten des Waldes zu neuer Stärke verhalfen, die sie seit dem Morgengrauen kontinuierlich verloren hatten.

Er schaute sich erneut um, konnte aber niemanden hören oder sehen. Er hatte die Stelle für eine ganze Weile beobachtet, ehe er den Entschluss fassen konnte, sich vorsichtig zu nähern. Hier draußen jemanden anzutreffen war eine Sache, daraus resultierendes Misstrauen eine völlig andere. Wer kam schon freiwillig in diese entlegenen Regionen? Spontan fielen ihm Seelen wie er selbst ein, Leute auf der Suche nach Bodenschätzen – wie etwa Gold – und dann noch jene, die sich fernab der Gesellschaft ein ruhiges, neues Leben aufbauen wollten oder gar mussten. Inwiefern Vilgans Phantasie diese Auswahl an Möglichkeiten diktierte, wusste er nicht. Fest stand allerdings, dass hier jeder auf sich allein gestellt war. Und falls sich hier nicht nur eine Person aufhielt, bedeutete das unweigerlich ein zusätzliches Mehr an Gefahr. Jemand konnte ihn in diesem Augenblick beobachten. Selbst wenn er sofort weiterziehen würde, konnte man ihm nachstellen und einen kurzen Moment der Unachtsamkeit abpassen, um den tödlichen Streich auszuführen. Solange er nicht wusste, was hier vor sich ging, konnte er sich nicht sicher fühlen. Weshalb also das Unausweichliche aufschieben?

Wovor hatte er überhaupt Angst? War er nicht von Anfang an auf einer Einbahnstraße unterwegs, die in einer Sackgasse enden würde? Immerhin war er aufgebrochen mit dem Plan, die Wälder nicht mehr zu verlassen. Gut, es würde im schlimmsten Fall nicht alles zu 100% nach seinen Regeln ablaufen. Aber wäre das wirklich so schrecklich? Er hatte von so vielen Dingen losgelassen. Weshalb also nicht auch von dieser letzten Kontrolle?

Vilgan schaute sich nochmals um und blickte über seine Schulter. Als er sich wieder dem knisternden Feuer zuwandte, näherte sich ein Mann von der gegenüberliegenden Seite.

Ehe Vilgan reagieren konnte, sagte der Mann mit ruhiger Stimme: „Und ich dachte, das Feuer ist nicht weit zu sehen." Er nickte Vilgan zu und setzte sich auf den Baumstamm, beugte sich nach vorn und stützte seine Ellenbogen auf die Oberschenkel. Er sah einen Moment in die tanzenden Flammen. Dann hob er kurz den Blick. „Entweder setzt du dich oder du ziehst weiter."

Die Hose des Mannes war ein Flickwerk aus derber Naturfaser und Fellen verschiedener Tiere. Der Oberkörper war in mehrere Wollpullover gehüllt, wobei einer der unteren einen dicken Rollkragen besaß. Darüber trug der Mann einen offenen Mantel mit großer, zurückgeschlagener Kapuze, der aus verschiedenen Rechtecken aus Leder und Fell bestand. Er hatte schwere, abgewetzte Lederstiefel. Seine Hände machten trotz des Drecks daran einen gepflegten Eindruck. Das dunkelblonde Haar war schulterlang und völlig zerzaust. Vilgan konnte darin zwei welke Blätter ausmachen. Das Gesicht war wettergegerbt und die Farbe des wüst gewachsenen Vollbarts erinnerte im Schein des Lagerfeuers an Bronze.

„Dir ist schon bewusst, dass du hier in einer Abgeschiedenheit bist, in die sich keiner bei Verstand wagt und wo alles und jeder lautlos ist und bleibt, um nicht das heraufzubeschwören, was da im Grund unter den trockenen Nadeln und Blättern ruht", sagte der Mann, der sich als Sihnond Insenbor vorstellte.

Anschließend unterhielten sie sich eine ganze Weile, auch darüber, was Vilgan in diese Gegend gezogen hatte. Als dieser jedoch seinerseits Fragen stellte, blieb Insenbor eher oberflächlich, ohne wirklich etwas preiszugeben. Ein sonderbares Verhalten, wie Vilgan fand. Für ihn selbst machte es an diesem Punkt keinen Unterschied, ob er einer fremden Person von seinen Beweggründen berichtete oder nicht, denn auch das würde bald hinter ihm liegen. Aber vielleicht war Insenbor ja auf dem Weg zurück, zurück in ein altes und zugleich neues Leben, weil er hier draußen etwas gefunden hatte, das ihm einen neuen Impuls und damit Sinn gab; und definitiv war nicht jeder in diesen Wäldern unterwegs, nur um seinem Dasein ein Ende zu bereiten. Vilgan konnte sich gut vorstellen, wie die Isolation Klarheit schenkte, vergleichbar mit einer Auszeit in einem abgelegenen Kloster.

Insenbor sah Vilgan über das Feuer hinweg an. „Hier ist ein Ort, an den sich nicht einmal die Götter wagen. Sie begehen lieber Selbstmord, als sich dem zu stellen, was in den Nebeln des Nordens wartet."

Die großen aber rätselhaften Worte irritierten Vilgan. Sie fingen alle Gefühle und Gedanken ein, die er selbst mit diesen Regionen verband, und doch besaßen sie keinerlei Substanz. Sie waren so flüchtig wie ein Windhauch und so nichtig wie seine eigene Präsenz unter diesen alten Bäumen.

Aber was lag im Norden? Immerhin war er aufgebrochen mit dem Ziel, in eben diese Richtung zu gehen. Was wusste Sihnond Insenbor? Und was verschwieg er?

„Man nennt sie lediglich die ‚Beobachter', aber einen wirklichen Namen besitzen sie nicht", antwortete Insenbor auf Vilgans Nachfrage. „Sie warten verborgen in den Nebeln, bis die Zeit gekommen ist, um den ‚Verschlingern' ein Signal zu senden, den *Verschlingern der Welten*, riesige Maschinen, die nichts hinterlassen als Leere."

Etwas veränderte sich in Vilgan, er konnte es deutlich spüren.

Ihm wurde klar, dass er sich nicht mehr einfach hier draußen töten konnte, ohne vorher ergründet zu haben, was genau im Norden lag. Damit starb vorerst seine Hoffnung auf Frieden. Andererseits konnte er auch nicht einfach umkehren. Sicher, die Möglichkeit bestand, denn es war seine Entscheidung, aber es war nicht das, was er wollte, nicht das, wofür er den Weg überhaupt erst auf sich genommen hatte.

Hoch über ihren Köpfen flatterte ein Vogel auf.

Vilgan hob den Blick, konnte das Tier aber nicht ausmachen. Er sah allerdings, dass sich der Himmel über den Baumkronen bereits merklich verdunkelt hatte und bald nicht mehr von den Schatten zu unterscheiden sein würde.

Als er den Blick wieder senkte, erstarrte er kurzzeitig, da er nicht wusste, was los war: Das Feuer vor ihm war erloschen, das Holz nichts weiter als längst erkaltete Asche. Auch der Baumstamm auf der anderen Seite war leer.

Vilgan stand hastig auf; zu schnell, denn ihm wurde leicht schwindelig. Er lauschte und ließ den Blick umherwandern, während ihm plötzlich die Kälte in Kleidung und Glieder drang, jene Kälte, die der Boden des Waldes zu dieser Stunde ausatmete.

Was war hier los? Wo war Sihnond Insenbor? Hatte er schon Stunden an der kleinen Grube gesessen und sich mit einem Hirngespinst unterhalten?

Die Geräusche des Waldes gaben keinen Hinweis darauf, dass sich jemand in der Nähe aufhielt. Auch fühlte sich Vilgan weder beobachtet, bedroht noch auf eine unerklärliche Art und Weise unwohl; er war lediglich irritiert.

Hatte er in den vergangenen Monaten und Jahren schleichend den Verstand verloren und sich in etwas verrannt, das nun an die Oberfläche quoll und ihm vor Augen hielt, dass er keineswegs auf dem richtigen Pfad war? Oder hatte sein Hirn die Illusion erzeugt, weil es schon zu lange nach neuen Eindrücken gierte? Bäume, Wurzeln, Schatten und die beinahe hypnotisierenden Klänge des Waldes, das alles war einfach nicht genug.

Er griff den Rucksack, der neben ihm an einem Baum stand, und prüfte den Inhalt: Er hatte noch Wasser und einige Energieriegel. Das sagte ihm, dass es sich kaum um irgendeine Halluzination aufgrund von Hunger und Durst handeln konnte, zumal er sich körperlich nicht unwohl fühlte. Und doch befand er sich hier, genau an dieser Stelle, an der ein Feuer gebrannt hatte.

Vilgan ging in die Hocke und hielt die Hand über die Asche. Er spürte keinerlei Restwärme. Mit einem Zweig stocherte er etwas darin herum, aber es gab kein verstecktes Glutnest. Allerdings lag auch kein von den Baumkronen abgeworfenes Blatt in der Grube. Die Feuerstelle konnte also noch nicht lange erloschen sein.

Die schlagartige Veränderung der Situation machte ihn unentschlossen. Sollte er einfach an Ort und Stelle die Nacht verbringen oder doch weiterziehen? Ein bequemeres Fleckchen würde er vermutlich kaum finden. Zugleich hatte er keine Ahnung, ob das Feuer nicht doch von einer Person stammte, die sich nach wie vor in der Umgebung aufhielt und bald zurückkehren würde.

Aber wovor hatte er Angst? Es war ja nicht so, dass er sich in einem Spielfilm befand, in welchem es der Dramaturgie wegen bösartige Absichten gab. Wer sollte schon einen Grund haben, jemandem hier draußen etwas anzutun? Es wäre gewiss wahrscheinlicher, dass man sich Sorgen machen und ihm Hilfe anbieten würde, anstatt ihn niederzustrecken, den Rucksack und seine Taschen zu durchsuchen und vor lauter Hunger sein Fleisch in Streifen zu schneiden und es roh oder gegrillt zu verschlingen. Endzeitstimmung und Kannibalismus waren etwas für die Phantasie und die Zukunft, aber nichts für die Gegenwart in diesen Wäldern.

Mit diesen Gedanken machte er sich daran, Laub und frische Triebe zusammenzusuchen, um sich zumindest halbwegs bequem betten zu können. Es war jedoch Eile geboten, denn die Dunkelheit strömte zunehmend energischer aus allen Winkeln und Richtungen auf ihn ein.

Als sich Vilgan wenig später hinlegte, machte er sich noch einmal bewusst, dass es hier nichts zu fürchten gab. Selbst Wölfe, Bären oder andere Räuber, über die er sich anfangs noch Gedanken gemacht hatte, waren nicht aufgetaucht. Zudem glaubte er nicht, dass sie sich in dieser tristen Umgebung aufhielten, wo sich das potenzielle Nahrungsangebot auf ein paar Vögel beschränkte, die für sie unerreichbar waren. Dennoch stellte er sicher, dass sich ein Knüppel griffbereit direkt neben ihm befand.

Ehe Vilgan die Situation aus weiteren Blickwinkeln heraus betrachten und deshalb unsicher werden konnte, dämmerte er weg und sank kurz darauf in einen tiefen, traumlosen Schlaf.

Kapitel 5

B r u c h   d e r   W e l t e n

Dieser elende Nebel. Wann war er aufgezogen? Und weshalb gelangen es Kälte und Feuchtigkeit, große Teile von Vilgans Zuversicht zu ersticken? Was sagte das über ihn aus? Welches Gewicht gab das all seinen vorherigen Entscheidungen, wenn er sich nun von etwas derart Hinfälligem beeinflussen ließ? Er hatte sich doch an diesen Ort begeben. Und gut möglich, dass das, was ihn stumm gerufen hatte, nun diesen alles verzehrenden Nebel dazu nutzte, um seine wahren Absichten zu entblößen.

So marschierte und kämpfte sich Vilgan durch die Wälder, die ihre Farben so verloren hatten wie den Gesang der Vögel. Die Stille wurde nur durch seine Schritte unterbrochen, dem Geräusch von Regentropfen, die feuchtes Laub trafen, und unheilvollem Knacken von Holz irgendwo im nicht enden wollenden Grau, das die Sicht auf nur wenige Meter reduzierte. Mächtige Wurzeln und moosbedeckte Felsen schälten sich so aus dem Nichts wie die Stämme der alten Bäume.

Er dachte an Sihnond Insenbors Worte und fragte sich im Zuge dessen, was diese Bäume in ihren Jahrzehnten und gar Jahrhunderten alles gesehen und gehört hatten. Geschichten, die sich in einer solchen Abgeschiedenheit zugetragen hatten, dass niemand davon wissen *konnte*. Und doch gab es hier und da eventuell eine Schwingung der Energien, ein Echo der Vergangenheit, das die Phantasie stimulierte, gar beflügelte, und so Mythen und Legenden gebar. Er kannte sich nicht aus mit den Überlieferungen diverser Völker und Gruppen, aber er konnte sich gut vorstellen, dass ein Teil dieser Erzählungen so ihren Anfang genommen hatte. Was am Ende davon Wahrheit und was hinzugedichtete Handlung war, würde ein Geheimnis bleiben; außer jemand machte sich auf, um mit den Bäumen zu sprechen, mit den Flüssen und Felsen, den Wolken, den Schatten und mit der Erde und den Knochen.

Er blieb stehen und sah sich etwas verwundert um: Die Bäume standen weitaus dichter, als in seiner letzten Erinnerung, die unbekannte Zeit hinter ihm lag. Die Wassertröpfchen des Nebels tanzten deutlich sichtbar vor seinen Augen. Die Muster hatten Eleganz, beinahe etwas Verführerisches, etwas, das ihn unnachgiebig lockte und umspielte.

Vilgan lief weiter.

Im Laufe der nächsten Stunden rückten die Bäume noch weiter zusammen. Zeitgleich ragten die knochigen Wurzeln der Riesen immer mehr aus dem Erdreich; erstarrte Schlangen auf ihrem Weg in die Finsternis. Er musste aufpassen, nicht auf dem feuchten Untergrund auszurutschen.

Im rechten Augenwinkel nahm er plötzlich eine Bewegung wahr, die ihn anhalten ließ. Doch nichts passierte. Alles lag ruhig da. Nur sein Herz raste; er konnte es deutlich in seiner Brust und seitlich am Hals spüren. Die stille Welt um ihn herum wurde lauter, zu einem Rauschen in seinen Ohren. Er spürte sogar jeden einzelnen Nebeltropfen auf der Haut.

Angespannt und wachsam lief Vilgan weiter.

Auf einmal knackte und knirschte es hinter ihm. Das Geräusch war sehnig und doch unverkennbar hölzern.

Vilgan wirbelte herum und sah, wie sich einige Bäume zu bewegen schienen: Ihre unverändert aufrechten Stämme schoben sich durch den Boden wie gigantische Klingen. Wurzeln wichen zur Seite und Steine wurden verdrängt. Es war wie ein Lauffeuer, denn immer mehr der hölzernen Säulen stimmten in das bedrohliche, sonderbare Lied ein und folgten der geheimen Konfiguration.

Er wandte sich ab und eilte los, denn er wollte keinesfalls zermalmt werden. Der Boden ließ jedoch kein hohes Tempo zu, denn auch vor ihm begannen Wurzeln damit, sich zu bewegen, zu winden, zu heben und senken. Einige pulsierten. Wenn er stürzen würde, wäre das verhängnisvoll, egal ob mit oder ohne Verletzung. Dieser merkwürdige Tanz der Bäume fühlte sich beinahe an wie eine Schlinge, die sich langsam aber sicher um seinen Hals legte und enger wurde.

Immer wieder zogen sich Bäume in den Nebel zurück, während andere daraus auftauchten und von undeutlichen Schemen zu diesen dunklen Giganten wurden, zu einer bedrohlichen Armee, einem unbarmherzigen Mahlwerk. Ihre Kronen griffen im Nebel in der Höhe nach dem spärlichen Rest des Sonnenlichts, das vom Nebel so gestreut wurde, dass es keine definierten Schatten gab, nur dieses seltsame Zwielicht, welches nun immer mehr in eine Art Dämmerung überging – ohne Sonnenfeuer und Wolkenbrand. Der Schein, der die Umgebung erfüllte, nahm einen Farbton an, der irgendwo zwischen Braun und Dunkelgrün lag und in Vilgan die Verbindung zu alten Gemäuern, ver-

gilbten Fotografien und stockfleckigen Büchern in einer längst vergessenen Bibliothek erweckt hätte, wäre er in der Lage gewesen, auf diesen Bereich in seinem Gehirn zuzugreifen. Das alles war jedoch un-
wichtig, denn es ging aktuell nur darum, diesen gefährlichen Ort so
schnell wie möglich zu verlassen und zu überleben.

Er lief und lief. Dann setzte das laute Knirschen und Knacken fallen-
der Bäume ein, deren Wurzeln sich aus dem Erdreich lösten und die
dunklen Stämme im Nebel zu stürzenden Säulen einer alten Kathedrale machten oder zu Türmen einer untergehenden Stadt. Ihm schien, als
wäre dieser einst heilige Ort von den Göttern des Lichts verlassen
worden, um Raum für etwas Unsagbares zu machen, ganz so, wie es
Sihnond Insenbor angedeutet hatte.

Immer mehr Bäume fielen. Sie suchten sich zwischen all den tanzenden Stämmen einen Weg, um, kurz bevor sie auf den Boden trafen, in
ihrer schrägen Lage aufzusteigen, gehoben von einer unsichtbaren
Kraft. Äste und Zweige der Kronen brachen und fielen mit einem Regen aus Laub herab. Je mehr gefallene Bäume aufstiegen, desto weniger Licht durchdrang den Nebel. Hinzu kamen die sich untereinander
unaufhaltsam annähernden Stämme und ihr unerklärlicher Tanz.

Vilgan sah die immer schnelleren Veränderungen überall um sich
herum. Er realisierte, dass sein Versuch, der Zerstörung zu entrinnen,
keinen Sinn hatte.

Also blieb er stehen und ergab sich der Dunkelheit, die mit all den
Geräuschen näher rückte und ihn umhüllte, bis nichts weiter übrig war
als undurchdringliche Schwärze; und dann kam die Stille.

Vilgan öffnete die Augen.

Er musste zunächst die vorangegangenen Bilder abschütteln und
sich orientieren: Er saß am Boden zwischen Wurzeln und lehnte mit
dem Rücken an einem mächtigen, moosbedeckten Baumstamm. Umgeben war er von Farn mit so riesigen Blättern, dass diese ihn wie ein
Dach überspannten. Sein Rucksack lag neben ihm.

Langsam und mit schmerzenden Gliedern erhob er sich und überblickte die Umgebung, die nichts weiter bot als ein endloses Meer aus
Farn, aus welchem sehr licht stehende Bäume ragten.

Er hob den Rucksack auf und schulterte ihn, ehe er ein paar Meter
lief und sich erneut umsah. In einer Richtung schien es heller zu werden; ein guter Hinweis auf den Rand des Waldes, der hier etwas besonders Unwirkliches hatte: Die Baumstämme ragten gewiss weit über
50 Meter aus dem Farn in die Höhe und fächerten sich erst ab dort in
Äste und Zweige auf, um ein Gewölbe zu formen, das Vilgan so auch
in einer Kathedrale hätte vorfinden können.

Er holte den Kompass hervor. Das Licht lag nicht ganz im Norden,
aber das machte keinen Unterschied. Es wäre etwas anderes gewesen,
hätte er direkt zurück in die Schatten gemusst. In diesem Fall hätte er

wohl den Wald verlassen und sogar einen Umweg in Kauf genommen. Seine Erinnerung an die unerklärlichen Geschehnisse konnte er als Schritte in einen Realitätsverlust deuten – oder als eine Hürde, die sich vor ihm aufbaute, um ihn von seinem Ziel abzubringen und ihn dadurch zum Scheitern zu verurteilen. Und das konnte und wollte er nicht zulassen.

Vilgan steckte den Kompass wieder ein und setzte sich Richtung Helligkeit in Bewegung.

Er schaute mehrfach über seine Schulter, während er durch das grüne Meer schritt und die großen, schweren Farnblätter zur Seite schob und sich so den Weg bahnte. Er und seine Aktivität waren die einzige Quelle von Geräuschen. Der Rest der Umgebung lag in einer sonderbaren Stille. Wenn er stehen blieb und den Atem anhielt, konnte er absolut nichts hören; keinen Vogel, keinen Windhauch, nicht einmal den Klang von einzelnen, fallenden Blättern. Und genau das machte – in Verbindung mit der fehlenden Erinnerung, wie genau er an diesen Ort kam – die Situation traumgleich.

Je weiter er sich dem Rand des Waldes näherte, desto deutlicher wurde, dass sich direkt dahinter nichts befand. Der Beweis dafür offenbarte sich kurz darauf, als Vilgan in die tiefe Schlucht blickte, die sich wie eine seltsame Kerbe durch die Landschaft zog und deren Grund er von seiner Position aus nicht sehen konnte. Rechts löste sich der dunkle Streifen in der Ferne auf, während er sich links zwischen grauen Bergen verlor.

Das Erdniveau auf der gegenüberliegenden Seite der Kerbe, deren schroffe Felswände fast senkrecht abfielen, lag tiefer; so tief, dass Vilgan die höchsten Kronen der dortigen Bäume überblicken konnte, und das, obwohl diese den Giganten im Wald hinter ihm in nichts nachstanden. Jenseits dieser grünen Ebene erhoben sich majestätische Berge, hinter denen wiederum mächtige Wolkenformationen aufragten, als würden diese danach streben, die Sonne zu verdunkeln. An den teils schneebedeckten Gipfeln der Berge gingen Nebel und Wolken fließend ineinander über.

Ob es irgendwo eine Brücke gab? Oder musste er nach links, weiter in die Berge, um dort einen Übergang zu finden? Andererseits war klar, dass er nicht ewig marschieren konnte, denn von seinen Vorräten war nahezu nichts mehr übrig. Über kurz oder lang musste er eine Entscheidung fällen.

Und genau da lag das Problem, ein Gedanke, der in diesem Moment ein kleines Schlupfloch gefunden hatte und sich zuckend und pulsierend hindurchwand: Was, wenn er umsonst hier war und lediglich blind einer Illusion und einem geheimen Wunsch gefolgt war? Möglicherweise gab es dort in den nördlichen Nebeln nichts, und damit gerade so viel, wie in seinem Leben und der Welt, die er hinter sich hatte lassen wollen. Würde er überhaupt den nötigen Willen aufbringen, um sich auf die andere Seite und damit in das unbekannte Reich zu begeben? Oder war er bereits dazu verdammt, den Rückzug anzutreten und erneut in den Morast der Gesellschaft zu sinken?

„Wie ich sehe, bekommst du Angst", sagte plötzlich eine Stimme rechts neben ihm. „Genau wie damals."

Vilgan drehte den Kopf zur Seite und erblickte einen Mann, dessen Kleidung ihn an Sihnond Insenbor erinnerte, und doch stand fest, dass er es nicht war. Es musste allerdings eine weitere Phantasie sein, denn wie würde sich das plötzliche und vor allem unbemerkte Auftauchen der Gestalt sonst erklären lassen?

Der Mann trug ein derbes Hemd aus Flachs und darüber eine Weste, die aus Streifen, Rechtecken und unförmigen Stücken verschiedener Häute und Felle bestand. Die abgewetzten Lederstiefel passten zu der dunkelgrauen, ebenfalls verschlissenen Stoffhose, die Vilgan an längst vergangene Jahrhunderte erinnerte. Auf dem kahlen Schädel hatte der Mann einen Filzhut, wie ihn Hirten in den Bergen trugen. Das Gesicht war von Wind, Wetter und der Sonne gezeichnet und die Augen saßen ungewöhnlich tief in ihren Höhlen.

„Kennen wir uns?" fragte Vilgan.

Der Mann, der den Wald auf der anderen Seite der Kerbe überblickte, als würde er hinab auf sein Königreich schauen, antwortete: „Ich kenne zumindest dich und deine Ängste."

Vilgan wusste nicht, was er darauf sagen sollte. Er war diesem Kerl definitiv noch nie begegnet.

„Vielleicht hilft ja das deiner Erinnerung", sagte der Mann und griff in eine der Taschen seiner Weste. Er präsentierte ein kleines, grünes Spielzeugauto aus Metall.

Vilgan erkannte es sofort; und ebenso schnell tauchte sein Hirn in diese alte Geschichte ein. Er konnte sich nicht einmal entsinnen, wann er das letzte Mal daran gedacht hatte.

Er war vermutlich in der 3. Klasse, es könnte auch die 2. gewesen sein, da war er sich nicht völlig sicher. Fest stand jedoch, dass er eines Tages, aus welchem Grund auch immer, eben jenes Spielzeugauto mit in die Schule genommen hatte. Auf dem Pausenhof kam ein Schüler, der zwei Klassen über ihm war, auf ihn zu. Dieser musste das Auto gesehen haben, denn der Junge sagte direkt, dass er es will. Wenn nicht, würde er Vilgan töten.

Vilgan erinnerte sich noch an die Panik und daran, wie er dem Schüler das kleine Auto aushändigte und wegrannte, wie er überlegte, was er tun sollte und wer ihm helfen konnte. Daraufhin lief er zu einem Jungen, dem Sohn einer engen Freundin und Arbeitskollegin seiner Mutter, und sagte ihm, was passiert war. Aber dieser lachte nur, genau wie alle anderen, die bei ihm standen.

Und nun war Vilgan hier an dieser Kerbe und fühlte sich genau wie damals: Hilflos.

„Es ist schon lustig, dass ich dich selbst jetzt noch unter Kontrolle habe", spottete der Mann und schaute in die Ferne. Er machte eine Pause. „Oder ist es eher traurig?" Dann sah er Vilgan an. „Was hast du damals gedacht?"

Vilgan überlegte kurz. „Ich hätte das Auto nicht mitnehmen sollen, dann wäre nichts von alledem passiert. Aber mittlerweile weiß ich, dass das die Schuld auf mich projiziert, mehr nicht. Du hättest ein Spielzeug auch von jemand anderem fordern können. Aber an dem Tag hatte ich wohl Pech. Die ganze Sache drehte sich nie um mich persönlich."

„Diese Erkenntnis ist nicht schlecht", sagte der Mann. „Allerdings macht sie nichts ungeschehen. Und ich bin mir ziemlich sicher, dass sich dieses Erlebnis tief in dir verankerte. Du hast etwas, das dir wichtig ist, und es wird dir irgendwann weggenommen. Im übertragenen Sinne kann man sagen, dass für dich nichts Bestand hat." Er warf das Spielzeugauto mit einer beiläufigen Bewegung in die Kerbe, wo es binnen Sekunden nicht mehr zu sehen war.

Vilgan stand da wie versteinert. Er wusste nicht, was er sagen und wie er reagieren sollte – genau wie früher.

Weshalb war dieser Kerl hier und jetzt aufgetaucht? Wieso kamen solche alten Erinnerungen ausgerechnet in dieser Abgeschiedenheit in ihm hoch, nur um sich auf diese sonderbare Art zu manifestieren? War das eine Art Reinigung seiner Seele, um nichts Ungeklärtes zurückzulassen? Oder hegte er unterbewusst doch Zweifel an seiner Entscheidung und dem gesamten Plan?

„Du konntest das nie hinter dir lassen", fuhr der Mann fort. „Und du glaubst wirklich, dass du dich mit dieser Schwäche den Dingen im Nebel hinter den Bergen stellen kannst? Vielleicht wäre es besser, wenn du dir stattdessen eingestehst, dass du nicht der bist, der du zu glauben scheinst. Deine Umgebung ist nicht das wirkliche Problem, auch nicht die Gesellschaft. Du bist das Problem. Und wieso? Weil ich dich geformt habe. Man kann vielleicht lernen, damit umzugehen, aber den Kern, den Ursprung kann man nicht rational auflösen. Wie auch, wenn niemand weiß, was Wirklichkeit ist? Vielleicht hast du im Laufe der Jahre nichts weiter als Selbstmanipulation betrieben und dich so selbst zugrunde gerichtet, ohne es zu ahnen. Eine Selbstgeißelung, und das nur wegen dieses Spielzeugautos." Der Mann schwieg erneut für einen Moment. „Oder es war meine Macht, wer weiß." Er sah wieder über die bewaldete Ebene hinweg zu den Bergen. „Aber niemand ist bereit für das, was dort im Grau ruht." Er wandte sich von der Szene und der Kerbe ab und blickte seitlich zu Vilgan. „Deshalb wirst du es auch nicht bis dort drüben schaffen, so einfach ist das. Ein Gesetz der Dinge. Du hättest dich längst umbringen sollen, was du aber nicht hast. Das ist kein Zeichen von Stärke und Überlebenstrieb, nicht hier draußen, nicht mit deinem Ziel. Es ist Schwäche. Das war es schon immer.

Und ehrlich gesagt bist du schon zu alt für solche Spielchen. Die Natur wird die Sache noch schnell genug für dich erledigen."

Vilgan betrachtete einen undefinierten Punkt neben dem Mann, während er erfolglos nach Worten suchte.

Der Mann setzte sich Richtung Wald in Bewegung.

Vilgan konnte sehen, wie die schemenhafte Gestalt aus seinem rechten Augenwinkel schritt. Als er den Blick hob und sich auf die Umgebung konzentrierte, war der Mann längst verschwunden. Zurück blieb ein leichter Wind, der das Gras am Boden bewegte, die Bäume des Waldes jedoch nicht zu berühren schien.

Die durch diese seltsame Begegnung mit seiner Vergangenheit angeregten Gedanken und Szenarien in seinem Kopf, begleiteten ihn noch weit über den Moment hinaus, in welchem er den letzten Energieriegel aß und den letzten Schluck seines Wassers trank. Er kämpfte sich beharrlich durch das zunehmend unwegsame Gelände jenseits der Kerbe, wo der Untergrund nach und nach zu einem Trümmerfeld aus schroffen Geröllbrocken und Felsen wurde und dabei unentwegt steiler anstieg. Durch die selbst hier mächtigen Bäume war es ihm nicht möglich, über ihre Kronen und damit zu den zurückliegenden Wäldern zu blicken, egal, wie weit er aufstieg. Selbst der Himmel über ihm verkam zu vereinzelten Fetzen zwischen all dem Grün, dessen Schatten ein unheimliches Zwielicht erzeugten, während weder Vögel sangen noch ein Lüftchen wehte. Selbst das Moos zog sich von den Felsen und Baumstämmen zurück, als würde es sich nicht weiter in dieses gespenstische Reich wagen.

Ab einem gewissen Punkt verlor sich mit jedem seiner Schritte das in der Vergessenheit, was hinter ihm lag. Vilgan dachte weder an den Grund, der ihn in dieses entlegene Gebiet geführt hatte, noch an die zwei überaus sonderbaren Begegnungen oder die Halluzinationen. Er kämpfte sich beharrlich immer weiter voran bis an einen Punkt, an welchem das Gelände derart steil wurde, dass eine falsche Bewegung zu einem Sturz und damit zum sicheren Tod führen würde, denn hier draußen gab es keinerlei Hilfe; mit gebrochenen Gliedern wäre er den Launen der Natur ausgeliefert, denn nichts konnte ihm garantieren, dass er sofort sterben würde. Und da genau das eine Situation wäre, die ihm jegliche Kontrolle entreißen würde, musste er sie um jeden Preis vermeiden.

Irgendwann hielt er kurz inne. Durch die meist senkrechte Wuchsform der Bäume, die unerschrocken und sicher im unwirtlichen, groben Untergrund verankert waren, ließ sich nicht sagen, wie steil das Gelände in seiner Gesamtheit war. Dennoch musste er sich stellenweise an den Felsen festhalten, um nicht das Gleichgewicht zu verlieren und nach hinten in seinen Untergang zu kippen.

Vilgan wusste nicht, wie er es letztendlich schaffte, aber irgendwann kletterte er über eine Kante und fand sich inmitten tonnenschwerer

Felsen wieder, die ein riesiges Feld bedeckten und so ein raues Meer formten. Jenseits davon erhoben sich die schroffen Wände der Berge, und das in eine Höhe, die in ihm einerseits Ehrfurcht erweckte und ihm andererseits jegliche Hoffnung raubte, hier seinen Weg fortsetzen zu können.

Was also sollte er tun?

Die Sonne, welche hoch am Himmel stand und hier oben ungehindert zu ihm durchdringen konnte, legte sich angenehm warm auf sein Gesicht und seine Kleidung. Er schloss die Augen und gab sich für einen kurzen Moment diesem wunderbaren Gefühl hin. Vielleicht suchte er darin auch etwas Trost.

Vilgan lief ziellos umher, bis er schließlich auf einen der Felsen kletterte, um einen besseren Überblick zu bekommen: Das Trümmerfeld verlor sich zu beiden Seiten in der Ferne, während er im Grün der Wälder hinter sich die Kerbe erahnen konnte. Von seiner Position aus ragten die Felswände der Berge unbezwingbar in den Himmel. Um ihn herum gab es noch vereinzelte Gräser und harte Flechten, aber schon bald verloren sich die letzten Farbakzente im Grau des zerklüfteten Gesteins, das wie eine aufgetürmte Ansammlung von zahllosen gigantischen Klingen wirkte, ein Schutzwall, der alles und jeden davon abhalten sollte, ihn zu bezwingen und die andere Seite zu erreichen.

Vilgan war klar, dass er den Abstieg – und damit seinen Rückzug – an dieser Stelle keinesfalls unbeschadet überstehen würde. Aber was sagte genau das über seine aktuelle Situation aus? Über seine Beweggründe? Und was war in den letzten Tagen geschehen? Wie konnte er den Fokus verlieren für ein Vorhaben, das ihn Monate, gar Jahre der Vorbereitung gekostet hatte? Er war ein Geist in der Gesellschaft geworden und nun irrte er hier umher, nicht fähig, die Sache zu Ende zu bringen; und das nur, weil er etwas über den Nebel im Norden gehört hatte.

Vilgan verließ den Felsen, marschierte durch das Trümmerfeld und dachte über diese und weitere Dinge nach. Er hatte kein Essen mehr, kein Wasser und entsprechend wenig Optionen. Die Zeit lief ihm davon und machte ihn zum Sklaven, denn er hatte jegliche freie Entscheidung abgegeben – oder vielmehr aufgrund seines Handelns verspielt und irgendwo in der zurückliegenden Ferne verloren.

Irgendwann spürte er, dass der Wind deutlich wärmer wurde. Sekunden später hörte er ein tiefes Grollen, so tief, dass es seinen Brustkorb und all die riesigen Felsbrocken zum Vibrieren brachte.

Er sah hinauf zu den Bergen, und von dort sank – strömte – etwas herab, von dem er nicht wusste, ob es sich um plötzlichen Nebel handelte oder um schwere Wolken. Dieses grauweiße Etwas verhielt sich wie Wasser, dessen Geschwindigkeit für Vilgan lediglich aufgrund der Dimensionen wie in Zeitlupe erschien. Eine riesige Welle schoss über die höchsten Gipfel und wischte nicht nur das Blau vom Himmel, sondern verschluckte auch die Sonne. Lautlos brach das formlose Phänomen über alles herein und hinterließ nichts als Stille, ausgewaschene Farben und eine Sichtweite von nur wenigen Metern.

Zunächst dachte er, dass ein mächtiger Schneesturm von jenseits der Berge seine Macht demonstrierte, denn binnen Sekunden wirbelten unzählige große und kleine Schneeflocken umher. Obwohl die Umgebungstemperatur zu hoch war und die Flocken da liegen blieben, wo sie landeten, ohne zu schmelzen, benötigte Vilgan eine ganze Weile, bis er realisierte, dass es Asche war, die vor seinen Augen tanzte.

Und dann kam der Geruch von verbanntem Holz und Öl, Metall und Schmierfett, nicht schleichend, sondern schlagartig; er haftete so an dem Grau, als wären sie schon immer eine Einheit.

Vilgan, der längst die Orientierung verloren hatte, irrte umher. Was sollte er tun? Er war gefangen in diesem Nichts inmitten der Felsen, die einen Irrgarten formten, einfach und komplex zugleich.

Er verlor all seine Gedanken und Pläne im Ascheregen, lief und lief und wusste doch nicht, wohin.

Das Grollen setzte wieder ein und erfüllte die Luft. Es war überall, als befände sich Vilgan mitten in einer Gewitterzelle.

Plötzlich spürte er, wie ihn immer wieder kleine Steine von hinten trafen. Auch prallten sie von den Felsen ab und erzeugten ein seltsames Geräusch, das fast an Regen erinnerte.

Vilgan blieb stehen und drehte sich um, wobei er seine zusammengekniffenen Augen mit den Händen schützte und zwischen den Fingern hindurch auszumachen versuchte, was dort hinten geschah.

Auf einmal ertönte ein ohrenbetäubendes Zischen, ein Fauchen, wie von einer unglaublich wütenden Kreatur. Dann durchzogen mehrere tiefschwarze Rauchsäulen in unterschiedlichen Richtungen das Grau des Nebels. Ehe sie sich verflüchtigen und mit ihrer Umgebung zu einem Dunkelgrau vermengen konnten, wurde Vilgan von einer unsichtbaren, heißen Wand aus Luft getroffen, in seiner Vorstellungskraft der Atem aus den Nüstern eines Ungetüms. Nur wenige Sekunden später musste er allerdings erkennen, dass dieser Gedanke beruhigender war als die auftauchende Realität, die sich immer weiter aus dem Grau zu schälen begann.

Eine Druckwelle zerfetzte Nebel und Rauch, rollte über alles hinweg und riss Vilgan beinahe nach hinten von den Füßen. Er taumelte kurz und fand hinter einem Felsen Deckung, von wo aus er auf das sah, was der Dunst ausgespien hatte:

Es war ein gigantisches Etwas aus Rohren, metallummantelten Leitungen und Zylindern, die zischten und pulsierend Öl verloren, als wäre es Blut. Es gab Wellen, Zahnräder und Öffnungen, aus denen Dampf und Rauch schossen; in andere wurde hörbar Luft gesaugt. Und all das hatte eine undefinierbare Form, als wäre es ein sich stetig verändernder, lebendiger Organismus, hier spiegelblank poliert, dort verrostet. Beschädigte und verschlissene Teile verschwanden im Inneren, um gegen makellose Kopien ausgetauscht zu werden, während sich andere Elemente von selbst zu reparieren schienen.

Was dieses Konstrukt berührte, wurde zermahlen und verschlungen, unsichtbar für das Auge hinter einer undurchdringlichen Wolke aus Trümmern, Staub und statischen Entladungen.

Der *Verschlinger* schob sich unaufhaltsam voran, um alles aufzunehmen, was er nur konnte.

Ehe Vilgan sich den Dimensionen dieser Maschine bewusst werden konnte, trafen ihn mehrere große Gesteinsbrocken. Er spürte keinen Schmerz, nur, wie ihm die Luft aus den Lungenflügeln gepresst wurde.

Und dann folgte nichts als eine stille, undurchdringliche Schwärze ohne Grenzen, ohne Raum und ohne Zeit.

Kapitel 6

D e r   P a r k

Vilgan rieb sich mit beiden Händen das Gesicht. Als er die Augen öffnete, hätte es ihn nicht gewundert, wenn er überall Trümmer und Asche vorgefunden hätte. Doch nichts davon war aus seiner Phantasie in die Wirklichkeit geglitten – die Hitze hingegen schon.

War er kurz eingeschlafen? Oder setzten ihm Wetter und der daraus resultierende Schlafmangel derart zu, dass er nun den Verstand verlor?

Er saß im Schatten mehrerer Bäume auf einer steinernen Bank mit hölzerner Rückenlehne. Um ihn herum flogen Insekten in den Büschen von Blüte zu Blüte. Irgendwo sangen vereinzelte Vögel. Und zu seinen Füßen krabbelten Ameisen emsig zwischen den dürren Gräsern umher, die aus den Fugen des gepflasterten Weges ragten.

Vilgan hob den Blick und betrachtete den blauen Himmel. Die Sonne stand aktuell so hoch, dass lediglich die ausladenden Baumkronen Schatten boten. Vielleicht wäre es ratsam, hier noch etwas sitzen zu bleiben, anstatt sich ungeschützt der Sonne und der abstrahlenden Hitze des Bodens auszusetzen.

Er wischte sich mit dem Unterarm den Schweiß von der Stirn und spürte dabei, wie ein Tropfen vom Haaransatz im Nacken hinab zum Rücken rollte. Es kam ihm fast vor, als würde die extreme Luftfeuchtigkeit versuchen, die Grenzen seines Kreislaufs auszuloten.

Diese Reise sollte ihm Klarheit geben oder die Entscheidung vorantreiben, allem ein Ende zu setzen. Es war daher nicht verwunderlich, dass das Motiv in seinen Gedanken auftauchte; nicht allgegenwärtig aber doch hartnäckig genug, um nicht ignoriert zu werden und ihn den Grund von alledem nicht vergessen zu lassen. Doch ungeachtet dessen schien sein Hirn in den letzten Tagen vermehrt eigenartige Bilder zu erzeugen und Szenen, die blitzschnell und doch komplex zwischen den Neuronen wanderten und so spontan verblassten und von neuen Dingen ersetzt wurden, wie sie aufflammten. Deshalb war er zumindest aktuell fern jeglicher Erkenntnis, auch wenn er seinen Alltag weit hinter sich gelassen hatte. Was er aber jetzt schon wusste: Es gab weder etwas zu gewinnen noch zu verlieren.

Die Hitze ließ seine Gedanken zerfließen wie die leckere Sorte von Wassereis, die er bereits mehrfach gekauft hatte. Und er fühlte sich hier zwischen all den oft ungehindert wachsenden Pflanzen des Parks isoliert und fern jeglicher Zivilisation. Aber war nicht genau das seit Jahren immer wieder Gegenstand seiner Tagträume?

Der Weg, an welchem er saß, verschwand auf beiden Seiten hinter einer Biegung. Es machte keinen Unterschied, für welche Richtung er sich entschied, denn irgendwann würde er zwangsläufig auf ein Hinweisschild und einen Plan der Parkanlage stoßen und damit die Orientierung wiederfinden. Mit etwas Glück erwartete ihn dann auch eine Erfrischung aus einem Getränkeautomaten. Durch all die Bäume, Büsche und wild wuchernden Kletterpflanzen wurde er – zumindest an der aktuellen Stelle – jeglicher Übersicht beraubt. Er wusste nicht, ob er mehr am Rand war oder bereits in den tieferen Bereichen des Parks.

Vilgan lehnte sich zurück.

Für diese Reise hatte er zwar nicht alle Zeit der Welt, denn irgendwann würde das Geld auf seinem Konto aufgebraucht sein, aber er hatte durchaus den Luxus, nicht hetzen zu müssen. Wenn er sich hier heillos verirren und letztendlich nichts Interessantes entdecken und sehen würde, konnte er dem Park noch immer morgen oder übermorgen einen weiteren Besuch abstatten oder sich ein gänzlich anderes Ziel für einen Tagesausflug suchen.

Mit diesem Gedanken atmete er durch, während ein leichter Wind aufkam, der angenehme und willkommene Abkühlung brachte. Dann verschränkte er die Arme vor der Brust und schloss erneut die Augen.

1. Zwischenspiel

B l i n d

Vilgan betrachtete die Informationen auf dem Monitor. Sein Blick blieb an der angegebenen Position haften: *Birrghs Leere.*

Die Sensoren registrierten nichts, das eine genauere Angabe ermöglicht hätte oder Rückschlüsse auf die Geschwindigkeit zuließ, mit der das Raumschiff durch das Nichts glitt. Obwohl die Triebwerke kalt waren, konnte sich der Frachter theoretisch mit 200.000 Kilometern je Sekunde bewegen, lautlos und von nichts abgebremst. Das Ereignisprotokoll verriet, dass vor 107 Tagen ein einzelnes Photon gemessen worden war.

Vilgan schaltete durch die Übertragungen der verschiedenen Kameras. Im Innenbereich waren die meisten ausgefallen, während er von außen keinerlei verwertbare Informationen erhielt – nur Schwärze.

Die Situation fühlte sich nicht real an. Natürlich waren die Entfernungen zwischen Planeten bei einem technischen Problem nicht minder gefährlich oder gar tödlich, und doch bestand sogar zwischen Sonnensystemen und Galaxien Hoffnung, selbst außerhalb der genutzten Routen zufällig entdeckt und geborgen zu werden. Ungeachtet folgenschwerer Zwischenfälle waren und blieben diverse *Supervoids* Bestandteil von Forschungen und Gegenstand zahlloser Missionen. Doch niemand bei klarem Verstand wagte sich in die tieferen Regionen von *Birrghs Leere*, egal wie gut ausgerüstet und vorbereitet. Die Schwärze hatte in all den Jahrhunderten Sonden und Raumschiffe so verschlungen wie die Psyche der Besatzungen. Diese dunkle, kalte, endlose Isolation bot nichts als Verderben; sie war kein Ort für Zuversicht.

Kapitel 7

Im Zwielicht

Vilgan betrachtete die von der Zeit sehr in Mitleidenschaft gezogene Übersichtskarte in dem verdreckten Schaukasten: Die Farben der Karte waren verblasst, der Kunststoff, aus dem sie bestand, teils spröde und das Glas davor trüb. Eine Ranke hatte es ins Innere des Kastens geschafft und sich dort ausgebreitet.

Der Plan zeigte zahllose Wege aber keinerlei Referenz, weshalb sich die Größe der Anlage nicht abschätzen ließ. Zudem machte die Karte in ihrer Darstellung den Eindruck, als wäre sie nicht maßstabsgetreu und mehr symbolischer Natur. Vilgans aktueller Standort blieb ebenfalls ein Rätsel, denn er konnte weder seine Umgebung einem Bereich zuordnen noch eine entsprechende Markierung erkennen.

Er schaute sich um. Leider war kein Getränkeautomat in Sicht.

Die Sonne brannte unbarmherzig auf ihn nieder, was Vilgan dazu veranlasste, sich wieder in Bewegung zu setzen in der Hoffnung, bald auf einen Übersichtsplan zu stoßen, auf dem mehr zu erkennen war. Doch wenn er den Zustand dieser Parkanlage betrachtete, musste er zugeben, dass die Chancen dafür relativ schlecht standen.

Er entdeckte mehrere Objekte aus Kunststoff, teils über 2 oder gar 3 Meter hoch, die am Rand des Weges standen oder sich in dessen Mitte erhoben. Einige befanden sich auch etwas abseits, größtenteils überwuchert von der Vegetation. Es waren überdimensionale Blüten, die gerade dabei waren, sich zu öffnen. Der einst weiße und nun vergilbte und dreckige Lack war rissig und an vielen Stellen abgeplatzt, was den bräunlichen bis grauen Kunststoff darunter zum Vorschein brachte. Diese Bilder waren wie eine Momentaufnahme des Frühlings und die Zeitlupe der herbstlichen Vergänglichkeit zugleich.

Der Weg fiel leicht ab. Gesäumt wurde er von Laternen, die längst keine Birnen mehr in den Fassungen hatten. Ranken verhüllten das Metall so wie Flechten und Moos. Vilgan hielt sich mehr am Rand des Weges, wo er die schützenden Schatten der Bäume nutzen konnte. Hier und da war der Asphalt gebrochen. Es knirschte unter seinen Schuhsohlen. Es ließ sich erkennen, dass der Weg ursprünglich breiter gewesen war, doch die Natur hatte gute Arbeit geleistet, den Untergrund aufzubrechen und zu verschlingen.

Vilgan folgte dem Weg. Er sah und hörte sich immer wieder um, doch außer den Geräuschen von Tieren und dem gelegentlichen Rauschen von windberührten Blättern gab es nichts, das sein Gefühl der Isolation aufzuheben vermochte.

Im Augenwinkel machte er auf einmal etwas Helles im wild wachsenden Grün aus. Er blieb stehen und spähte zum Ende des schmalen, abgehenden Trampelpfads, der sich zwischen Bäumen, ausladenden Büschen und Gräsern zu einem Gebäude aus Glas und Metall schlängelte, das so von den Pflanzen der Umgebung vereinnahmt worden war, wie so vieles in diesem Park.

Vilgan überlegte nicht lange, folgte seiner Neugier und tauchte ein in das Zwielicht unter den dichten Baumkronen.

Das Gebäude hatte einen kreisförmigen Grundriss. Dornige Pflanzen schmiegten sich an die Architektur, wodurch es nicht möglich war, den Bau zu umrunden und zur anderen Seite zu gelangen. Neben dem offenen Zugang befand sich ein Schild aus Edelstahl, doch die Schrift war bis auf unleserliche Farbfragmente von der Zeit ausradiert worden.

Im Inneren hatten sich Pflanzen wie in einem Treibhaus ausgebreitet und pressten sich gegen die gläsernen Wände und das gläserne, kuppelförmige Dach.

Vilgan trat näher und sah im Inneren eine breite Treppe, die nach unten in einen Gang führte, der, den Lichtverhältnissen nach zu urteilen, über ein Oberlicht verfügte.

Mit Vorsicht ging er in das Gebäude, um nicht an den Pflanzen hängen zu bleiben. Begrüßt wurde er von einer Schwüle, die ihm kurzzeitig den Atem raubte. Allerdings strömte immer wieder ein flüchtiger, angenehmer Luftzug aus dem Gang nach oben, als wäre es der Hauch eines Giganten, der unter all den Pflanzen ruhte. Für einen flüchtigen Moment roch es frisch, fast wie am Meer, ehe der schwere Geruch feuchter Erde wieder die Oberhand gewann.

Er betrat die teils vermoosten Betonstufen, auf denen sich trockenes Laub angesammelt hatte. Es ließ sich von hier aus nicht sagen, ob das Grün aus dem Gang nach oben gewachsen oder von dem Gebäude aus nach unten vorgedrungen war. Die Pflanzen hatten es geschafft, den gesamten Boden und die Wände zu bedecken, doch das spitz zulaufende Oberlicht des Gangs bildete eine natürliche Barriere, die sie nicht zu erklimmen vermochten. Allerdings war das Glas derart verdreckt und die Vegetation außerhalb so dicht, dass trotzdem nur verhältnismäßig wenig Licht einfiel.

Unter seinen Schritten raschelte das vertrocknete Laub, während Vilgan die Stufen nach unten stieg und dem Gang folgte, der weit über 3 Meter hoch und zirka 2 Meter breit war. Die Pflanzen an den Wänden und am Boden waren so dicht gewachsen, dass sich der Beton darunter nur selten zwischen den sattgrünen Blättern zeigte. Hier und da konnte er die Netze von Spinnen ausmachen, manche verlassen, andere mit einem geduldigen Bewohner.

Vilgan blieb stehen und lauschte. Er konnte kaum noch eines der gedämpften Geräusche von draußen hören. Der leichte Windhauch ließ einige Blätter rascheln.

Je weiter er in das sonderbare Zwielicht des Gangs eintauchte, in den nur vereinzelte, hin und wieder klar definierte Sonnenstrahlen fielen, desto mehr verlor er das Gefühl dafür, wie weit er sich vom Ausgang entfernte. Er lief vorsichtig, um nicht in den Ranken am Boden hängen zu bleiben und zu stolpern. Der Gang machte irgendwann einen Knick nach links. Als Vilgan die Ecke hinter sich ließ, hielt er kurz an und sah sich um: Durch die Ranken und deren Blätter sah alles gleich aus, was in diesem Augenblick fremdartig, fast surreal wirkte.

Irgendwann entdeckte er einen schmalen, abgehenden Seitengang, den er in all dem Grün beinahe übersehen hätte. Bei näherer Betrachtung stellte er fest, dass dieser in einen kleinen Raum mündete, in welchem es nichts gab außer noch mehr Grün. Das pyramidenförmige Oberlicht war hier weit weniger überwuchert und ließ daher mehr Licht einfallen, was die Pflanzen kräftiger wachsen ließ. Es gab sogar Blumen, die sich behaupten konnten, einige mit zartblauen, andere mit knallroten Blüten.

Vilgan wandte sich ab und lief zurück in den Gang, um diesem zur Quelle des Luftstroms zu folgen.

Auf seinem Weg fand er noch weitere Räume, wobei einige von ihnen Tische, Stühle und Regale enthielten, allesamt umhüllt von den Pflanzen und teils bis auf ihr Metallskelett zersetzt. Es gab zunehmend farbenfrohere Blumen und sogar Farne, was diesen grünen, sich immer weiter auffächernden Irrgarten noch unwirklicher erscheinen ließ, als er ohnehin schon war. In einem Raum hatte sich lückenlos Moos auf den Wänden ausgebreitet, während der Boden von klarem Wasser bedeckt war, das ruhig wie ein Spiegel dalag. In einem anderen Bereich hatte es ein Baum geschafft, Fuß zu fassen und den Lichtverhältnissen zu trotzen. Er wirkte nicht kränklich, vielmehr strahlte er eine gesunde Kraft aus wie ein sorgsam gepflegter Bonsai.

Ohne den Luftstrom als unsichtbaren Leitfaden hätte Vilgan längst den Rückweg angetreten; doch so trieb ihn die Neugier voran, um zu sehen, ob es irgendwo einen zweiten Ausgang gab oder ob lediglich ein zerbrochenes Oberlicht die Ursache war.

Vilgan folgte einem Gang, von dessen Ende deutlich helleres Licht zu ihm schien, als er hier unten bisher gesehen hatte. Kurz darauf öffnete sich vor ihm ein großer Raum, dessen Boden von Wasser bedeckt war. In der Mitte gab es einen Hain aus sehr dicht stehenden Birken, die durch das zerbrochene Oberlicht gewachsen waren. Von allen Seiten hatten sich Ranken und andere Pflanzen von oben in den Raum ergossen, wie ein Wasserfall, der längst erstarrt war und sich nur leicht bewegte, sobald er vom Wind berührt wurde. Im Wasser fanden sich kleine Inseln aus Moos, auf denen vereinzelte Gräser und Blumen wuchsen. Licht und Schatten warfen ein wunderbares Spiel auf das Wasser, dessen Reflexionen wiederum magisch auf dem satten Grün tanzten. Einige bunte Schmetterlinge flatterten umher.

Vilgan betrachtete den quadratischen Raum und entdeckte auf jeder Seite einen weiteren Durchgang. Doch an diesem Punkt musste er sich eingestehen, dass es besser war, umzukehren, anstatt sich am Ende wirklich noch zu verirren, zumal es die Höhe der Wände unmöglich machte, zur Not einfach an einer beliebigen Stelle aus dem Irrgarten zu klettern.

Und so machte er sich auf den Rückweg, denn noch immer hatte er keine Ahnung, wo er sich eigentlich innerhalb des Parks befand.

2. Zwischenspiel

Vilgan verfolgte die Übertragung der Außendrohne auf dem Hauptmonitor: Der Bildausschnitt zeigte die offene Außenschleuse und die spärliche Beleuchtung des Raumschiffs. Die Finsternis, die alles rahmte, wirkte auf eine seltsame Art schwer, als würde sie jeden Moment dickflüssig aus dem Bild quellen. Die Außenhülle schien im Licht der Drohnenscheinwerfer feucht zu glänzen.

Er stoppte die Drohne und behielt die Position bei. Er schaute auf die anderen Monitore, von denen jeder das Bild einer der 5 kleineren Kameras zeigte, die unterschiedliche Winkel und Bereiche abdeckten, ehe er sich wieder der Hauptkamera widmete und die Drohne drehte, um in Ruhe einen Blick in dieses Nichts zu werfen, durch das er trieb.

Seine Handflächen schwitzten. Die Tatsache, dass ihn nur wenige Zentimeter eines hochentwickelten Materials vom Tod trennten, war eine Sache, eine andere diese weite Leere dort draußen, welche diesen riesigen, stählernen Kokon umgab.

Er schaltete zwischen verschiedenen Modi hin und her, doch abgesehen von der kosmischen Hintergrundstrahlung und den Wellen, die vom Raumschiff ausgesandt wurden, gab es absolut nichts; nur völlige Schwärze und Kälte. Ohne Anhaltspunkte würde es ihm nie gelingen, die Geschwindigkeit zu ermitteln, mit der sich das Schiff durch die Leere bewegte, die so gigantisch war, dass selbst die komplexesten Modelle für die inneren Regionen keinerlei gravitative Einflüsse errechnen konnten.

Vilgan beschleunigte die Drohe und betrachtete das Raumschiff mittels einer der Nebenkameras; es war nichts weiter als eine Ansammlung von hellen Punkten in der Nähe der Schleuse, aus der das meiste

Licht drang. Fast hatte das Bild etwas von einem Sternensystem, das vollkommen aus dem Gleichgewicht geraten war und kurz davorstand, durch seine eigenen Kräfte zerrissen zu werden.

Aus den anderen Richtungen gab es keinerlei Reflexionen. Das Licht der Scheinwerfer schien nicht einmal zu existieren.

Vilgans Gedanken schweiften ab. War das hier lediglich der Versuch, eine Erklärung zu finden, nur um nicht der Wahrheit ins Auge blicken zu müssen, tatsächlich in *Birrghs Leere* zu sein? Wovor hatte er Angst? Es gab nichts, das etwas an dieser Situation ändern würde, wenn er sich eingestand, verloren zu sein. Einen Sinn und eine Garantie auf Sicherheit gab es hier so wenig wie auf einem Planeten.

Plötzlich wurde Vilgan zurück ins Hier und Jetzt gerissen, als sich für den Bruchteil einer Sekunde etwas an der Schwärze auf dem Hauptmonitor verändert hatte. Sofort prüfte er die empfangenen Daten der Sensoren und versuchte, jede Bildübertragung auf einmal zu verfolgen. Hatte er sich diese optische Schwankung nur eingebildet? Und was war überhaupt passiert? Vielleicht handelte es sich nur um einen kurzzeitigen Übertragungsfehler. Aber wodurch verursacht? In der Finsternis dort draußen gab es keinerlei Störfrequenzen. Die Drohne befand sich aktuell rund 800 Meter vom Raumschiff entfernt, dieser Ansammlung von Lichtern, und hielt stabil ihre Position.

Vilgan drehte und rotierte die Drohne, um möglichst große Bereiche abzudecken, doch die Übertragungen zeigten nur unverändert diese unnatürlich intensive Schwärze und die Lichter des Raumschiffs.

Auf einmal schälte sich etwas am unteren Rand aus dem Dunkel und drängte sich in das Bild der Hauptkamera, berührt von den Scheinwerfern der Drohne. Es trieb nach oben und füllte nach und nach die hochauflösende Übertragung auf dem Hauptmonitor und Teile von zwei anderen Bildschirmen.

Ungläubig betrachtete Vilgan das Objekt, das eine rundliche Form hatte. Die dargestellte Farbe lag irgendwo zwischen Grau und Olivgrün. Er wagte es nicht, die Drohne auch nur ein Stück zu bewegen. Gebannt starrte er auf das Bild, in das sich von außen drei schwarze Linien schoben, die untereinander einen identischen Winkel besaßen. Als sie sich zeitgleich an einem Punkt trafen, passierte zunächst nichts.

Auf einmal klappten die Dreiecke von den sich berührenden Spitzen aus nach hinten in die Schwärze, während sich der Rand der freigelegten Öffnung verzog, so dass ein Kreis entstand. Vilgan wusste instinktiv, was er da sah: Ein riesiges Auge.

Kurz darauf brach die Verbindung zur Drohne ab. Alle Monitore zeigten lediglich eine Fehlermeldung und eine Auswahl an Optionen. Doch statt sich damit zu befassen, schloss Vilgan panisch die Außenschleuse. Als das Bedienfeld den Hinweis gab, dass die Verriegelung abgeschlossen war, schaltete er zu der Kamera innerhalb der Schleuse, nur um sich zu vergewissern, dass sie wirklich nicht mehr offen war.

Sein Puls raste und er nahm die Dinge um sich herum deutlich klarer und intensiver wahr.

Sofort ließ er ein breites Spektrum an Scans laufen, doch ohne Erfolg; es gab dort draußen nichts, das die Leere veränderte. Nicht einmal die Drohne konnte er lokalisieren.

Vilgan rechnete jeden Moment mit einer Erschütterung und einem Angriff von dem, was dort draußen war, diesem unsichtbaren Wesen, dem *Beobachter*. Doch nichts geschah: Keine Explosion, kein Erzittern der Struktur, keine Schwankungen in der Energieversorgung, kein Druckabfall.

Er wusste von Lebewesen, die im Vakuum überleben konnten. Diese reichten von Einzellern bis hin zu größeren Exemplaren, wobei sich die einfachsten Organismen beispielsweise von Mineralien auf Asteroiden ernährten und so den Anfang der Nahrungskette innerhalb einer sonderbaren Fauna bildeten. Die meiste Zeit verbrachten diese Wesen jedoch in einer Starre, um in den extremen Bedingungen zwischen den Planeten und Galaxien überleben zu können.

Vilgan hatte kein einziges Mal davon gehört, dass solche Lebewesen innerhalb der *Voids* nachgewiesen wurden. Auf der anderen Seite rechnete man auch nicht zwangsläufig damit, am Grund eines 100.000 Kilometer tiefen Ozeans komplexes Leben vorzufinden; es gab stets eine Ausnahme, deren Existenz alles andere in Frage stellen konnte.

Diese und weitere Gedanken waren es, die Vilgan nicht zur Ruhe kommen ließen. Beinahe zwanghaft ließ er immer wieder Scans laufen, lauschte in die Stille des Raumschiffs und prüfte die Übertragungen der funktionierenden Kameras an Bord.

Irgendwann war er derart erschöpft, dass er kaum noch klar denken konnte und immer wieder kurz einschlief. Im Strom der verschwimmenden Bilder und Gedanken versuchte er, eine Lösung zu finden, wie er sich schützen konnte.

Doch was hätte er schon ausrichten können? Zudem war er es, der eventuell der Eindringling war. Wie würde er reagieren, wenn nach Jahrmillionen plötzlich etwas Fremdes auftauchen und seine Ruhe stören würde? Neugierig? Zurückhaltend und beobachtend? Oder doch aggressiv? Wie er es auch betrachtete, er war auf das Wohlwollen der Kreatur dort draußen angewiesen.

Er hatte noch immer keine Antwort darauf, wie schnell das Raumschiff durch die Leere glitt. Er wusste, dass der Antrieb nicht im Ansatz die Leistungsfähigkeit besaß, um es auch nur zu versuchen, den Rand von *Birrghs Leere* zu erreichen und das Territorium des *Beobachters* zu verlassen. Und selbst wenn die Energie ausreichen und es keinerlei technische Probleme geben würde, so wäre doch die Welt, von der er nicht einmal wusste, ob sie überhaupt noch existierte, bei seiner Rückkehr und dem Erwachen aus dem Kälteschlaf eine völlig andere; Sterne wären verglüht und explodiert, Planeten verödet und

Sonnensysteme so weit auseinandergedriftet, dass es unmöglich gewesen wäre, einen Ort zu finden, der ihm passende Lebensbedingungen geboten hätte. Folglich wäre er so oder so weiterhin auf diesem Raumschiff gefangen – eine Oase in der Schwärze.

Diese und weitere Gedanken lähmten Vilgan, denn sie verdeutlichten, dass nichts, das er unternahm, etwas an seiner Situation zu ändern vermochte. Auf der anderen Seite konnte er sich glücklich schätzen, hier in diesem *Void* zu sein und nicht in einem Mahlstrom aus Eis und Gestein im Orbit eines gigantischen Sternes oder gar eines Schwarzen Loches, was zahllose zusätzliche Sorgen und Probleme mit sich gebracht hätte.

Vilgan war natürlich bewusst, dass alle Dinge an der Oberfläche – und in der Realität – sinnlos waren, sobald man sie den Dimensionen und Kräften des Universums gegenüberstellte. Im gleichen Atemzug konnte aber nichts und niemand garantieren, dass es nicht doch irgendetwas gab – einen verborgenen Sinn hinter dem Vorhang, einen Grund für die Gesetze der Sterne und die Entwicklungen dazwischen.

Wie viele Stunden hatte er bereits die Monitore mit den unveränderten Ergebnissen der zahllosen Scans angestarrt? Er wollte aber auch nicht die Hoffnung aufgeben, denn er hatte nichts anderes; er konnte nicht zulassen, dass sich die Leere von dort draußen auch in sein Herz fraß. Er musste sich der Tristesse entgegenstellen und damit der Sinnlosigkeit seiner Existenz. Er spürte deutlich, wie *Birrghs Leere* immer aggressiver versuchte, ihn seines Verstandes zu berauben und zur Aufgabe zu zwingen.

Doch letztendlich war es wie mit dem *Beobachter* in der Schwärze: Die Dinge lagen außerhalb seiner Macht. Er musste sich treiben lassen.

Kapitel 8

Verwerfung der Dinge

Vilgan ließ den Blick über die große Wiese wandern, auf welcher es mehrere Pavillons gab, vereinzelte, mächtige Bäume und abgehende Wege, die sich im Grün der Umgebung verloren. Ein paar Meter von ihm entfernt befand sich eine öffentliche Toilette. Das kleine Gebäude stand an dem breiten, asphaltierten Hauptweg und wirkte, als würde es nur noch einen weiteren Sommer benötigen, um restlos in der umliegenden Vegetation zu verschwinden. Der Getränkeautomat daneben war zu seinem Bedauern leer. Wie schön wäre nun ein eiskaltes Wasser gewesen!

Er drehte sich wieder um und betrachtete die Übersichtskarte, welche diesmal sogar seine gegenwärtige Position zeigte.

Er studierte die kaum noch lesbare Legende und ihre Symbole, um so zumindest einen Teil seiner bisherigen Strecke zu rekonstruieren und sich das nächste Ziel herauszusuchen. Es boten sich ein Teich an, ein Rosengarten und ein Restaurant, das laut zusätzlicher Angabe über eine Aussichtsplattform verfügte, von der aus Vilgan gewiss einen guten Blick auf die Umgebung werfen konnte.

Er musste von hier aus nur nach links laufen, auf dem Weg bleiben und bei der 2. Möglichkeit nach rechts abbiegen, um das Gebäude zu erreichen. Obwohl er bisher keinem anderen Besucher begegnet war und auch die Pavillons mit ihren schattigen Sitzgelegenheiten trotz des schönen Wetters leer waren, hoffte er, jemanden in dem Restaurant oder auf der Aussichtsplattform anzutreffen, um eventuell mehr über diesen eigenwilligen Ort zu erfahren.

Auch wenn Vilgan es bereits geahnt hatte, war er doch etwas überrascht, als er wenig später dem ansteigenden Weg folgte, der in eine steinerne Treppe überging, auf deren linker Seite sich das verwilderte Gebäude erhob, welches das Restaurant hätte sein sollen – oder bis vor vermutlich 10 Jahren war.

Der Putz bröckelte an vielen Stellen ab, auf der Terrasse wuchsen Büsche und die Fenster waren allesamt verdreckt. Überraschenderweise stand die große Flügeltüre offen, durch welche man auf die Terrasse gelangen konnte.

Vilgan lief weiter und erreichte kurz darauf den Vorplatz des Gebäudes, dessen Architektur etwas von einer massiven Burg hatte und zugleich an eine Villa irgendwo an einem Meer im Süden erinnerte. Der gepflasterte Vorplatz war ungepflegt aber nicht verwildert.

An der offenen Türe klebte ein laminiertes Hinweisschild mit einem Bild, das verriet, dass man nur die Haupttreppe nach oben nehmen musste, um zur Aussichtsplattform zu kommen.

Vilgan trat in das dunkle Innere und blieb einen Moment lang stehen, um die etwas kühlere Temperatur zu genießen und seinen Augen die Möglichkeit zu geben, sich an die neuen Lichtverhältnisse zu gewöhnen.

Rechts befand sich ein Tisch mit einer Auslage an Prospekten, die sich bei näherer Betrachtung als über 20 Jahre alt entpuppten. Sie priesen kulturelle Veranstaltungen und Ausstellungen in der Umgebung an. Daneben gab es vergilbte Postkarten und eine Kasse des Vertrauens, in der sich neben einer Feder und toten Fliegen auch einige Münzen befanden.

Vilgans Aufmerksamkeit wurde jedoch Sekunden später von dem Getränkeautomaten auf der anderen Seite gefesselt. Er suchte in seinen Taschen nach ein paar Münzen, während er überlegte, für was er sich entscheiden sollte. Letztendlich fiel seine Wahl auf ein Wasser mit einem beworbenen Extra an Mineralstoffen.

Er stillte seinen Durst an Ort und Stelle. Das kalte Wasser war eine unglaubliche Wohltat. Er hielt die Flasche zusätzlich eine Weile an seine Halsschlagader und in den Nacken, um die Kälte noch effektiver zu nutzen.

Als der letzte Schluck getrunken war, warf er die Flasche in den dafür vorgesehenen Abfallbehälter neben dem Automaten.

Vilgan lief weiter und damit direkt auf die Treppe zu, die aus dem großen Saal, in welchem nur vereinzelte Tische und Stühle ohne erkennbare Ordnung standen, nach oben führte. Dort gab es fest installierte, blaue Sitzbänke aus Kunststoff, die keine Rückenlehne besaßen. Die hohen, geschlossenen Fenster, durch die man einen Rundumblick haben konnte, waren trüb und verdreckt von all den Jahren und ihren Jahreszeiten. Es war auch deutlich wärmer als im Erdgeschoss, ein Eindruck, der durch die sehr stickige Luft verstärkt wurde.

Vilgan sah sich nach einer Türe um, die hinaus auf die umlaufende Aussichtsplattform führte, musste aber feststellen, dass der Zutritt untersagt war. Ein Schild an der abgesperrten Türe erwähnte Bauarbeiten, von denen draußen allerdings nichts zu erkennen war.

Ernüchtert lief Vilgan an den Fenstern entlang und schaute dabei über das rostige Eisengeländer der Aussichtsplattform, das teils von Ranken umschlungen wurde. Der Park dahinter zeigte sich von hier oben lediglich als enorme Waldfläche. Obwohl er sich an einem der höchsten Punkte befand, verschluckten die meist ungezügelt wachsenden Pflanzen die Wege und raubten dem Auge damit die theoretisch erkennbare Struktur der Anlage. Auf einer Seite erhoben sich in der Ferne verschiedene Häuser und dahinter die großen Bürogebäude der Stadt, während Vilgan in den anderen Richtungen die umliegenden Berge ausmachen konnte oder nur den Himmel über den Bäumen.

Er würde wohl oder übel ohne bessere Orientierung weiterziehen müssen. Aber es gab Schlimmeres als auf diese Art eventuell die eine oder andere Überraschung zu erleben. Unter anderen Umständen hätte er gewiss das Treibhaus nicht entdeckt. Zudem war er hier nicht irgendwo in der Wildnis, wo er sich auf einem Irrweg zwangsläufig in Lebensgefahr begab.

Vilgan lief zurück in das kühle Erdgeschoss. Er sah durch die offene Türe hinaus auf die Terrasse, deren Bodenplatten vergrünt und teils sogar vermoost waren. Die gebrochenen Fugen dazwischen boten neben ein paar Büschen auch Raum für Gräser und einzelne Blumen. Es gab weder Tische noch Stühle. Die Hitze, die Vilgan von den Platten entgegenstrahlte, hielt ihn davon ab, nach draußen zu gehen, zumal die Übersicht von dort aus nicht besser sein würde.

Als er sich nach ein paar Momenten abwandte, um das Gebäude zu verlassen, konnte er auf einmal verbranntes Laub riechen, was ihn schlagartig hellwach machte.

Ein Taifun, der vom Meer her Richtung Festland zog, trieb eine riesige Regenfront vor sich her, von welcher ein Ausläufer dafür gesorgt hatte, dass es in dieser Gegend vor 2 Tagen fast 24 Stunden lang geregnet hatte. Die Auswirkungen waren kein Vergleich zu den Verhältnissen in anderen Regionen, über die in den Nachrichten gesprochen wurde, mit verheerenden Überschwemmungen, Landrutschen und sogar vereinzelten Toten. Gut möglich, dass eben dieser Regen seinen Beitrag dazu geleistet hatte, dass Vilgan das aktuelle, schwülheiße Wetter als besonders kräftezehrend empfand. Allerdings vermutete er, dass es selbst ohne den Niederschlag so gewesen wäre.

Und doch verhieß der Geruch von verbranntem Laub nichts Gutes, schon gar nicht in einer so dicht bewachsenen Anlage, in der es kaum Besucher gab, die im Fall der Fälle hätten Alarm schlagen können.

Vilgan rannte durch das Haus zum Vorplatz und blieb stehen. Er schirmte die Augen von der Sonne ab und nahm einige Atemzüge durch die Nase, um eventuell die Richtung zu bestimmen, aus welcher der Geruch kam. Doch er konnte nur den milden, süßlichen Duft diverser Blüten riechen, kein brennendes Laub. Deshalb machte er kehrt und lief riechend zurück in das Gebäude, wo der Geruch im Saal zurückkehrte, auf der Terrasse allerdings wieder verschwand.

Er sah sich in den Räumen um, die an den Saal angrenzten, bis er in der vermutlich ehemaligen Küche eine Türe mit einer Treppe nach unten fand, von wo der Geruch zu kommen schien. Das Licht, das durch die Fenster einfiel, verlor sich recht schnell in der kühlen Dunkelheit. Er betätigte den Lichtschalter, woraufhin zu seiner Überraschung alte Glühbirnen aufhellten und ihr dreckiges Licht verströmten, schwach aber ausreichend.

Mit jeder Stufe, die er hinab in den Keller stieg, wurde der Geruch von verbranntem Laub intensiver. Und was Vilgan zunächst für Dunkelheit hielt, die nicht ganz von den Glühbirnen verdrängt werden konnte, entpuppte sich im Gang am Ende der Treppe als Ruß, der am Boden, den Wänden und sogar an der Decke haftete und das Licht schluckte. Er fand das seltsam, denn oben gab es keinerlei Hinweise darauf, dass hier unten ein Feuer gewütet hatte; keine geschwärzte Decke, keine verkohlte Türe.

Nach einigen Metern fand er verbrannte Blätter zu seinen Füßen, die bei der kleinsten Berührung zu Staub zerfielen. Und obwohl der Geruch immer durchdringender wurde, blieb die Luft kühl und vor allem frei von Rauch.

Vilgan folgte dem Gang. Er spähte in die angrenzenden Räume, die nichts weiter waren als finstere Löcher, doch er konnte weder Flammen sehen noch ein Glutnest. Die Menge an verbrannten Blättern am Boden nahm stetig zu. In manchen Ecken und Winkeln gab es sogar Anhäufungen, als hätte der Wind sie dort behutsam abgelegt.

Auf einmal spürte er unter seinen Füßen nicht mehr nur den harten Betonboden, sondern vermehrt eine weiche, dicke Schicht aus Asche und verkohltem Holz. Ferner wurde die Luft langsam von einem Nebel erfüllt, der das Licht der Glühbirnen streute und so alles heller erscheinen ließ, als es tatsächlich war.

An diesem Punkt hätte er unter anderen Umständen kehrt gemacht. Doch irgendetwas ließ ihn weiterlaufen und darauf vertrauen, dass er beißenden Rauch in der Lunge und in den Augen spüren würde, ehe ein Gas seine Sinne trüben konnte. Aber vielleicht benötigte jemand nur wenige Meter von ihm entfernt Hilfe, weil er oder sie ebenfalls dem Geruch gefolgt war. Vilgan rief, erhielt jedoch keine Antwort.

Es ließ sich nicht sagen, ob es Wassertröpfchen waren, die da vor seinen Augen tanzten, oder Staub und Asche. Das Schwarz des Rußes wich immer weiter in den Hintergrund und machte Platz für das Grau des Nebels, der ihn mit immer größerer Intensität umspielte und regelrecht verschlang.

Nach und nach zeigten sich am Boden Gräser, zunächst von Ruß und Asche bedeckt, dann gräulich und ausgetrocknet, schließlich grün und in vollem Saft. Und ehe Vilgan es realisierte, lief er über Erde, aus der Steine und Wurzeln ragten.

Er fühlte sich in seine sonderbaren Träume versetzt, behielt den Weg aber unerschrocken bei und kletterte kurze Zeit später eine kleine Anhöhe empor, auf der ihn ein schwaches, goldenes Glühen begrüßte, das sich minimal vom Schein des Nebels abhob. Er lief weiter, ohne über die möglichen Gefahren nachzudenken oder darüber, weshalb die Dinge so waren, wie er sie gegenwärtig erlebte.

Zunächst tauchten Farne auf, aus denen sich wenig später Bäume erhoben, während das Glühen heller wurde und der Nebel deutlich nachließ. Ein Windstoß zerriss plötzlich die letzten Nebelschwaden und trieb die Fetzen hinfort. Was blieb, war der Blick über ein Getreidefeld am Rande des Waldes, der sich nach wie vor weitgehend im undurchdringlichen Grau des Nebels verborgen hielt. Morgentau glitzerte auf den Ähren, wohingegen der Horizont und die vereinzelten Wolken am Himmel im goldenen Feuer der aufgehenden Sonne brannten.

Vilgan betrachtete die Szene voller Erstaunen und spürte aus dem Nichts heraus Melancholie, Wehmut, Hoffnung, Freude, Entspannung, Aufregung und andere Gefühle, welche er seit Ewigkeiten nicht mehr so intensiv gespürt hatte und die aufgrund dessen nun regelrecht fremd wirkten. Und doch gewann er hier in diesem Moment eine Ahnung davon, weshalb die Sonne seit Menschengedenken verehrt und zu einer Gottheit erhoben wurde.

Der Wind wehte über das schier endlose Feld, das sich links und rechts im Dunst verlor und in der Ferne im gleißenden Licht, und versetzte die taubenetzten Ähren in Bewegung; es war ein Meer aus Diamanten. Es gab nirgends eine Spur von einem Feuer. Verflogen war auch der Geruch von verbranntem Laub.

Vilgan atmete bewusst die kühle, feuchte und wunderbar duftende Luft. Sie war so rein, dass sie ihn fast benommen machte.

Er konnte sich jedoch nicht lange am Zauber dieses unbekannten Ortes erfreuen, denn auf einmal gab es hinter ihm ein ohrenbetäubendes Geräusch, ein Krachen, das aber keine Explosion war.

Vilgan wirbelte herum und sah, wie sich ein *Verschlinger* durch den Wald schob und Bäume, Erde und Nebel in einem Sturm der Zerstörung vertilgte. Holz, Steine und Dreck flogen wie Geschosse umher, der Boden unter Vilgans Füßen bebte.

Er wich zurück. Dann traf ihn eine Druckwelle aus den Ventilen des *Verschlingers*, der in all dem Chaos nicht mehr war als ein undefinierbares Konstrukt. Vilgan verlor den Boden unter den Füßen und wurde nach hinten in das Feld geschleudert. Er versuchte noch, sich zurück auf die Beine zu kämpfen, doch dann folgte ein ungeheurer Knall, der ihn aus dem Bewusstsein riss.

3. Zwischenspiel

Vilgan wollte erneut sämtliche Kameraübertragungen prüfen und eine weitere Außendrohne auf den Weg schicken, doch als sein Blick zu den Werten des letzten Scans wanderte, rückte seine Suche nach dem *Beobachter* schlagartig in den Hintergrund.

Die Ergebnisse verrieten, dass seine Situation deutlich schlechter geworden war, etwas, das er angesichts seiner Lage kaum für möglich gehalten hatte. Zu seiner Überraschung verfügte das System nun auch über zuvor verloren geglaubte Daten, die einige von Vilgans Fragen beantworteten – und dabei ein mehr als düsteres Bild zeichneten.

Die zuletzt bekannte Position war auf einem *Rogue Planet*, einem *Drifter* mit der Bezeichnung „Yggh.713". Dabei handelte es sich laut Verzeichnis um einen Planeten mit einem Durchmesser von etwa 170.000 Kilometern und einem festen Kern, von dem angenommen wurde, dass er einen ungewöhnlich niedrigen Eisenanteil besaß. Die Oberfläche des Planeten bildete ein Eispanzer von rund 3.000 Kilometern Dicke, unter welchem sich ein Ozean befand, der durchschnittlich 27.000 Kilometer tief war. Es gab keine Landmassen. Im Eis waren zahllose Asteroiden gefangen, die im Laufe der Jahrmillionen einschlugen. Allgemein wurde davon ausgegangen, dass Yggh.713 durch eine Explosion oder einen Zusammenprall aus einem Planetensystem katapultiert worden war. Es gab allerdings auch die Theorie, dass er sich aus einem riesigen Asteroiden bildete, der auf seiner Flugbahn immer wieder eisreiche Areale durchzogen hatte.

Vilgan suchte nach Informationen, um die ungefähre Position des Drifters zu errechnen. Leider entpuppten sich die verfügbaren Daten als unzureichend, um mit ihrer Hilfe mittels Simulation herauszufinden, wo sich der einsame Koloss befand, der ziellos durch das Universum trieb.

Doch weshalb war er hier? Warum befand sich das Raumschiff laut Monitor etwa 6.000 Kilometer unter dem Eispanzer? Wie sollte er zurück zur Oberfläche kommen?

Vilgan stoppte in seinen Gedanken. Er hatte Drohnen hinaus in die Finsternis geschickt und den *Beobachter* gesehen. Dieser wäre in einem Ozean nichts Ungewöhnliches, dass das Raumschiff jedoch nicht geflutet worden war und er noch lebte allerdings schon.

Selbst in einer riesigen Luftblase hätten sich die Drohnen aufgrund der Gravitation anders verhalten. Oder war genau dieser Ort eine seltsame, physikalische Anomalie, in der andere Gesetze galten? Einer jener Orte, die Quell für all jene Geschichten waren, die man sich erzählte, um der Eintönigkeit zumindest vorübergehend zu entrinnen und dem Hirn etwas Nährboden für die Phantasie zu geben.

Er ließ einige Scans von vorn laufen. War dort draußen nun ein Vakuum, eine Flüssigkeit oder doch ein Gasgemisch? Und was war eigentlich mit der übrigen Besatzung dieses Frachters?

Laut den spärlichen Logbuch-Einträgen, die weder Datum noch Verfasser nannten, waren sie mit der Aufgabe betraut worden, eine Forschungssonde auf Yggh.713 zu platzieren. Es wurde vermutet, dass es im Kern extrem seltene Erze gab, was wiederum den geringen Eisenanteil erklären würde. Mit der Sonde sollte geprüft werden, ob sich die Anstrengungen einer interstellaren Ernte lohnten.

Das Fehlen weitergehender Informationen deutete Vilgan als Zeichen, dass die Sache einer gewissen Geheimhaltung unterlag und man aus irgendeinem Grund das Risiko, eventuell von Piraten aufgegriffen zu werden, als besonders hoch eingestuft hatte. Und obwohl das Universum voll mit Rohstoffen war, gab es darunter doch einen gewissen Prozentsatz, den man nicht leichtsinnig in die falschen Hände geraten lassen wollte – oder durfte. Erschwert wurde das alles durch Bestechung. Jeder wusste, dass es kein Raumschiff gab, auf welchem sich nicht mindestens ein Besatzungsmitglied mit Gütern, Schmuggelware oder der Weitergabe von Informationen etwas dazuverdiente.

Vilgan konnte einige Fragen gegebenenfalls nur klären, indem er eine weitere Drohne nach draußen in die Finsternis schickte. Vor allem musste er sich ernsthaft mit dem Gedanken befassen, sämtliche Sensoren zu ersetzen, denn die anfänglichen Ergebnisse wichen zu sehr von den aktuellen ab. Was die Einsamkeit anbelangte, so war ein *Void* nicht schlimmer als mehrere Tausend Kilometer Eis über und endlos tiefes Wasser unter ihm. So oder so war es eine Situation, deren reelle Tragweite er nur theoretisch fassen konnte.

Als er das Gefühl hatte, auf der Brücke vorerst nichts mehr tun zu können, erhob er sich, um in den Werkstattbereich zu gehen. Er wollte eine der Drohnen für einen weiteren Start vorbereiten und sicherstellen, dass alle Kameras und Sensoren einwandfrei funktionierten, um noch mehr über die Dunkelheit dort draußen zu erfahren.

Da die Hauptbeleuchtung der Brücke deaktiviert war und nur Teile durch die verschiedenen Bildschirme erhellt wurden, sah Vilgan lediglich Bruchstücke seiner Umgebung. Dennoch stellte er bereits nach wenigen Metern überrascht fest, dass am Boden Ranken lagen. Als er sich umsah, fand er sie plötzlich im Halbdunkel an mehreren Stellen, an Tischen, auf Monitoren, Tastaturen und den Bedieneinheiten.

Vilgan wollte gerade die Beleuchtung per Tastendruck aktivieren, als sämtliche Monitore asynchron zu flackern begannen, was die Formen und Schatten grotesk verzerrte und in abstrakte Bewegung versetzte. Gleichzeitig ertönte aus verschiedenen Richtungen ein lautes, quietschendes Geräusch, begleitet von einem sehnigen Knirschen. Laub raschelte. Dann gab es ein anschwellendes, statisches Knistern, gefolgt von einem Knall, der nichts als Dunkelheit brachte.

Kapitel 9

Im Geflecht

Das Chaos in seinem Kopf ließ Vilgan keine Ruhe. Lebten in diesem Park Erinnerungen weiter, die nicht seine eigenen waren? Wie Echos, die er unfreiwillig wahrnahm und visualisierte. Oder waren es allesamt Szenen aus seinem Unterbewusstsein, welche nun an die Oberfläche traten, weil er hier empfänglicher war? Immerhin gab es keine Ablenkungen des Alltags und damit keinerlei Hürden, was es den Bildern erlaubte, frei zu fließen und Vilgans Gedanken für sich zu beanspruchen.

Vielleicht lag es aber auch einfach an dem Ort selbst, an der Energie, die hier unter seinen Füßen strömte, fast so, wie an einem Kraftort, nur mit dem Unterschied, dass das visuelle Zentrum seines Gehirns stimuliert und mit eigenartigen Episoden überflutet wurde.

Vilgan fühlte sich in diesem sonderbaren Park beinahe so isoliert wie in seinen Gedanken, wie in dem Raumfrachter, der durch das ewig dunkle Nichts trieb.

Es entzog sich jeder Erklärung, dass sich Phantasie und Wirklichkeit derart fließend und perfekt verwoben. Woher kam plötzlich dieses Wirrwarr in seinem Kopf? Er ging nicht ernsthaft von einem Verlust seiner Zurechnungsfähigkeit aus, musste aber zugeben, dass diese Variante aktuell die plausibelste war.

Eventuell musste er die ganze Sache auch einfach symbolisch betrachten: Er hatte sich auf diese Reise begeben und doch würde es ihm niemals möglich sein, all den Dingen zu entfliehen, die er vermeintlich hinter sich gelassen hatte, und wenn auch nur für einen kurzen Augenblick. Bei jedem Schritt trug er die unsichtbaren Erfahrungen, Momente, Bilder und Gedanken mit sich, die guten wie die schlechten, die ihn in der Summe letztendlich zu der Person gemacht hatten, die er war.

Dass es sich eventuell um Hinweise des Universums handelte, die einer Gottheit oder einer anderen Macht, musste er ernsthaft in Erwägung ziehen, als er einen großen, freien Platz betrat. Am anderen Ende erhob sich mittig ein kreisrunder Pavillon mit Kuppeldach, dessen abblätternde Farbe und von zahllosen Ranken umschlungenen Säulen lediglich Schatten des einstigen Prunks waren. Vilgan konnte allerdings schon auf diese Entfernung erkennen, dass die Zeit der Ästhetik nichts hatte anhaben können.

Dennoch war es nicht dieser Pavillon, der Vilgans Aufmerksamkeit auf sich zog, sondern der Boden des Platzes: Die ehemals weißen, unregelmäßig geformten aber perfekt verlegten Steinplatten waren durchzogen von einem Netzwerk aus etwa 10 Zentimeter breiten und ebenso tiefen Kanälen, allesamt ausgekleidet mit bunten Kachelmosaiken. Die Farben bildeten einen intensiven Kontrast zu ihrer Umgebung. Die Kanäle kreuzten sich an zahllosen Stellen, doch dünne Trennwände und tiefer gelegene Durchläufe verhinderten, dass sie sich wirklich berührten oder Sackgassen bildeten. Auch bestand die Geometrie nicht nur aus Geraden, sondern zusätzlich aus Krümmungen, Kreisen und Ovalen. Vilgan musste an Wandtücher mit aufwändigen Knotenmustern denken. Da ein Kanal aus dem Knotengarten zum vorderen Ende des Platzes verlief, drängte sich die Vermutung auf, dass es keine Vielzahl an Kanälen gab, sondern nur einen, der dieses komplexe Muster formte. Der Kanal verließ das Geflecht, erstreckte sich einige Meter in einer Geraden und endete an einem Loch, das gerahmt wurde von einem Mosaik, das eine Blüte darstellte – oder die Sonne.

Vilgan musste an ein Labyrinth denken, das man durchschreiten konnte, um in Ruhe nachzudenken und sich bei den einzelnen Schritten zu besinnen, um das oftmals komplizierte Konstrukt, das man Leben nannte, zumindest für einen kurzen Moment zu entwirren. Vielleicht steckte der gleiche Gedanke hinter dieser Anlage.

Vilgan durchquerte das Kanalsystem und steuerte auf den Pavillon zu. Hier und da wuchsen Gräser zwischen den Bodenplatten, an manchen Stellen hatte es ein Busch geschafft, sich etwas Raum zu schaffen, nur um weitaus kümmerlicher zu bleiben als all die anderen, völlig wild wuchernden Exemplare jenseits des Platzes. Laub und Federn hatten sich in einigen Bereichen des Kanalsystems angesammelt, das gesamt betrachtet weitaus gepflegter wirkte als der Rest dieser Anlage, was die Vermutung aufkommen ließ, dass es zumindest hin und wieder gereinigt und mit Wasser gespeist wurde.

Rote und blaue Libellen schwirrten über den Platz. Vom Horizont her erhoben sich über den umliegenden Bäumen erste Wolken. Keine Schleierwolken oder unscheinbare Fetzen, sondern klar definierte, mächtige Berge mit weißen Wänden und dunklen Klüften und Schatten. Vilgan wusste mittlerweile, dass sich das Wetter in dieser Region schlagartig ändern konnte, aber seines Wissens nach sollte es heute trocken bleiben. Und wenn nicht, dann wäre es eben so. Es war eine dieser Sorgen, die letztendlich völlig belanglos waren. Regen würde weder eine Ernte vernichten, für die er verantwortlich war, noch ein anderes Projekt gefährden oder verzögern und damit eine Menge Ärger verursachen. Er würde im schlimmsten Fall nass werden, mehr nicht. Und da sein Geldbeutel gut geschützt war, würde es nur eine Unannehmlichkeit sein. Man war es vielleicht nicht gewöhnt, aber es würde einem auch nicht schaden. Genau wie eine kalte Dusche. In einen kalten See springen war allerdings einfacher, als den Schritt unter die Wasserstrahlen zu wagen, von denen man sich jederzeit zurückziehen konnte. Nach Verlassen des Bodens bei einem Sprung gab es kein Zurück mehr. Und vielleicht lag genau da auch das Problem, weshalb eine kalte Dusche so viel unangenehmer sein konnte. Aber was sagte das über einen selbst aus, wenn man sich nicht einmal dieser Sache stellen konnte?

Seine Gedanken flogen umher wie die Libellen, während er einen Fuß vor den anderen setzte und sich dem Pavillon näherte, stets darauf achtend, nicht direkt auf einen der Kanäle zu treten. In Verbindung mit all seinen Gedanken, die ihn auf dieser Reise begleiteten oder ihm wie fremde Personen begegneten, wurde dieses bunte Knotengeflecht zu einem Sinnbild des Lebens, das einerseits verworren und komplex wirkte – und durchaus auch sein konnte –, schlussendlich aber nichts weiter war als eine simple Linie zwischen Geburt und Tod. Und dieser Linie folgte alles, von einer Blume über das Insekt, über Wolken, die entstanden und sich auflösten, bis hin zu den mächtigsten Bergmassiven, die irgendwann nichts weiter sein würden als Staub.

Vilgan sah, dass sich das Muster am Boden auch hinter dem Pavillon erstreckte und diesen rahmte. Deshalb stieg er die Stufen zur Plattform hinauf, um von dort einen etwas besseren Überblick zu haben.

Der Pavillon hatte umlaufende Sitzbänke. Am Boden zeigte sich ein Mosaik, das an ein Mandala erinnerte. Die Ranken an den Säulen, deren Haupttriebe den Spalten zwischen den umliegenden, teils gebrochenen Platten entsprangen, hatten auch große Teile der Unterkonstruktion des Kuppeldaches für sich beansprucht. Vilgan konnte kaum etwas von den hölzernen Balken und Streben erkennen, auf denen die aus Kupferplatten bestehende Kuppel ruhte. Trotz des Schattens war es nicht kühler, denn die Hitze wurde unbarmherzig von den hellen Bodenplatten reflektiert. Vilgan schätzte, dass der Kanal, sofern dieser Wasser führte, von hier aus betrachtet an einem sonnigen Tag ein funkelndes Wunder zeigte, das sich bei jedem Schritt veränderte.

Vilgan lief im Pavillon umher und betrachtete das Kanalsystem, das im hinteren Bereich und seitlich des Pavillons dichter und weitaus komplexer wirkte, als es auf dem vorderen Teil des Platzes der Fall war. Dort lockerte und löste es sich zunehmend auf, um eine Leichtigkeit zu erlangen und letztendlich als einzelne Linie zu verschwinden.

Von dort oben wirkten die Kanäle bei wiederholter Betrachtung weniger wie ein Knotenmuster und mehr wie Leiterbahnen einer hochentwickelten Technologie, als würde ein Raumschiff unter den Platten ruhen und nur auf ein altes Signal warten, um sich zu erheben.

Während Vilgan in Ruhe den Blick schweifen ließ, sichtete er im hinteren Teil des Platzes einen Abschnitt des Kanals, der gerade auf den Pavillon zulief.

Vilgan verließ die Schatten und betrachtete den kunstvoll aus Stein gemeißelten Löwenkopf, der dem Unterbau des Pavillons entsprang und dessen Mähne sich an der Wand immer weiter ausbreitete und darin zu verschwinden schien. Das offene Maul war direkt über dem Kanal, der hier seinen Anfang fand. Eine Spinne hockte im Dunkel zwischen den Reißzähnen in ihrem Netz.

Vilgans Blick wanderte über den verschlungenen Kanal und er fragte sich, wie viele Mosaikstücke wohl nötig gewesen waren, um das Projekt abzuschließen.

Solche Betrachtungen hatten für ihn oftmals etwas Magisches. Es gab so viel Furchtbares in der Welt, und doch konnte der Mensch auch solche Wunder realisieren, von einer riesigen, hölzernen Brücke, über Tempelanlagen bis hin zu gigantischen Wolkenkratzern. Wie viele Versuche, Misserfolge und letztendlich auch Leben diese Dinge in ihrer Existenz vereinten, entzog sich seiner Vorstellungskraft. Es waren Gedanken wie diese, die ihn etwas sanftmütiger werden ließen und die Möglichkeit erweckten, dass der Mensch doch nicht durch und durch schlecht war; doch aus langjähriger Erfahrung wusste er, dass das alles Wunschdenken war und in Rauch aufging, sobald er es wagte, sich wieder unter ihnen zu bewegen.

Er schüttelte diese negative Sichtweise ab, denn sie hatte hier in diesem Park weder Raum noch an diesem schönen Tag eine Daseinsberechtigung. Er war vorläufig allein hier und konnte all die Dinge, die sich ihm zeigten, in Ruhe genießen, ganz so, wie den Moment. Es war beinahe so, als würde die Zeit stillstehen, um ihn und seine Gedanken atmen zu lassen, ein Aspekt, den diese Reise mit sich brachte und den er sich unterbewusst herbeigesehnt hatte.

Eventuell hatte das alles mehr mit einer längst überfälligen, sich nun anbahnenden Akzeptanz der Dinge und der Welt zu tun und weniger mit dem Weltschmerz und der Traurigkeit des Seins.

Und so atemberaubend dieser Platz auch war, Vilgan musste dringend einen kühleren und vor allem schattigen Ort finden, denn die Sonne ließ in ihrer Kraft kein Stückchen nach und die Wolkenberge am Horizont würden daran auch so schnell nichts ändern.

Damit wandte er sich ab, um zu sehen, was dieser außergewöhnliche Park noch so für ihn bereithielt.

4. Zwischenspiel

Konstrukt

Vilgan hätte sich weiter mit dem Erkunden des Frachters beschäftigen können, um eventuell Näheres zum Verbleib der übrigen Besatzung zu erfahren. Doch stattdessen widmete er sich erneut der Suche nach dem *Beobachter*, einerseits durch aufwändige Scans, andererseits durch den Einsatz von weiteren Außendrohnen. Er ging sogar so weit, Pläne über deren Aufbau zu studieren und sich Wissen anzueignen, wie man sie mit zusätzlichen Sensoren ausstatten oder die vorhandenen verändern oder austauschen konnte.

Ob er es sich eingestehen wollte oder nicht, der *Beobachter* dort draußen hatte sich für ihn längst zu einer Obsession entwickelt. Das änderte aber nichts daran, dass er sich hin und wieder durch Zufälle von seinen eigentlichen Plänen abbringen ließ, wie in dem Moment, in welchem er „Lager Instandhaltung" auf dem Schild über einer Türe las. Er war sich sehr sicher, bereits alle Bereiche auf dem aktuellen Deck abgesucht zu haben, um mehr über seine Situation zu erfahren, und doch konnte er sich nicht im Geringsten daran erinnern, in diesem Lager gewesen zu sein.

Er berührte das Bedienfeld, woraufhin sich die Türe zur Seite schob und auf der anderen Seite die Beleuchtung aktiviert wurde. Er trat ein und sah sich um.

Es gab mehrere Räume mit Werkzeug, Bearbeitungsmaschinen und Vorräten an diversen Gegenständen, mit denen sich kleinere Probleme und Fehler am und im Raumschiff beheben lassen konnten, also nichts, was er nicht schon andernorts gesehen hatte. Und dann betrat er eine Halle, in der Bleche, Türen, Schotts, Scheiben, Laufgitter und Rohre lagerten. Es gab unterschiedlich große Trommeln mit Kabeln, Schläuchen und Metallbändern, Vorräte an Eisenstangen, mit und ohne Gewinde, und Stahlträger mit verschiedenen Profilen.

Vilgan lief zwischen den Trägern und blickte hinauf zur Laufbahn des Krans, die ein komplexes Geflecht darstellte, um jeden Bereich der Halle erreichen zu können. Irgendwo tropfte Kondenswasser aus der Höhe. Es roch nach Öl, Schmierfett und Metall.

Die Größe dieses Bereichs warf erneut die Frage auf, wo die übrigen Besatzungsmitglieder waren, denn es mussten einige Hände nötig gewesen sein, um den Betrieb des Schiffs reibungslos am Laufen zu halten. Der allgemeine Zustand des Raumfrachters, die vorhandenen Vorräte, Ersatzteile und funktionierenden, technischen Vorrichtungen, all das schloss aus, dass ein geplantes Ereignis stattgefunden hatte. Niemand bei Verstand hätte derart viele Ressourcen zurückgelassen. Folglich musste es dafür einen triftigen Grund geben. Das erklärte aber nicht, weshalb nur er hier zurückgeblieben war. Sicher, man hätte ihn während einer Evakuierung im Chaos aus schnell zu treffenden Entscheidungen, Stress und Zeitdruck zurücklassen können – entweder sein Leben oder das aller –, aber der Frachter war so riesig, dass es an Unwahrscheinlichkeit grenzte, dass nur ihn dieses Schicksal ereilt hatte. Aber es gab keine Hinweise auf andere Personen an Bord; keine Temperaturschwankungen, keine Bewegungen oder Geräusche, nichts, das den Scans und Überwachungssystemen entgangen wäre. Und da die Ereignisprotokolle keine nennenswerten Zwischenfälle auflisteten, war Vilgans Ansicht nach ein Evakuierungsszenario auszuschließen.

All diese schnell vorüberziehenden Gedanken schlossen in Verbindung mit dem, was er bisher in Erfahrung hatte bringen können, auch einen Überfall durch Piraten aus, einen temporären Fehler in den Lebenserhaltungssystemen und jeglichen anderen kritischen, technischen Defekt. Die Triebwerke zündeten, so dass der Frachter durchaus manövrierfähig war. Wie also konnte er hier draußen stranden? Mitten in dieser Leere, welche so viel mächtiger schien als der Raum des mit Galaxien und Clustern gefüllten Universums.

Vilgan erreichte eine Kreuzung zwischen den einzelnen Lagerbereichen und den hoch aufragenden Türmen aus Stahlträgern, als die Beleuchtung über ihm kurz flackerte. Er blickte nach oben. Es ertönte ein leises, statisches Knistern. Dann flammte die Beleuchtung grell auf, versagte ganz und riss auch alle anderen Lampen der Halle mit sich in die Dunkelheit.

Vilgan atmete etwas genervt durch und holte seinen Handcomputer hervor, um mit dessen Lampenfunktion die Umgebung wieder zu erhellen und den Weg zurück zum Ausgang zu finden. Die Lichter der Halle und die letzten Schemen der Stahlträger verblassten derweil auf seiner Netzhaut wie ein langsam verhallendes Echo.

Er aktivierte die Lampenfunktion und leuchtete umher. Dabei sah er zu seiner Verwunderung, dass er sich nicht mehr auf dem Boden der

Halle befand, sondern auf einem Stahlträger, der im schwarzen Nichts zu treiben schien. Kurz darauf zeigten sich weitere Stahlträger, als würde sich das Licht des Handcomputers wie ein Dunst ausbreiten und immer mehr der Szene preisgeben.

Zahllose Stahlträger bildeten ein verwirrendes Konstrukt, das sich in jeder Richtung in der Ferne verlor. Alles war erfüllt von einem trüben, bräunlichen Schein, der keine erkennbare Quelle besaß und nur minimale Schatten in den engsten Spalten und Winkeln erzeugte.

Vilgan wurde schwindelig. Er musste in die Hocke gehen und sich mit der freien Hand auf dem kalten Eisen des Trägers abstützen, denn durch das sich offenbarende Gewirr aus Stahl wurden seine Sinne völlig verwirrt und die räumliche Orientierung aufgehoben. Lediglich sein Gleichgewichtssinn bot noch Anhaltspunkte, doch eben dieser stand kurz vor dem Versagen.

Er schloss die Augen, um alles auszublenden und sich zu beruhigen. Seine Handflächen wurden feucht. Er zwang sich, tief und gleichmäßig zu atmen. Dann schaute er auf den Handcomputer. Er wollte sich seine aktuelle Position anzeigen lassen, doch das Gerät empfing keinerlei Signale, aus denen es Vilgans Standort hätte errechnen können.

Er wusste nicht, wie lange er regungslos an dieser Stelle und in dieser Haltung verweilte, irgendwann richtete er sich jedoch vorsichtig auf und sah sich um. Er konnte schlecht hier bleiben und darauf hoffen, dass sich die Situation wie durch ein Wunder von allein besserte.

Um beide Hände frei zu haben, steckte er den Handcomputer wieder ein. Die Lampenfunktion war aufgrund der gegenwärtigen Lichtverhältnisse ohnehin nicht mehr nötig. Anschließend tastete er sich langsam und bedacht bis zum Ende des Trägers vor, wo ein anderer anschloss. Er wechselte auf den Stahlträger und lief mit kleinen Schritten weiter, wobei er sich an einem Träger auf Kopfhöhe festhalten konnte. Obwohl dieser nur an einer winzigen Stelle mit der Unterseite eines anderen Trägers verschweißt war, bewegte er sich nicht einen Millimeter.

Oberflächlich sah der Irrgarten aus, als wären zahllose fallende Stahlträger erstarrt, gefangen in der Zeit. Auf den zweiten Blick offenbarte sich jedoch, dass sie alle an zumindest einer Stelle miteinander verbunden waren, wodurch es möglich war, sich in jede erdenkliche Richtung zu bewegen. Sie waren miteinander verschweißt oder vernietet. Es gab aber dennoch viele Stellen, an denen es große, kleine oder gar unüberbrückbare Lücken gab. Hier und da taten sich Sackgassen auf, die Vilgan nur wenige Meter von seinem Ziel trennten und einen großen Umweg erforderten; das vermeintliche Chaos war keine unmögliche Konfiguration des Metalls.

Er balancierte über aufsteigende und abfallende Stahlträger, über leicht gekippte und gebogene und legte Pausen an Stellen ein, wo er sich sicher anlehnen oder gut festhalten konnte. So bewegte er sich durch das Netzwerk, um möglichst schnell an Höhe zu verlieren. Ob das allerdings der richtige Weg war, wusste er nicht. Eventuell rückte die Antwort über ihm mit jedem Schritt in immer weitere Ferne. Aber dieses Risiko ging er bereitwillig ein, denn aus Sorge vor einer falschen Entscheidung nichts zu tun, war keine Option.

Irgendwann tauchten die ersten Lichtpunkte auf, die sich, je näher er ihnen kam, als Ansammlungen von leuchtenden Pilzen entpuppten. Einige glühten weiß, andere mit einem Hauch von Blau oder Orange; irgendwann schimmerte jede nur erdenkliche Farbe und es dauerte nicht lange, bis er sich von so vielen Lichtern umgeben sah, dass es schien, als würde er durch einen Galaxienhaufen gleiten. Dann machte Vilgan vermehrt Moose und Flechten aus, die das Metall bedeckten, und Rankenwerk, das mit seinen verholzten Ausläufern die Träger umhüllte, Lücken überspannte oder wie ein Vorhang herabhing, der sich leicht in dem Luftstrom bewegte, der unbemerkt aufgekommen war und keiner festen Richtung folgte.

Das Leuchten der Pilze und das Grün von Moos und Blättern sorgten dafür, dass der bräunliche Hauch des Lichts verdrängt und alles viel heller, ja beinahe freundlich wurde. Und so kämpfte sich Vilgan von Stahlträger zu Stahlträger, während widerspenstige Ranken nach ihm zu greifen schienen.

Zunächst war da nur ein Geräusch im Hintergrund, das Vilgan nicht recht einordnen konnte, doch dann entwickelte es sich zu einem Rauschen – dem Rauschen von Wasser. Es gelang ihm auch, die Richtung zu bestimmen, was ihn dazu veranlasste, seinen ohnehin nicht geradlinigen Weg anzupassen und sich darauf zu konzentrieren, die Stelle zu erreichen, wo das Wasser war.

Dass er inmitten all des unübersichtlichen Grüns auf der richtigen Spur war, verriet ihm die spürbar zunehmende Luftfeuchtigkeit und ein angenehmes Abfallen der Temperatur. Bald darauf wurden die Blätter der Ranken und das Moos farbintensiver und die leuchtenden Pilze größer und zahlreicher. Dann sah er auf einigen der Stahlträger abblätternde Schichten und damit Schäden, die deutlich über den allgegenwärtigen Flugrost hinausgingen.

Vilgan balancierte vorsichtig und schob die Füße über den Träger, statt richtige Schritte zu machen. Er wollte keinesfalls riskieren, auszurutschen und zu stürzen. Obwohl er schon zahllose Meter an Höhe verloren hatte, war ein Grund noch immer nicht auszumachen. Vor einem Vorhang aus feucht glänzenden Blättern hielt er kurz an und betrachtete die Situation. Dann tastete sich vorwärts, wobei er mit einer Hand die Ranken zur Seite schob und sich mit der anderen an einem benachbarten Träger festzuhalten versuchte, der nur ein paar Zentimeter zu weit entfernt war, um einen wirklich sicheren Halt zu finden.

Auf der anderen Seite wurde er begrüßt von einem mächtigen Wasserfall, der aus der Höhe stürzte, über Träger floss, an ihnen zerstob und zahllose kleine Rinnsale formte, die wie magische Fäden in die Tiefe reichten und sich im leichten Wind bewegten. Das Licht war hier intensiver, als wäre es Teil des Wassers, denn sowohl über als auch unter Vilgan war alles erfüllt von einem kräftigen Glühen. Der Schein warf tanzende Schatten. Wasser funkelte auf Blättern und dichten Teppichen aus Moos. Die Stahlträger formten eine Art Hohlraum, den Vilgans Hirn mit einem gigantischen Fallrohr assoziierte. Obwohl einige der Träger in den Wasserfall ragten, schien zumindest von seiner Position aus kein direkter Weg zur anderen Seite zu führen, deren Entfernung Vilgan auf etwa 100 Meter schätzte.

Er tastete sich etwas weiter, um besser in die Tiefe blicken zu können, als er im rechten Augenwinkel eine Bewegung wahrnahm, die vorher von einem Schleier aus Wasser verdeckt und verfremdet worden war: Ein kleines Mädchen in einem Kleid mit einem Blumenmuster saß auf einem der Träger und ließ die Beine baumeln. Die nackten Füße berührten immer wieder das Wasser, welches wie ein seidener Vorhang aus der Höhe fiel. Vilgan schätzte das Alter des Kindes auf etwa 5 Jahre. Es hatte aschblondes, strubbeliges Haar, das bis zum Kinn reichte. Trotz des Wassers bedeckte Dreck an vielen Stellen die Haut, die eine angenehme Bräune besaß.

Was Vilgan verwunderte, war ein grünlich leuchtender Punkt, der mittig vor der Stirn des Mädchens schwebte.

In diesem Moment bemerkte das Kind den Besucher und sah zu ihm.

Er wollte gerade etwas sagen, als das Mädchen plötzlich nach oben schaute.

Vilgan hob ebenfalls den Blick. Er musste die Augen zusammenkneifen, da das Licht aus dem Wasser zu intensiv war.

Plötzlich flammten Wasser, Pflanzen, Stahl und Luft auf und wurden zu einem unerträglichen, grellen Nichts.

Vilgan schloss reflexartig die Augen und senkte den Kopf. Er ging in die Hocke, um nicht das Gleichgewicht zu verlieren. Sekunden später verschwand das Licht, dessen Echo weiterhin ein gleißendes Signal durch sein Hirn schickte.

Das Rauschen des Wassers verstummte.

Kapitel 10

Ort des Vergessens

Vilgan folgte einem Weg, dessen Asphalt größtenteils vermoost war. Das Grün zeichnete dabei ein Muster aus Flächen und Linien, die zwar willkürlich wirkten, aber eventuell eine Repräsentation von alten Energielinien waren.

Er hielt noch immer vergeblich Ausschau nach einer weiteren Übersichtskarte, als er irgendwo im Dickicht rechts von sich das gedämpfte Rauschen von Wasser vernahm. Kurz darauf stieß er auf einen abgehenden Pfad, der nach ein paar Metern abrupt an einer Kante endete.

Vilgan trat vorsichtig näher und sah, dass der Weg nicht aufhörte, sondern in eine überaus steile Treppe überging, die aus Steinplatten bestand, welche durch Erdbewegungen und die Zeit fast ausnahmslos verrutscht und abgesunken waren. Durch die hier alles überspannenden Baumkronen malte das einfallende Licht Muster, die den Boden bedeckten und sich veränderten, sobald ein leichter Hauch Zweige und Blätter berührte. Hinzu kam all das trockene Laub, das nicht nur auf den Stufen lag, sondern auch in der recht steinigen Umgebung, in welcher nur vereinzelt Gräser und Büsche wuchsen.

Die Treppe ging in einen mit groben Steinen gepflasterten Weg über, der am Fuße des Hangs nach rechts zu einem Gebäude führte, das nur über eine hölzerne Wand verfügte, während die übrigen drei Seiten aus Glas waren. Hinter dem Weg gab es einen Zaun, der fast vollständig von Ranken bedeckt war. Jenseits davon konnte Vilgan zwischen all dem schattigen Grün das Funkeln von Wasser erkennen. Durch die Baumkronen erinnerte die Umgebung an eine Höhle oder eine große Halle. Möglicherweise war diese örtliche Gegebenheit der Grund, weshalb Vilgan das Rauschen schlagartig lauter vorkam.

Vorsichtig bahnte er sich den Weg nach unten. Mit jeder Stufe wurde die Luft kühler. Das sich verändernde Licht, all das Laub und die kümmerliche Vegetation erzeugten den Eindruck, als würde er in eine andere Welt eintauchen. Einige kleine Vögel durchsuchten das Laub am Hang nach Würmern und Käfern.

Neugierig spähte Vilgan zu dem Bach hinter dem Zaun und in die Richtung des Rauschens, um herauszufinden, ob es einen kleinen Wasserfall gab. Aber durch die Bäume und die dichten Büsche war es ihm nicht möglich, Details zu erkennen. Deshalb folgte er dem Weg, der sich knapp hinter dem Gebäude in einem Teppich aus dornigen Ranken verlor, welcher ein paar Meter weiter in eine undurchdringliche Vegetation überging. Gut möglich, dass sich irgendwo dort hinten ein Aussichtspunkt mit einem Wasserfall befand, der schon vor Jahren in Vergessenheit geraten war.

Vilgan wandte sich dem Gebäude zu. Hölzerne Stufen führten hinauf zu der Plattform, auf der das Haus ruhte und sich an den Hang schmiegte. Basierend auf dem Laub und den Zweigen, die sich auf der Veranda angesammelt hatten, schätzte er, dass schon seit langer Zeit keine Besucher mehr hier gewesen waren. Neben der Treppe verriet ein kleines Schild, dass es sich um ein Teehaus handelte, das nur zu bestimmten Zeiten und auf Anfrage geöffnet wurde. Für weitere Informationen stand die Verwaltung des Parks zur Verfügung.

Leider besaß die hölzerne Wand mit der geschlossenen Türe kein Fenster, um einen Blick ins Innere werfen zu können. Zudem war die Veranda nicht umlaufend. Und da das Gelände zu steil und zu unwegsam war und sich nicht wenige der dornigen Ranken in der Nähe des Hauses ausgebreitet hatten, verzichtete Vilgan darauf, am Hang nach oben zu steigen, nur um sehr wahrscheinlich nichts weiter zu entdecken als einen leeren Raum hinter verdrecktem Glas.

Aber genau das waren die seltsamen Szenarien, in denen irgendwann eine skelettierte Leiche gefunden wurde, 20 Jahre nach dem mysterösen Verschwinden einer Person aus der Gegend; keine 50 Meter vom Hauptweg des Parks entfernt, und das nur, weil sich keiner eher die Mühe gemacht hatte, einen Fuß auf die steile Treppe zu setzen. Natürlich konnte sich dann auch jeder fragen, was in den übrigen vergessenen Ecken und Winkeln der weitläufigen Anlage in der Erde ruhte.

Der Gedanke beunruhigte ihn irgendwie und er spürte, wie sich die Aura des Ortes veränderte. Wo er sich noch vor Sekunden wie in einem vergessenen Zauberwald vorgekommen war, fühlte er sich nun von Kräften nicht mehr willkommen, die keiner gegen sich haben wollte, Mächte so alt, dass sie das Wesen der Bäume, Pflanzen und Steine so durchzogen wie die Erde unter seinen Füßen und die Luft um ihn herum. Er konnte nicht sagen, ob es eine Reaktion auf seinen finsteren und daher den Ort besudelnden Gedanken war oder doch eine Art Abwehr, um keinesfalls längst vergangene Dinge wieder an die

Oberfläche zu holen. Eine 3. Möglichkeit bestand natürlich darin, dass es der Zorn jener Person war, die unter der Plattform des Gebäudes verscharrt lag, gebunden an diesen Ort, sowohl im Sommer als auch in den dunklen, eisigen Wintermonaten. Und nun richteten sich Wut und Verzweiflung gegen ihn, weil er es gewagt hatte, vom Hauptweg abzukommen und zusätzlich seinen Gedanken freien Lauf zu lassen. Alles zog Konsequenzen nach sich, das spürte er hier deutlich.

Vilgan hatte das Gefühl, dass die Schatten an Intensität gewannen und die Temperatur noch weiter sank. Er musste hier weg, um nicht zu enden, wie vielleicht viele andere vor ihm, umschlungen von den dornigen Ranken, die ihn dann in ein feuchtes Grab zerrten, hinab zu ihren Wurzeln, um ihn damit zu durchdringen und sich von ihn zu ernähren.

Auf dem Weg zurück zu der steinernen Treppe kam ihm der Widerspruch seiner Gedanken nicht einmal kurzzeitig in den Sinn: Auf der einen Seite wollte er auf dieser Reise mit seinem Leben abschließen – sofern er es nicht längst unterbewusst getan hatte –, doch auf der anderen fürchtete er etwaige Kräfte, die nach seinem Leben trachten könnten. Es ergab nicht sonderlich viel Sinn. Gewiss, eine eigene Entscheidung war eine völlig andere Sache als ein aufgezwungener Zwischenfall, und doch wäre das Ergebnis das gleiche und damit die Erfüllung dieses brennenden Wunsches nach Erlösung.

Aber würde das nicht einen Teufelskreis erzeugen? Wann wäre genug? Er hatte diese Reise angetreten, um klarer sehen und alles besser bewerten zu können. Was wollte er nun noch? Den Park ergründen? In Wirklichkeit doch weitere Reisen unternehmen und noch mehr von der Welt sehen? Bedeutete das vielleicht sogar, dass er sich die ganze Zeit über belogen hatte? Oder wollte er insgeheim nur, wie so viele, seiner aktuellen Situation entfliehen und nicht wirklich aus dem Leben scheiden?

Eventuell war nun der Augenblick gekommen, sich den Dingen zu stellen, den unbekannten Dämonen, die ihm all die Jahre unbemerkt in seinem Schatten gefolgt waren, nur um hier an diesem Ort in das Halbdunkel der Umgebung zu fließen und sich so endlich um ihn herum zu versammeln.

Vilgan erreichte die Treppe und stieg die ersten Stufen hinauf, die so steil waren, dass er schlagartig vor Anstrengung mit offenem Mund atmen musste.

Was gab es schon zu fürchten? Und was gab es dort draußen überhaupt, das noch erstrebenswert war?

Als er das untere Drittel der Treppe bezwungen hatte, hielt er an.

Er wollte sich gerade dem stellen, was passieren würde, sobald die unsichtbaren Augen, deren Blicke er am Hinterkopf spüren konnte, bis zu ihm gewandert waren. Doch dazu kam es nicht, denn im linken Augenwinkel entdeckte er etwas Helles am Boden.

Vilgans Aufmerksamkeit schwenkte zu der Stelle. Zwischen Laub und Steinen sah er ein Stück Papier. Eigentlich wäre das nichts Besonderes gewesen, doch Vilgan konnte sich nicht entsinnen, in dem Park, so ungepflegt einige Bereiche auch waren, irgendwo herumliegenden Müll gesehen zu haben. Aus diesem Grund weckte dieses Stück Papier schlagartig sein Interesse; und wenn es nur darum ging, es aufzuheben und zu entsorgen, damit es von hier draußen verschwand.

Er setzte einen Fuß neben die Treppe auf den steinigen Boden des Hangs und beugte sich nach vorn, um das Papier aufzuheben.

Er hatte mit einem Kaufbeleg gerechnet oder einer Eintrittskarte zu einem der Museen in der Gegend, doch es war unverkennbar ein Stück eines größeren Blattes. Zu sehen waren handgeschriebene Zahlen, sonderbare Symbole und etwas, das an Buchstaben erinnerte. Allerdings war die Schriftfarbe stark ausgewaschen und das Papier vergilbt, wodurch Vilgan mehr Fragen hatte als Antworten. Was machte ein solches Stück Papier hier draußen, mitten in diesem Park? Und was hatte es zu bedeuten?

Da dieser Fund so merkwürdig war wie dieser Ort, steckte er ihn kurzerhand als Andenken in seine Hosentasche.

Vilgan wollte gerade den Fuß zurück auf die Treppe setzen, als der Boden unter seiner Schuhsohle nachgab, er das Gleichgewicht verlor und seitlich von der Treppe stürzte, auf den harten, unebenen Hang schlug und mit Laub und Geröll nach unten schlitterte, nicht in der Lage, irgendwo Halt zu finden.

Als er am Fuße des Hangs liegen blieb, drehte er sich stöhnend auf den Rücken und sah hinauf zu den Baumkronen, die sich deutlich vom Blau des Himmels und der Glut der Sonne abhoben.

War er verletzt?

Er wollte sich gerade aufrichten, als ein Windstoß durch die Bäume raunte und Blätter löste, die wie ein Regen niedergingen. Es dauerte einige Momente, bis Vilgan erkannte, dass sich zwischen diesen Blättern vergilbte Papierfetzen befanden.

Die Schatten der Baumkronen wurden nach und nach mächtiger, bis sie schließlich ihre Dunkelheit wie einen Schleier über ihn legten; und dann kam die Stille.

Kapitel 11

Garten der Gefallenen

Vilgan öffnete die Augen. Sein Körper schmerzte. Er blickte sich um.
Er saß an einen Baum gelehnt inmitten von kümmerlichem Farn.
Das schwache, bräunliche Licht, das größtenteils diffus aus der Höhe
drang, war nicht in der Lage, die Schatten ausreichend zu vertreiben.
Was blieb war ein seltsames Zwielicht, das nur an wenigen Stellen von
klar definierten Lichtstreifen durchbrochen wurde, einige wie einzelne,
magische Fäden, andere wie Bündel goldenen Garns. Die astlosen
Baumstämme, deren Rinde rissig und grob war, ragten in die dunkle
Höhe, wo die Kronen den Himmel bis auf ein paar winzige Ausnah-
men verdeckten. Ein unbeweglicher Dunst schien das Licht von dort
oben zu streuen. Es roch nach Harz.
Der Boden war bedeckt von einer dicken Schicht trockener Baumnadeln. Links hinter Vilgan befand sich ein Hang aus Papierblättern
und trockenem Laub. Je weiter der Hang zum Waldboden hin abfiel,
desto dominanter wurden die Baumnadeln, die letztendlich Laub und
Papier unter sich begruben. Am Fuße einiger Bäume ragte Papier aus
dem Untergrund, als wäre es zusammen mit den Stämmen durch die
obere Schicht aus Nadeln gebrochen.
Vilgan grub neben sich in den Baumnadeln, nur um nach einigen
Zentimetern auf Papier zu stoßen, das durchsetzt war von einem fei-
nen, hellgrauen Gewebe.
Er betrachtete die vergilbten Blätter und zog einige von ihnen hervor, um einen genaueren Blick darauf zu werfen.
Soweit Vilgan bei den vorherrschenden Lichtverhältnissen erkennen
konnte, waren es Kolonnen von Zahlen, sinnlos erscheinende Texte
und Zeichnungen, welche Pläne, Studien oder purer Unsinn zugleich

sein konnten. Es gab auch fremdartige Schriftzeichen und Symbole. Hier waren die Dinge von Hand geschrieben worden, dort handelte es sich um einen maschinellen Ausdruck oder ein mittels Schreibmaschine beschriftetes Blatt. Manche Blätter waren stockfleckig, andere zeigten nur noch einen schwachen Schatten des einstigen Inhalts.

Vilgan konnte nicht sagen, ob es sich bei den Fragmenten zusammenhängender Texte, die hin und wieder durchaus einen Sinn ergaben, um Tagebuchaufzeichnungen handelte oder um Teile einer Geschichte. Eventuell handelte es sich bei all den kryptischen Elementen um nichts weiter als alte, längst vergessene Sprachen, Relikte zahlloser Zivilisationen und all jener Völker, die es geschafft hatten, ein solches System zu entwickeln.

Was dieses Durcheinander allerdings hier und vor allem in dieser Form zu suchen hatte, blieb jedoch ein Rätsel.

Vilgan richtete sich auf. Der Boden unter seinen Füßen fühlte sich schwammig an. Er lief ein paar Meter.

Aus den Tiefen des Waldes drang nur vereinzelt das Knacken und Knirschen von Holz, mal von da, mal von dort. Es gab keinen Lufthauch und keinen Vogelgesang. Allerdings war der Geruch von Harz auf einmal so intensiv, dass Vilgans Augen zu tränen begannen.

Welche Richtung sollte er einschlagen?

Er entschied sich dafür, am Fuß des Hangs zu bleiben und nach links zu laufen, um so jederzeit einen Bezugspunkt zu haben, an den er wieder zurückkehren konnte. Dann machte er sich auf den Weg.

Mehrere umgestürzte Bäume zwangen ihn zu größeren Bögen, ebenso wie Baumgruppen, die zu dicht standen, um sie zu durchschreiten. Das führte zwangsläufig dazu, dass er sich immer weiter vom Hang entfernte. Rechts fiel das Gelände mal steiler ab, mal erstreckte es sich flach. Vilgan konnte Senken ausmachen und Erhöhungen. Die Bäume wuchsen ausnahmslos so gerade, dass sie wie zu perfekt geratene Objekte eines Bühnenbildes wirkten, künstlich und regelrecht leblos und steril.

Irgendwann konnte Vilgan rechter Hand einen Lichtschein zwischen den Bäumen ausmachen, der ihn zum Anhalten veranlasste. Er betrachtete das Leuchten, welches im Vergleich zu seiner Breite viel zu hoch war, um von einem gewöhnlichen Lagerfeuer zu stammen.

Vilgan verließ seinen geplanten Weg und tastete sich zu dem Schein vor. Dabei achtete er auf die Umgebung und legte immer wieder eine kurze Pause ein, um zu lauschen, ob sich irgendwo etwas regte; dieser Ort war ihm nicht geheuer. Und so näherte er sich langsam der Stelle, wo ein knisterndes und zischendes Feuer brannte: Ein fast mannshohes Gebilde aus Fett, Wachs, Stoff und Knochen stand in einer weiten Grube, in der es nichts gab als Steine und knochige Wurzeln. Die Ähnlichkeit des Objekts mit einem Menschen löste in Vilgan großes Unbehagen aus. Knochen ragten hier und da aus der glänzenden Masse,

die von oben abbrannte und immer mehr des kunstvollen Knochen-
geflechts offenbarte, das sich im Inneren befand. Fett und Wachs flossen an den Seiten hinab, erstarrten auf ihrem Weg oder füllten langsam
die Lücken zwischen den umliegenden Steinen und Wurzeln. Der un-
angenehme Geruch konnte sich nur bedingt gegen den auch hier intensiven Harzgeruch durchsetzen.

Vilgan nahm den Blick von dem Objekt und malte sich die Konsequenzen aus, sollten die Flammen den Boden erreichen und sich von
dort aus bis zu den trockenen Nadeln und dem Papier ausbreiten. Dann
sah er in einiger Entfernung ein weiteres Feuer und jenseits davon die
glühende Ahnung eines dritten, während in allen anderen Richtungen
Dunkelheit und Zwielicht regierten.

Er folgte dem durch die Feuer beschriebenen aber ansonsten unsichtbaren Pfad, ohne dass sich der umliegende Wald oder dessen be-
klemmende Aura änderte. Zartes Licht berührte harte Rinde und Farn,
der teils so vertrocknet war, dass er vermutlich bei der kleinsten Luft-
regung zu Staub zerfallen würde.

Nach einer Weile schlich sich eine Veränderung in die Umgebung
ein: Es tauchten Grabsteine auf. Einige standen schief oder waren bereits umgekippt, andere waren im Boden versunken und wieder andere
waren zerbrochen. Und je weiter Vilgan lief, desto seltener ragten sie
nur aus den trockenen Baumnadeln. Papier schmiegte sich am Boden
immer öfter an die Steine, als wären diese, genau wie die Bäume, aus
der tiefer gelegenen Blätterschicht gewachsen.

Vilgan sah sich einige Steine aus der Nähe an. Wo diese keinerlei
Inschrift besaßen, zeigten die vergilbten Blätter in ihrer Nähe Namen
und die Daten und Orte von Geburt und Tod, einige deutlich, andere
verblichen oder gar bruchstückhaft. Und je weiter Vilgan den brennenden Objekten folgte, desto mehr Grabsteine wurden es, bis er sich
schließlich in einem Meer von ihnen befand. Zwischen den Bäumen
gab es teils so viele, dass sie sich zu zerklüfteten Gebilden aufgetürmt
hatten, als wären immer neue von ihnen aus dem Untergrund nachge-
schoben worden.

Zwischen den Grabsteinen fand er Aufzeichnungen mit Texten, die
wie Erinnerungen wirkten, Tagebucheinträge oder wirre, unreflektiert
niedergeschriebene Gedanken. Auch hier waren viele von Hand geschrieben, bei anderen handelte es sich um eine Maschinenschrift. Was
aber ungewöhnlich erschien, war die Tatsache, dass sich diese Unter-
schiede auch auf einzelnen Blättern finden ließen oder gar innerhalb
eines einzelnen Satzes.

Bald zeigten sich auch kleine, einfache Gebäude aus Stein. Einige
mit offenen oder geschlossenen Türen aus Holz oder Eisen, manche
massiv, andere wie das Gitter eines Verlieses. Ein paar Gebäude besaßen auch nur einen oder mehrere Schlitze in den Wänden und keinen
ersichtlichen Zugang.

Vilgan spähte vorsichtig hier und da in das Dunkel und fand nichts als Schädel und Knochen. Wo diese in einigen Räumen ordentlich sortiert und aufeinandergelegt worden waren, füllten die Gebeine das nächste Haus in einem riesigen Durcheinander bis hinauf zur Decke.

Auch diese Beinhäuser standen teils schief oder waren wie im Boden versunken, ganz wie die Grabsteine. Wo sich bei den Steinen am Boden Blätter anschmiegten, waren es hier Knochen, unterschiedlich große Stücke und Fragmente und Knochenmehl, das wie angewehter Sand oder Schnee dalag. Manche Knochen ragten wie Dornen und Speere zur Abwehr in die Luft. Verstärkt wurde diese Assoziation dadurch, dass viele von ihnen spitz waren, ob nun gebrochen oder allem Anschein nach mit einem Werkzeug bearbeitet. Vilgan blieb aufmerksam, um sich nicht durch ein Ungeschick zu verletzen.

Er folgte beharrlich dem Pfad der unheimlichen Leuchtfeuer, bis sich der Wald an einer Stelle lichtete und Raum bot für die Überreste einer verfallenen Kirche. Der Glockenturm, der innerhalb der Außenmauern stand, ragte schief auf. Das Dach der Kirche war längst so eingestürzt wie große Teile der Mauern. Die länglichen Öffnungen in den Wänden hatten keine Fenster, denn auch diese waren im unerbittlichen Mahlstrom der Zeit verschwunden. Obwohl auf der großen Fläche keine Bäume standen, überspannten die Kronen der umliegenden Riesen den Ort, was ihn umso mysteriöser machte. Die Reste eines rostigen Eisenzauns rahmten die Ruine in einigem Abstand. Die Grabsteine erhoben sich hier weitaus dichter gedrängt als im Wald.

Vilgan passierte das letzte Feuer, das auf der Lichtung unweit der Kirche loderte, und näherte sich dem Portal, aus welchem ein Glühen drang, dessen Ursprung das Licht sein musste, dass in zarten und doch hellen Strahlen aus der Höhe in das verfallene Gotteshaus sank. Zu seinen Füßen sah er vereinzelte Blütenblätter, einige zartblau, andere rosa oder violett. Mit jedem Meter, den er lief, wurden es mehr.

Er schaute zum Glockenturm, der sich bedrohlich am anderen Ende der Kirche erhob. Es war ersichtlich, dass der schiefe Turm, obwohl recht hoch, nicht im Ansatz die Baumkronen darüber erreichte. Durch die Neigung hatte Vilgan von seiner Position aus große Probleme, den aufragenden Schatten zu fokussieren und dessen räumliche Lage einzuordnen. Fast war ihm, als würde sich der Turm bei jedem Schritt stärker bewegen und drehen, als die Optik hätte erlauben dürfen, als würde der Bau jeden Augenblick über seinen Betrachter hereinbrechen. Ihm wurde leicht schwindelig.

Als Vilgan das Portal erreichte und einen Blick ins Innere werfen konnte, sah er einen mächtigen Baum, der vom Licht regelrecht geküsst in der Mitte der Kirchenruine aufragte und in voller Blüte stand. Es war ein Zauber inmitten dieser farblosen Trostlosigkeit, die jeden Winkel des umliegenden Waldes dominierte; der Anblick hatte fast etwas Heiliges.

Doch diesem Wunder folgte eine zweite Überraschung: Unter dem Baum befand sich eine Bank, auf der eine Silhouette saß.

Vilgan verweilte einen Moment lang auf der Stelle, wartete und lauschte, ob sich eine weitere Person irgendwo außerhalb seines Blickes bewegte. Aber alles blieb still. Selbst das Lodern des letzten Feuers war von hier aus kaum noch zu hören.

Der Boden der Kirche war bedeckt von trockenem Laub und Nadeln, Schutt, Trümmern und verrottenden Balken der ehemaligen Dachkonstruktion. Aus den Überresten wuchsen Gräser, Farne und einige Büsche, was diesen Ort weitaus lebendiger wirken ließ als das umliegende Feld aus Grabsteinen. Die bunten Blütenblätter wirkten wie mit einem Pinsel auf eine Leinwand gespritzte Farbe.

„Hallo?" sagte Vilgan laut und deutlich. Er trat langsam näher.

Die Gestalt regte sich nicht.

Vilgan blieb ein paar Meter von der Bank entfernt stehen.

Trotz des einfallenden Lichts verhinderte der Schatten unter dem Baum, das Gesicht der Person zu erkennen. Was den Umrissen des Körpers eine Form gab, waren merkwürdige Symbole und Linien, die golden zu glühen schienen, einige davon so fein, dass sie wie Spinnenfäden wirkten, die das Licht brachen, nur um sofort wieder unsichtbar zu werden. Auch die Hände der Person waren übersät mit den Zeichnungen, die Vilgan an einige der Papierblätter erinnerten, die er im Wald gesehen hatte.

„Ich würde gerne schlafen", sagte die Person plötzlich mit einer erschöpft wirkenden Stimme. Oder war es mehr eine Melancholie, die daraus sprach? Es war ein Mann. „Aber ich kann nicht, seit ich durch diese Stadt schritt."

„Welche Stadt?" fragte Vilgan, der sich schnell in der Kirche umblickte, um sicherzustellen, dass sie tatsächlich allein waren und sich niemand heimlich anschlich.

„Die Stadt aus Müll, der Quell des Verfalls."

Der Mann regte sich noch immer keinen Millimeter. Und obwohl sich Vilgans Augen bereits an die Lichtverhältnisse unter der ausladenden Krone des Baums gewöhnt hatten, entzog sich die tatsächliche Gestalt des Mannes weiterhin seinem Blick. Wo er in einem Moment die räumliche Lage von Armen und Kopf ausmachen konnte, löste sich im nächsten Augenblick alles wieder auf und es blieb nichts übrig als eine Form im Schatten, die von goldenen Adern durchzogen wurde. Das Bild hatte etwas von den Filamenten des Universums.

Der Baum verlor weitere Blütenblätter. Und obwohl deren Farbe einen wundervollen Duft vermuten ließ, roch es auch hier lediglich nach Harz und Staub.

„Ich lief und lief und wusste nicht, ob ich wach bin oder doch endlich schlief. Und am 700. Tag, da sprach ich mit Gott. Er gab mir diese Hülle und ich marschierte weiter durch die Wüste ohne Tag, das Land ohne Sterne, bis ich an diesen Ort kam. Ich las meinen Namen in den Schriften. Und nun warte ich auf ein weiteres Zeichen."

Vilgan war sich nicht sicher, was er von alledem halten sollte. Welcher Sinn verbarg sich hinter diesen Worten?

„Wie ist dein Name?" fragte Vilgan.

„Roparte Scarpa", antwortete der Mann ohne jede Regung, als wäre er eine lebensgroße Puppe.

Nach einer kurzen Pause sagte Scarpa: „Du solltest dich vorsehen."

Eine Äußerung, die in Vilgan schlagartig Unbehagen auslöste, als hätte er trotz einer Ahnung nun die wahre Seele dieses Ortes begriffen. „Inwiefern?"

„Calensto Vird ist auf der Suche nach dir", war die Antwort.

Calensto Vird. Dieser Name kam Vilgan völlig unbekannt vor.

„Für ihn bist du eine faule Stelle an einem Apfel und musst aus dem Leben geschnitten werden", sagte Scarpa.

Vilgan spürte, wie sich alles immer weiter seinem Verständnis und zugleich seiner Kontrolle entzog. Was war hier los?

„Vielleicht hast du die Götter erzürnt und es ist dein Los. Vird hütet deine Ängste und Schmerzen, die dich erst hierher gebracht haben."

Die Rätsel, in denen Scarpa sprach, lösten sich kurzzeitig, als Vilgan an den Mann denken musste, der an der Kerbe in den Bergen aufgetaucht war. Dieser wusste von Vilgans traumatischen Erinnerungen, doch seinen Namen hatte er verschwiegen. Handelte es sich eventuell bei dieser Person um Calensto Vird?

„Hier im Wald wäre Vird aber selbst verloren. Er könnte dich nicht einmal aufspüren. Deshalb musst du dir zumindest um *ihn* aktuell keine Sorgen machen."

Vilgans Gedanken ließen die Szene in den Bergen hinter sich und glitten zurück in die Gegenwart. „Und vor was muss ich mich stattdessen in Acht nehmen?"

„Vor dem *Baumwolf*." Scarpa schwieg. Dann sprach er weiter: „Ich konnte ihm einige seiner Opfer entreißen, denn er hat eine tief verwurzelte Angst vor Licht. Deshalb formte ich unter anderem aus den Leibern und Fetten der Gefallenen die *Wolfslichter*. Er wird es nicht wagen, hier aufzutauchen und meine Ruhe zu stören und sich Gottes Plänen in den Weg zu stellen."

Immerhin stak in diesen Worten eine beruhigende Aussage, denn vielleicht würde das einfallende Licht im Wald ausreichen, um dieses mysteriöse Wesen auf Abstand zu halten. Falls es da draußen jenseits der Kirche noch mehr dieser Wolfslichter gab, sollten diese zusätzlichen Schutz bieten. An diesem Punkt konnte sich Vilgan nur auf das Wort Scarpas verlassen. Welche Alternative hatte er schon?

„Und wie komme ich aus dem Wald?" fragte Vilgan.

„Wir sind hier tief in seinem Inneren", antwortete Scarpa, „so tief, dass es egal ist, welche Richtung du einschlägst. Du solltest jedenfalls nicht hier bleiben, denn das ist kein Ort für Wanderer wie dich. Und welche Fragen auch immer in dir brennen mögen, hier wirst du keine Antworten finden."

Wenn Vilgan ehrlich war, hätte er auch ohne diese Aussage keine längere Pause in dieser Umgebung eingelegt, nicht mit dieser sonderbaren Gestalt in der Nähe. Ihre Äußerungen waren teils so merkwürdig, dass Vilgan mit allem hätte rechnen müssen, von vergifteter Verpflegung bis hin zu einem im Schlaf eingeschlagenen Schädel. Woher wollte er wissen, ob die Flammen dort draußen nicht Scarpas Opfer verzehrten? Und genau deshalb sollte er schleunigst so viel Abstand wie nur möglich zwischen sich und diesen geheimnisvollen und zunehmend unheimlicheren Zeitgenossen bringen.

Ohne den Aufbruch unnötig in die Länge zu ziehen, verabschiedete sich Vilgan mit einem Nicken von Scarpa.

„Meide die Schatten", rief ihm der Mann hinterher, der sich nach wie vor kein Stück bewegte.

Vilgan verließ die Kirche über ein Trümmerfeld am Fuße einer riesigen Kerbe in einer der hinteren Mauern unweit des Glockenturms. Er sah immer wieder kurz zurück, um sich zu vergewissern, dass Scarpa noch auf der Bank saß und ihm nicht folgte.

Als Vilgan über die Steine gestiegen war und den weichen Boden mit all den Baumnadeln unter seinen Füßen spürte, suchte er nach einem möglichst hellen, auffälligen Punkt im Wald jenseits der Lichtung, den er als nächstes Ziel anpeilen konnte.

Die kurze aber sonderbare Begegnung mit Scarpa hallte in Vilgans Kopf nach, während er sich zwischen Grabsteinen und Beinhäusern bewegte. Nach einer Weile gab es nur noch vereinzelte Grabsteine, die sich aus dem Grund des Waldes erhoben; einige so dicht an den Bäumen, dass sich das Holz untrennbar an sie geschmiegt oder sie sogar vereinnahmt hatte. Er passierte die letzten Wolfslichter und konzentrierte sich dann darauf, schnell und effektiv zwischen den Stellen zu wechseln, an denen möglichst viel Licht durch die Baumkronen drang.

Vilgan sah die Papierblätter am Fuß der Baumstämme bereits so lange, dass er sie nicht mehr aktiv wahrnahm. Sie verschmolzen für ihn – trotz ihrer helleren Farbe – mit dem dunklen Wald, der kein Ende nehmen wollte.

Er wusste nicht, wie weit er bereits marschiert war, als plötzlich hinter ihm aus der Ferne der Schlag einer Glocke ertönte, so tief, dass seine Lunge vibrierte. Ein zweiter Schlag stimmte ein und sorgte dafür, dass Vilgans Gleichgewichtssinn beeinflusst und seine Sicht leicht getrübt wurde; ihm war, als würde das Licht des Himmels flackern, während die Schatten um ihn herum pulsierten. Ein dritter Schlag. Dann ging das tiefe Dröhnen in einen schrillen Nachhall über, der binnen Sekunden so mächtig wurde, dass sich Vilgan mit den Zeigefingern die Ohren verschließen musste, um den aufkeimenden Schmerz zu lindern. Er ging in die Hocke und kauerte sich an einen Baum. Er konnte an diesem Punkt nur hoffen, nicht ohnmächtig zu werden.

Nach einiger Zeit verringerte er den Druck auf seine Ohren, um zu prüfen, ob der Klang noch vorhanden war; er wurde begrüßt von einer Stille, die noch intensiver wirkte, als vorher.

Vilgan fragte sich, ob Scarpa die Glocke hatte erklingen lassen oder jemand anderes, jemand, der in den Schatten des Glockenturms geblieben war und sie schweigend beobachtet hatte. Die drei Glockenschläge waren trotz des dichten Waldes außerordentlich weit zu hören gewesen, was wiederum die Wahrscheinlichkeit steigerte, dass jedes Lebewesen, das sich dadurch anlocken ließ, nun auf dem Weg zur Kirche war – und damit im schlimmsten Fall genau zu ihm.

Er konnte hier nicht verharren, sich nirgends verstecken und hoffen, dass er unentdeckt blieb. Er konnte sich nur in Bewegung setzen und die Umgebung aufmerksam im Auge behalten; eine andere Möglichkeit gab es nicht.

Vilgan schaute sich erneut um und lauschte. Dann machte er sich auf den Weg.

Kapitel 12

Der Baumwolf

Vilgan fragte sich, ob und wann er aus dieser Phantasie erwachen und den seltsamen Ort verlassen würde. Oder konnte er es herbeiführen, indem er sich beispielsweise in ein Versteck zurückzog und einschlief?

Auf der anderen Seite spürte er, dass er hier keinerlei Kontrolle besaß und damit dem Willen der Dinge ausgesetzt war, dem Wohlwollen des geheimen Dirigenten. Zudem würde ihn Grübelei nicht wie durch magische Hand aus dieser Lage befreien und aus dem Wald bringen.

Vilgan stellte fest, dass das Licht, welches durch die Baumkronen fiel, seine Haut nicht wärmte. Hin und wieder war ihm sogar, als wäre es kühl.

Leider fanden sich keine Lichtungen mit freier Sicht auf den Himmel. Ferner blieben die Stämme der Bäume unverändert astlos, so dass er auch nicht nach oben klettern konnte, um den potenziellen Gefahren am Boden zu entkommen und etwas zu verschnaufen.

Die Stille wollte ebenfalls nicht weichen. Und er sah und hörte keinerlei Tiere; nichts und niemand hatte sich von den Glockenschlägen anlocken lassen. Die einzige Konstante blieb das Papier, das an einigen Stellen aus den trockenen Baumnadeln ragte, als wären es groteske, geöffnete Blüten.

Vilgan verlangsamte den Schritt: Unweit seiner Position lichteten sich die Reihen der Bäume. Er tastete sich vor und sah, dass der Boden an dieser Stelle abfiel und in eine große Senke überging, deren Grund gefüllt war mit grünem Farn, der mit dem einfallenden Licht einen starken Kontrast zu der tristen Umgebung bot. Aber Vilgan erkannte sofort noch etwas anderes: Knochen ragten aus dem Grün zu den Baumkronen empor, umspielt von Papier, versunken in weiteren trockenen Nadeln. Er sah auch Schädel, gehäufte Ansammlungen von Rippen und Wirbeln. Und selbst aus dieser Entfernung war er ziemlich sicher, dass es sich ausnahmslos um menschliche Knochen handelte.

Er betrachtete die Seiten der Senke und ihm war, als würden die Nadeln und die gelegentlich hervorschauenden Schriften allesamt einer Ausrichtung folgen und einen Wirbel zeichnen, der zum Grund der Senke führte; oder heraus. Wechselte die Richtung? Oder bildete er sich das nur ein, weil sein Hirn versuchte, ein Muster zu erkennen?

Waren das hier die nicht verwerteten Überreste von all jenen, die Roparte Scarpa für seine Wolfslichter getötet hatte?

Trotz des Lichts gab es auch hier keinen einzigen, zwitschernden Vogel. Es gab auch kein Summen von Insekten, nicht einmal einen Käfer. Scheinbar boten weder die Bäume noch der Boden genug Lebensenergie, so dass sich selbst die kleinsten Tiere nicht davon anlocken ließen; es war ein karger, verlorener Ort, der nichts als Verdammnis ausdünstete – und den Geruch von Harz.

Was, wenn Scarpa die Glocke nur dazu nutze, alles und jeden anzulocken, um Nachschub für seine schützenden Wolfslichter zu haben und damit Zeit zu schinden, um auf Gottes Worte zu warten, die vielleicht nie erklingen würden?

Vilgan musste sich besinnen. Er wollte und durfte sich nicht ablenken lassen. Er musste von hier verschwinden. Deshalb lief er weiter. Er wollte die Senke umrunden und seine Marschrichtung beibehalten. Sein Blick wanderte immer wieder zu den zahllosen Knochen. Fast rechnete er damit, dass sich dort unten im Licht etwas bewegen würde, aber nichts geschah.

Bald darauf ließ er den unheimlichen Bereich hinter sich.

Die Lichtung mit der Senke befand sich hinter ihm noch in Sichtweite, als er rechter Hand und unweit seiner Position Rascheln und Knacken hörte, und das in einem Rhythmus, der verriet, dass jemand durch den Wald rannte.

Vilgan lief zu einem Baum, ging dahinter in Deckung und spähte in die entsprechende Richtung. Kurz darauf konnte er eine Person ausmachen – oder vielmehr ihre Silhouette –, die nach rechts und damit Richtung Kirche eilte.

Ohne die Situation einzuschätzen oder gar den einfachsten Gedanken zu verschwenden, rannte Vilgan los und nahm die Verfolgung auf. Er musste die Person davon abhalten, in Scarpas Fänge zu geraten, selbst wenn hierbei die Möglichkeit bestand, dass er sich in dem sonderbaren Mann täuschte und ihm Unrecht tat.

Vilgan wollte gerade nach dem rennenden Schatten rufen, als er im oberen linken Augenwinkel eine zweite Bewegung ausmachte: Etwas Helles zeigte sich zwischen den Baumstämmen. Er sah hinauf. Es dauerte einen Moment, bis Vilgans Gehirn das Bild verstand: Mehrere meterlange Tentakel griffen geschickt nach den Bäumen.

Er schlug einen Haken und ging erneut in Deckung.

Die Kreatur mit den Fangarmen brach ihre Verfolgung ab und änderte die Richtung. Blitzschnell und zugleich elegant bewegte sie sich zielstrebig auf Vilgan zu.

Er wollte eben seine Deckung verlassen und versuchen, es zurück zur Kirche zu schaffen, als er bereits von einem Tentakel umschlungen und in die Luft gerissen wurde.

Alles drehte sich. Er wurde zwischen den Bäumen nach oben gehoben. Er rechnete in diesem Augenblick nicht aktiv damit, hier und jetzt den Tod zu finden. Alles lief so schnell ab, dass kein Raum für Gedanken blieb.

Als er nicht mehr bewegt und still in seiner Position gehalten wurde, befand er sich in einer auf den Kopf gestellten Welt und sah sich dabei einem merkwürdigen Wesen gegenüber, das er aufgrund seiner Lage nicht näher definieren konnte. Und als würde die Kreatur seine Gedanken lesen, bewegte sie den Tentakel und gab damit Vilgans Wahrnehmung die gewohnte Ausrichtung zurück.

Nun erkannte er den riesigen, weißen Wolfskopf, der von einer Mischung aus Fell, Schuppen und Federn bedeckt war. Dem unteren Teil entsprang kein Hals, sondern eine Vielzahl an Tentakeln, mit denen sich der *Baumwolf* in Position hielt, hoch oben zwischen den Bäumen, wobei die Baumkronen noch immer weit entfernt waren. Das schuppige Federfell der Tentakel war nur in der Nähe des Kopfes weiß, ansonsten war es verfärbt von Erde, Dreck und Dingen wie Baumnadeln und kleinen Zweigen, die sich darin verfangen hatten.

Vilgan spürte einen Luftzug, als der Baumwolf an ihm roch.

Das Wesen öffnete das Maul. Doch anstatt Vilgan an Ort und Stelle zu verschlingen, sprach es zu dessen Überraschung mit einer tiefen, menschlichen Stimme, der kein eindeutiges Geschlecht zugeordnet war: „Du gehörst nicht an diesen Ort."

Die Augen des Baumwolfs hatten unterschiedliche Farben. In dem linken, blauen Auge verbargen sich Kälte und Reinheit, während das andere gelbgrün war und damit eine gewisse Wärme ausstrahlte.

„Was also machst du hier?" wollte der Baumwolf wissen.

Vilgan konnte den auf ihn gerichteten Blick fast körperlich spüren.

„Ich suche einen Weg aus dem Wald", antwortete Vilgan, der spätestens seit dem Zusammentreffen mit Roparte Scarpa sehr wohl wusste, dass er hier nichts zu suchen hatte.

Der Fangarm war zwar so fest um ihn geschlungen, dass er nur den Kopf bewegen konnte, aber er spürte keinerlei Schmerz und keinen unangenehmen Druck auf seiner Brust, der das Atmen behinderte. Daraus leitete Vilgan ab, dass der Baumwolf in ihm keine Beute oder Bedrohung sah – zumindest nicht aktuell.

„An dir klebt der Gestank der Wolfslichter", sagte der Baumwolf. „Was hast du damit zu schaffen?"

„Ich folgte ihnen, bis ich die Kirche mit dem Glockenturm fand", antwortete Vilgan.

„Mit der Glocke versucht Scarpa, alles und jeden anzulocken, um noch mehr Lichter zu formen und sich so abzuschirmen", erklärte der Baumwolf und bestätigte damit Vilgans Vermutung.

„Du kennst ihn?" fragte Vilgan.

„Er hat mehrere meiner Art auf dem Gewissen, weil er zumindest kurzzeitig dem Wahn erlegen war, dass er dadurch Gottes Zuwendung erfahren würde. Jetzt verschanzt er sich in der Ruine und umgibt sich mit Wolfslichtern, um auf ein Zeichen Gottes zu warten und vor mir in Sicherheit zu sein."

Der Baumwolf kletterte nach unten und setzte Vilgan vorsichtig ab. Er löste den Tentakel, legte ihn aber um einen Baumstamm, der neben Vilgan aufragte, um vermutlich im Fall der Fälle mit dem Fremdling kurzen Prozess zu machen.

„Und wen hast du eben verfolgt?" wollte Vilgan wissen.

„Eine verlorene Seele", sagte der Baumwolf.

Die Situation war merkwürdig; so merkwürdig wie das Wesen, dessen Ohren unentwegt in alle Richtungen horchten, während die Augen auf Vilgan gerichtet blieben.

„Ich gehe davon aus, dass du dich an Scarpa rächen willst", mutmaßte Vilgan.

„So sehr, wie du aus dem Wald möchtest."

Ohne unnötig über seine Lage und die Worte nachzudenken, schlug Vilgan vor: „Dann sollten wir uns gegenseitig helfen."

Der Baumwolf senkte den Kopf etwas weiter ab. Vilgan konnte nicht sagen, ob das Wesen so weniger bedrohlich wirken wollte, weil sie nun dabei waren, eine Vereinbarung zu treffen, oder ob es Vilgan prüfte. Garantiert war der Baumwolf in der Lage, Angst wahrzunehmen. Weshalb dann nicht auch Lügen und Hinterlist?

„Ich liefere dir Scarpa und du bringst mich aus dem Wald", war Vilgans Vorschlag für einen Tauschhandel, der beide Seiten zufriedenstellen würde.

„Die Frage ist, ob ich dir trauen kann", sagte der Baumwolf. Sein Blick schien sich noch intensiver auf Vilgan zu konzentrieren, fast so, als würde das Wesen versuchen, tief in Vilgans Inneres zu schauen, um dessen wahre Absichten zu ergründen.

„Du hast mich nicht getötet, obwohl du es könntest. Wieso sollte ich dich dann hintergehen?"

„Das eine hat nichts mit dem anderen zu tun", sprach der Baumwolf kalt.

Dem konnte Vilgan nichts entgegensetzen, denn er wusste, wie gern Leute ein falsches Spiel spielten, mit einem Lächeln auf den Lippen und einem Dolch in der versteckten Hand.

Der Baumwolf musterte Vilgan, ohne etwas zu sagen.

Vilgans Gedanken wanderten bereits voraus. Er fragte sich, wie er Scarpa entweder aus der Kirche locken oder die Wolfslichter löschen konnte. Was, wenn das Papier in der Erde ausgerechnet durch sein Eingreifen Feuer fangen würde?

Er musste innehalten. Welchen Stellenwert hatte rationales Denken in *diesem* Wald? In diesem *Garten der Gefallenen*, der nur darauf wartete, dass auch sein Name auf einem der vergilbten Blätter erschien.

„Weißt du, weshalb ich hier bin?" fragte Vilgan in der Hoffnung, dass ihm diese sonderbare Kreatur eventuell doch eine Antwort oder zumindest einen kleinen Hinweis auf diese brennende Frage geben konnte. Wie weit war sie von einer Gottheit an diesem Ort entfernt?

„Das kann ich dir nicht sagen", antwortete der Baumwolf. „Vielleicht musst auch du auf das Wort Gottes warten. Aber es wird nicht *hier* erklingen. Hier gibt es nur diese verfluchte Glocke."

Vilgan schwieg für einen Moment. Es war nicht so, dass er nachdachte und mögliche Szenarien gegeneinander aufwog. In der jetzigen Situation war er einzig dem Wohlwollen des Baumwolfs ausgeliefert.

Schließlich nickte Vilgan und sprach für sie beide: „Dann haben wir eine Abmachung."

Kapitel 13

Und Gott schwieg

Auf dem Weg Richtung Kirche überlegte Vilgan weiter, wie er am geschicktesten vorgehen konnte, um Roparte Scarpa aus der Ruine und weg von dessen Wolfslichtern zu locken. Er sah keine reelle Chance, auch nur eines von ihnen zu löschen, denn es gab hier weder Wasser noch Erde, unter der er die grotesken Objekte hätte begraben können, denn wenn dem so wäre, hätte es der Baumwolf längst selbst getan.

Die Furcht vor den Wolfslichtern schien in der DNA der Kreatur verankert zu sein, was die Flammen sogar für ihren Willen unüberbrückbar machte. So, wie das Wesen die Sache beschrieb, war es auch möglich, dass es eine Gegebenheit, eine unumstößliche Regel dieses Waldes war, welcher eindeutig eigenen Gesetzen folgte.

Je mehr Vilgan sinnierte, desto komplizierter schienen die Dinge zu werden. Die einfachste und damit direkteste Variante wäre, Scarpa bewusstlos zu schlagen. Dabei müsste er jedoch auf eine gewisse Art bedacht vorgehen, denn Scarpas Tod würde vielleicht die Abmachung mit dem Baumwolf gefährden; er durfte also nichts überstürzen. Auf der anderen Seite konnte er sich leider kein Szenario ausmalen, welches Scarpa erfolgreich und ohne jegliche Gewalt aus der Ruine und weg von den Wolfslichtern lockte.

Irgendwann trennten sich ihre Wege: Der Baumwolf blieb in sicherem Abstand zu den ersten Wolfslichtern zurück, während Vilgan weiter Richtung Kirche lief.

Er spähte immer wieder in Beinhäuser und näherte sich vorsichtig unübersichtlichen Stellen, denn er wusste nicht, wo sich der Schatten befand, den er im Wald gesehen hatte. Dieser konnte bereits in der Kirche sein, ihm aber genauso gut irgendwo auflauern. Und je weiter er marschierte, desto unruhiger wurde er, denn es ließ sich nicht sagen, über welche Fähigkeiten und Tricks Scarpa möglicherweise verfügte.

Vilgan achtete auf seine Schritte, denn selbst das Knacken eines Zweiges unter seinen Füßen hätte Scarpa alarmieren und die Sache unnötig riskanter machen können, als sie ohnehin schon war. Er tastete sich bedacht vor, hielt immer wieder in der Deckung eines Baumes, Beinhauses oder Grabsteins an und prüfte die Umgebung auf ungewöhnliche Bewegungen und Geräusche.

Als er die letzten Bäume zwischen den Gräbern erreichte und vor sich die baumlose Fläche mit dem rostigen Eisenzaun und den Hunderten von Grabsteinen überblickte, suchte er einen optimalen Weg zur Ruine. Er musste so lange verborgen bleiben, wie es ihm möglich war. Er durfte den Überraschungseffekt nicht verspielen, denn eventuell war dieser Teil der einzigen Chance, die er besaß.

Vilgan warf einen kurzen, versichernden Blick über seine Schulter. Dann setzte er seinen Weg fort. Er blieb weiterhin achtsam, um nicht versehentlich einen Knochen zu zerbrechen oder sich im schlimmsten Fall sogar daran zu verletzen.

Als Vilgan die Mauer der Kirchenruine erreichte, blieb er einen Augenblick lang stehen und sah sich um. Er hielt sich anschließend links, da er das Gebäude nach dem Zusammentreffen mit Scarpa von hier aus betrachtet auf der rechten Seite verlassen hatte und sich erinnerte, dass es dort keine Deckung gab. Daher hoffte er, an anderer Stelle ein geeignetes und geschütztes Schlupfloch zu finden.

Die herabgestürzten Trümmer des oberen Mauerbereichs hatten die große Flügeltüre auf dieser Seite der Kirche blockiert. Zwar stand sie einen Spalt weit offen, aber dieser war zu klein, um sich hindurchzwängen zu können. Und selbst wenn er zur anderen Seite hätte gelangen können, so wäre es nicht lautlos möglich gewesen; in der Stille dieses unheimlichen Waldes war jeder Klang wie ein Signalfeuer.

Vilgan versuchte, durch die Lücke zu spähen, konnte aber nichts erkennen. Da es auf dieser Seite keine Fensteröffnungen gab, lief er weiter in die eingeschlagene Richtung.

Der Eckbereich der Kirche war eingestürzt. Vilgan tastete sich voran, bis er das Ende seiner Deckung erreichte. Er ging in die Hocke und spähte vorsichtig immer weiter ins Innere der Kirche. Es dauerte nicht lange, bis er den blühenden Baum erblickte, der sich unverändert magisch im einfallenden Licht erhob. Die Bank darunter war allerdings leer – nirgends ein Zeichen von Scarpa.

Vilgan beugte sich noch weiter vor, bis er die Reste der inneren Grundmauern sah, aus denen sich der schiefe Glockenturm erhob. Er konnte von hier aus auch die Kerbe in der Außenmauer sehen, durch die er die Kirche nach seiner Begegnung mit Scarpa verlassen hatte.

Er beobachtete die Umgebung eine Weile und lauschte, ehe er sich bereit machte, zur anderen Seite des eingestürzten Eckbereichs zu eilen und hinter der Mauer wieder in Deckung zu gehen, um sich auch von dort ein Bild der Lage zu machen. Obwohl er nur wenige Meter zu überbrücken hatte, bereitete ihm allein der Gedanke Unbehagen. Immerhin war er nun in einem Auftrag hier und nicht zufällig, wie bei seinem ersten Besuch. Es machte keinen Unterschied, ob Scarpa ihn bereits kannte oder nicht, denn wer hier umherschlich, der führte ganz offensichtlich nichts Gutes im Schilde.

Vilgan atmete tief ein, dann brachte er eiligen Schrittes die eingestürzte Ecke der Ruine hinter sich. Er hätte auch aufspringen und rennen können, aber er wollte so leise sein, wie nur irgend möglich.

Sicher hinter der Mauer angekommen, überblickte das Feld der Grabsteine, welches so unheimlich dalag wie der Wald dahinter. In der Nähe des Eisenzauns loderte ein Wolfslicht. Ein zweites brannte weiter hinten zwischen den Bäumen. Er lief aufmerksam weiter.

Soweit er sehen konnte, wies die Mauer auf dieser Seite keine Schäden im unteren Bereich auf; Steine und Schutt, die den Boden und einige Grabsteine bedeckten, stammten allesamt vom oberen Teil.

Er kletterte auf einen Grabstein, der sich direkt an der Mauer befand, um durch eine der länglichen Fensteröffnungen zu schauen. Er sah den Baum und den Glockenturm, aber keine Spur von Roparte Scarpa.

Vilgan stieg von dem Grabstein und dachte nach. Die Glocke hatte geschlagen und zumindest die Person – den rennenden Schatten – angelockt. Wo also war sie? Und wo war Scarpa?

Selbst wenn Vilgan wüsste, wo sich Scarpa aufhielt, wäre es gewiss nicht möglich, sich ihm völlig unbemerkt zu nähern. Vermutlich war es deshalb besser, einfach in die Kirche zu gehen und nach ihm zu rufen. Welche Alternative gab es schon? Ob es sich der Baumwolf anders überlegte und ihn doch verschlang, er durch Scarpas Hände starb oder erschöpft sein Ende im Wald fand, machte keinen Unterschied.

Er durfte seine Gedanken nicht abschweifen lassen. Er musste aufmerksam bleiben, denn im Gegensatz zum Baumwolf hatte Scarpa bereits deutlich gemacht, dass Vilgan hier unerwünscht war. Und dann war da noch Scarpas unheimliche Aura.

Vilgan lief zurück zu der eingestürzten Ecke. Am Ende der Mauer blieb er kurz stehen und sah sich um.

Sollte er sich mit einem Stein, einem Knüppel oder einem spitzen Knochen bewaffnen? Das würde ihm allerdings wirklich die Möglichkeit rauben, sich irgendwie aus der Situation herauszureden, sollte Scarpa ihn entdecken. Eine theoretische Chance dafür war deshalb besser als keine. Und wenn es ihm im Fall der Fälle nicht gelingen würde, etwas zur spontanen Verteidigung zu greifen, würde auch das nichts am jetzigen Zustand ändern. Er konnte letztendlich nur achtsam bleiben und darauf vertrauen, Scarpa, sobald es darauf ankam, einen Schritt voraus zu sein – und sei es nur eine halbe Sekunde.

Vilgan nahm seinen Mut zusammen und stieg durch die Öffnung.

Das Innere der Kirche lag so verlassen da wie bei seinem ersten Betreten. Der wundervolle Baum mit seinen bunten Blüten bildete weiterhin im einfallenden, magischen Licht das majestätische Zentrum, das den Blick unweigerlich auf sich zog.

Vilgan schaute nach rechts zum Glockenturm, welcher sich in seine Richtung neigte. Aus dieser Perspektive sah er, wie weit die Turmspitze aus dem Lot war. Es konnte nur Zufall sein, dass die Statik noch nicht nachgegeben hatte. Der Turm löste ein tiefes Unbehagen aus.

Er richtete den Blick wieder zum Baum, in dessen Schatten die leere Bank stand.

Vilgan passierte den Glockenturm und stieg über Trümmer und Blütenblätter, die sich in Ecken und Winkeln angesammelt hatten. Unweit des Baums blieb er stehen. Da es in der Ruine keine weitere Möglichkeit gab, sich zu verstecken, blieben nur zwei Möglichkeiten: Entweder war Scarpa nicht hier oder er befand sich im Glockenturm.

Vilgan drehte sich um und sah hinauf zu den großen, dunklen Öffnungen, hinter denen sich die Glockenkammer befand.

Wurde er in diesem Augenblick beobachtet? Lauerte Scarpa dort oben wie eine Spinne in ihrem Netz, um zu sehen, wer sich alles durch die Glockenschläge anlocken ließ?

„Ich sagte doch, dass hier kein Ort ist für einen Wanderer wie dich", erklang es plötzlich hinter Vilgan.

Er wirbelte erschrocken herum und erblickte Scarpa, der regungslos im Schatten des Baums stand und nach wie vor nichts weiter war als eine Form, die durch die seltsamen Linien und Muster definiert wurde.

„Glaubst du etwa, du kannst dich zwischen mich und Gott stellen?" fragte Scarpa. Seine Stimme nahm einen aggressiven Ton an.

Was dann geschah, konnte Vilgan weder verstehen noch einordnen: Auf einmal stand Scarpa ein paar Meter näher bei ihm. Der Mann war nicht gelaufen, er hatte einfach seine Position geändert. Und nun stand er so regungslos da wie zuvor.

An Scarpas Aussehen hatte sich wenig geändert: Zwar wurde nun die Kontur seines Körpers durch die hellere Umgebung klar definiert, doch die Schwärze, die er aus dem Dunkel unter dem Baum mitgebracht hatte, raubte noch immer jegliche Räumlichkeit. Nur die Linien und Muster gaben der Silhouette, dem Scherenschnitt einen Hauch von Plastizität.

„Du wirst keinen Schatten auf Gottes Licht werfen", sagte Scarpa, dessen Stimme nun deutlich lauter war, fast ein Schreien.

Vilgan wollte als erste Ablenkung Dreck vom Boden nach Scarpa treten, um sich dann mit einem Stein zu bewaffnen. Doch dann stand Scarpa auf einmal noch näher bei Vilgan und zusätzlich seitlich versetzt, als hätte der Mann Vilgans Absichten vorhergesehen.

Vilgan wich – halb überrascht, halb erschrocken – zurück.

Es war eine Eingebung wie aus dem Nichts, eine Feststellung, die aus dem Unterbewusstsein nach oben drang: Sobald Vilgan blinzelte und damit für den Bruchteil einer Sekunde keinen Blickkontakt mit Scarpa hatte, änderte dieser seine Position und kam beharrlich näher.

Vilgan zwang sich, die Augen offen zu halten, während er versuchte, etwas mehr Abstand zu gewinnen. Doch dann geschah es: Vilgan trat rückwärts auf einige lose Trümmer, verlor das Gleichgewicht und taumelte. Er löste unfreiwillig den Blick von Scarpa, um zu sehen, wohin er taumelte. Als er sich wieder gefangen hatte und nach vorn sehen wollte, spürte er einen Schlag gegen den Brustkorb, der die Luft aus seiner Lunge presste.

Scarpa stand wie eine Statue in angreifender Haltung da, während Vilgans Verständnis der Dinge die Geschehnisse nicht einzuordnen vermochte. Und obwohl sich optisch nichts an Scarpa verändert hatte, quoll nun aus dieser Form eine Aura des Bösen, welche die Luft und alles um sich herum verpestete.

„Gottes Feuer wird ewig lodern!" schrie Scarpa wie besessen.

Vilgan konnte trotz der Attacke das Gleichgewicht halten. Er ließ den Blick auf Roparte Scarpa und den sonderbaren Mustern, die diesen bedeckten, ruhen, um einen weiteren Angriff zu unterbinden. Seine Brust schmerzte. Er atmete angestrengt, als hätte er einen Sprint hinter sich.

Vilgan machte einige bedachte Schritte rückwärts, um mehr der Szene in seinem peripheren Blick zu haben und eventuell eine Möglichkeit zu finden, um Scarpa effektiv zu attackieren.

Es war schwierig, die Augen nicht von Scarpa zu nehmen und zusätzlich nicht zu blinzeln. Zu allem Überfluss war da noch der alles durchdringende Harzgeruch, dessen Intensität nun zurück in Vilgans Bewusstsein strömte und damit zu neuer Stärke fand. In den letzten Stunden hatte er sich unbewusst daran gewöhnt und ihn gar nicht mehr wahrgenommen, und nun machten sich diese beißenden, unsichtbaren Dämpfe daran, seine Augen zu reizen; Vilgan spürte ein leichtes Brennen, das sich Schritt für Schritt aufbaute. Die Zeit rann ihm durch die Finger und er hatte noch immer keinen Plan, wie er sich aus dieser Situation befreien und der Gefahr entkommen konnte.

Nach einer gefühlten Ewigkeit glaubte er, im Augenwinkel ein Stück Holz zu sehen, das er als Knüppel nutzen konnte, mit dem er durchaus in der Lage gewesen wäre, Scarpa auf Abstand zu halten und sich gegen einen Angriff zu wehren. Seine Augen tränten.

„Ich marschierte nicht durch die Würste ohne Tag und folgte nicht den brennenden Nebelgeistern in den Mooren, nur um mich von dir zum Narren halten zu lassen", sagte der Mann wütend.

Vilgans Blick haftete weiterhin auf Scarpa, während er sich seitlich der Stelle näherte, wo der Knüppel lag. Er ging daneben in die Hocke und tastete am Boden umher, bis er die Waffe endlich greifen und aufheben konnte. Er hielt das Kantholz wie ein Schwert vor sich, um gefühlt mehr Distanz zwischen sich und Scarpa zu bringen. Dabei wurde das Bild durch seine tränenden Augen immer verschwommener. Er richtete sich wieder auf.

„Du wirst dich mir nicht in den Weg stellen", sagte Scarpa. „Du wirst mich nicht davon abhalten, durch das Tal der Dornen zu schreiten, hin zum Quell, dem Spiegel der drei Monde, um mich vom Jetzt reinzuwaschen."

Das Brennen in Vilgans Augen wurde stärker, aber er durfte Scarpa keine weitere Chance geben. Er hörte die Stimme, konnte den Worten aber keinen Sinn entnehmen.

Plötzlich spürte Vilgan eine Berührung am rechten Bein.

Instinktiv wich er zur Seite und sah nach unten. Er blinzelte immer wieder, um einen etwas klareren Blick zu haben und wischte die Tränen weg.

Am Boden zu seinen Füßen war ein Mann – oder was von diesem übrig war. Haut und Fleisch hingen an zahllosen Stellen von den blanken Knochen. Der Schädel hatte keine Augen mehr, keine Ohren, keine Nase und keine Lippen. Ein Gurgeln quoll aus dem Mund, während der Mann den blutenden Blick nach oben richtete und hilflos mit den gehäuteten Fingern im Dreck nach Vilgan tastete.

„Er wird seine Erlösung finden", versicherte Scarpa mit schlagartig ruhiger Stimme, „und zwar in den reinigenden Flammen. Dafür muss das Fett allerdings behutsam ausgekocht werden, denn nur so werden die Feuer das edelste Licht werfen."

Vilgan musste reagieren. Er hatte keine Zeit, sich einen ausgefeilten Plan zurechtzulegen. Deshalb schleuderte er den Knüppel blindlings in Scarpas Richtung, wandte sich ab und rannte los, so schnell er konnte. Er konzentrierte sich auf die eingestürzte Ecke der Kirche, durch die er gekommen war.

„Glaubst du, dass dir das jetzt noch hilft?" spie Scarpa wütend hinter ihm aus. Verflogen war der ruhige, erklärende Ton. „Niemand ist dazu bestimmt, mein Geheimnis hinaus in die Welt zu tragen! Ich ließ Kreaturen fallen, mächtig und alt, um mir ihre Kraft einzuverleiben, und es wird nicht schwer sein, auch dich zu Fall zu bringen. Vielleicht bist du die Lösung des Rätsels, Test und Schlüssel zugleich! *Mein* Weg zu Gott!"

Vilgan wagte es nicht, über seine Schulter nach hinten zu blicken. Zu gefährlich waren der Untergrund und all die Steine und Trümmer, die im Weg lagen. Kurz anzuhalten war ebenfalls keine Option, denn er hätte damit wertvolle Zeit verloren und entsprechenden Vorsprung – sofern es diesen überhaupt gab, denn ihm war, als wäre Scarpas Atem in seinem Nacken.

„Vielleicht wird Gott endlich erkennen, wie ergeben ich bin, wenn auch aus deinem Fleisch reinstes Licht erstrahlt!"

Scarpas Stimme klang nahe, zu nahe, und doch gab es darin kein Anzeichen irgendeiner Anstrengung. Da war nur diese Wut, die einer Lawine aus Geröll glich, die sich daran machte, alles zu zermalmen und unter sich zu begraben und nichts zurückzulassen als Zerstörung und endlose Ödnis.

Es war schwierig, einen Weg durch die unübersichtlichen Reihen der Grabsteine außerhalb der Kirche zu finden. Vilgan versuchte, sich möglichst mittig zwischen ihnen zu halten, denn das bedeutete theoretisch, dass er den aufragenden Knochen, welche die Steine säumten, nicht zu nahe kam. Er passierte Beinhäuser und hoffte dabei, dass hinter ihnen weder ein Hindernis lag noch eine Sackgasse.

„Nichts folgt dem Zufall", brüllte Scarpa. „Alles hat einen Sinn, eine unverrückbare Vorherbestimmung, gegen die man sich nicht auflehnen darf. Deshalb solltest auch du dein Leid verkürzen und dich dem Unausweichlichen stellen!"

Vilgan rannte. Er suchte die Umgebung hastig nach passierbaren Lücken ab. Und doch hatte er den Eindruck, dass der Wald so wenig näher kam wie die Reste des Eisenzauns. Er hörte seine Schritte und seinen Atem, spürte, wie verkrampft er die Hände zu Fäusten geballt hatte. Hinter sich hörte Vilgan lediglich Scarpas Stimme, ansonsten herrschte Stille; keine Schritte, keine Bewegung.

Er suchte den Zaun nach einer Stelle ab, an der er ungehindert zur anderen Seite gelangen konnte, was bei dem vorherrschenden Zwielicht alles andere als einfach war. Als er dann aber eine größere Lücke entdeckte, passte er seinen Weg an.

„Und wenn ich jeden Baum dieses Waldes mit einem Leben erhellen muss", kreischte Scarpa fast hysterisch, „dann soll es so sein. Selbst 1000 Jahre ohne Schlaf sind unbedeutend, wenn sie Gottes Wille sind und sein Weg, meine Ergebenheit zu testen."

Vilgan hörte die Worte, registrierte aber nicht ihre Aussage. Immer wieder versuchte er, den Boden vor sich zu mustern, ob es irgendwelche Hindernisse oder gefährlich aufragende Knochen gab. Auch Löcher und Vertiefungen konnten ihm schnell zum Verhängnis werden.

Als er die Lücke im Eisenzaun hinter sich ließ und auf die ersten Baumreihen jenseits der großen Lichtung zueilte, wagte er einen kurzen Blick zurück: Roparte Scarpa stand nur etwa 5 Meter hinter ihm, starr, als hätte er bereits dort gewartet.

Vilgan richtete seine Aufmerksamkeit wieder nach vorn. Er durfte sich keinen Fehltritt erlauben. Er wich Bäumen aus, rannte durch Felder vertrockneten Farns und ließ bald darauf die letzten, vereinzelten Grabsteine hinter sich.

Als sich die Bäume an einer Stelle etwas lichteten, nutzte er die Gelegenheit und schaute erneut kurz über seine Schulter. Zu seinem Entsetzen stand Scarpa unverändert da, diesmal allerdings deutlich näher, fast in Armlänge.

Vilgan rannte weiter. Seine Lunge brannte. Und er spürte Scarpas Blick, spürte, wie ihm dieser unerträgliche Schatten folge. Seine Nackenhaare stellten sich auf. Ob von Scarpas Atem oder von der Angst, ihm nicht entrinnen zu können, ließ sich nicht sagen, denn das Adrenalin, das von seinem Herz durch den Körper gepumpt wurde, hatte an diesem Punkt große Teile seiner Gedanken hinfortgespült, um dem Überlebenstrieb die ungehinderte Kontrolle zu geben. Das, was an rationalem Denken noch möglich war, lief stark beschleunigt ab, so dass es kaum trennbar war von Instinkten und Reflexen.

Er fühlte sich in die Enge getrieben. Er musste eine Entscheidung treffen, da ihm eine Flucht kaum gelingen würde, nicht bei dieser Erschöpfungsrate. Er konnte also nur anhalten, sich umdrehen und hoffen, gut genug zielen zu können, um Scarpa direkt frontal auf den Kehlkopf zu schlagen. Anders ließ sich die Situation nicht entschärfen und beenden. Bald würde er langsamer werden und das Rennen verlieren, sofern es überhaupt eines war. Zudem machte der schwammige Boden die Sache nicht einfacher, ebenso wenig wie der Harzgeruch und das Brennen in seinen Augen, das einfach nicht abklingen wollte.

Vilgan schlug hinter einer Gruppe dicht stehender Bäume einen Haken nach links, bremste abrupt ab und wirbelte herum. Das Bild der Situation zu registrieren und die Schlagbewegung entsprechend anzupassen, während er sie bereits ausführte, war ein nicht aktiv gedachter Plan, mehr ein Reflex, ein Notfallprogramm seines Unterbewusstseins. Was dabei jedoch nicht einkalkuliert wurde, war Scarpas Nähe, denn dieser stand mittlerweile genau hinter Vilgan. Nur ein paar Zentimeter lagen zwischen ihnen und damit viel zu wenig Platz, um überhaupt einen Schlag oder einen Tritt ausführen zu können.

Scarpa schlug nicht zu und blockierte auch nicht den erbärmlichen Angriffsversuch. Stattdessen spürte Vilgan nach einem unbedachten Blinzeln Hände an seinem Hals und wie er nach hinten gestoßen wurde. Er verlor das Gleichgewicht und stürzte. Und obwohl der Aufprall auf dem weichen Waldboden nicht schmerzhaft war, presste er doch die Luft aus Vilgans Lungenflügeln.

Vilgan sah die Gestalt über sich, die eins zu werden schien mit den dunklen Baumkronen in der Höhe. Nur die goldenen, sich wandelnden Muster hoben sich davon ab. Allerdings verweigerten sich die Formen und Linien einer korrekten Einordnung im Raum; sie veränderten sich auf eine Art, dass Vilgan sie nicht fokussieren konnte. Seine Augen tränten und ihm wurde schwindelig, während sich der Druck auf seinen Hals erhöhte. Er versuchte, sich mit den Beinen abzustoßen, sich aus der Situation zu winden und nach Scarpa zu schlagen, doch jenseits von Vilgans bewusster Wahrnehmung schienen sich die Arme seines Angreifers zu verlängern. Sie dehnten sich, ganz so, wie die sich wandelnden Muster, was es ihm unmöglich machte, einen effektiven Treffer zu landen oder Scarpas Kopf oder Körper überhaupt zu erreichen. Möglicherweise geschah auch nichts von alledem und Vilgans Hirn war bereits dabei, seine Funktionen herunterzufahren.

„Ich glaubte, den Verstand zu verlieren", fauchte Roparte Scarpa, „aber mittlerweile *weiß* ich, dass meine Schlaflosigkeit eine Reinigung ist, die ich erfahren muss. Eine Auflösung und Auslöschung meines Selbst, um Gottes Worte mit klarem Geist aufnehmen zu können, von ihnen erfüllt zu werden und eine Wiedergeburt zu erfahren. Denn ein verdrecktes Gefäß kann kein reines Wasser halten."

Vilgan sah die spärlichen, einfallenden Lichter in den Kronen im undefinierten Hintergrund, wie sie zu tanzen begannen und verschwammen, ob nun von allein oder durch die tränenden Augen. Es machte keinen Unterschied mehr, ob er blinzelte oder nicht, in diesem Augenblick gab es keinerlei Möglichkeit, sich zu wehren. Er fühlte sich unter Scarpas regungslosem Gewicht eingeklemmt wie unter einem Felsen, fixiert und unfähig, sich auch nur einen Zentimeter zu bewegen und aus der Lage zu befreien. Er tastete um sich, aber auch der Waldboden bot nichts, das er hätte greifen können; keinen Stein, keinen Knochen und keinen Ast, nicht einmal einen Zweig. Es gab nur trockene Baumnadeln.

Scarpas Stimme veränderte sich. Sie wurde beinahe ein Flüstern, ruhig und kontrolliert, als würde der Mann mit Vilgan ein streng gehütetes Geheimnis teilen. Obwohl Scarpa ohnehin nur zu Vilgan sprach, war da auf einmal eine sonderbare Verschiebung in der Aura, die nicht nur die Situation und den Ort umgab, sondern auch ihre Interaktion. Auf eine befremdliche Art schien es, als würde Roparte Scarpa nun *direkt* zu Vilgan sprechen, um einen Teil zu erreichen, der weit im Hintergrund lag, tief hinter mehreren Schichten einer Fassade, die zwar gelegentlich bröckelte, sich aber nie ganz ablöste. Die Worte waren nicht an das Hier und Jetzt gebunden. Es war, als würde Scarpa aus der Wirklichkeit sprechen, hinein in diesen Fiebertraum; und für einen kurzen Moment konnte Vilgan diese Wahrheit erkennen, die sich in seinem Todeskampf offenbarte.

Scarpa sprach: „Nichts auf der Welt kann dein Leid verringern."

Eines der Lichter im Hintergrund begann damit, sich langsam zu bewegen und dabei heller zu werden, als würden sich die Baumkronen teilen und zaghaft den Himmel darüber freilegen. Auch waren da die hellen Strahlen, die sich in Vilgans verzerrtem Blick veränderten, langsam bogen und dann immer schneller und organischer bewegten.

Plötzlich schoss einer der Strahlen herab, packte Scarpa und riss ihn schlagartig in die Höhe.

Vilgan verstand nicht sofort, was geschah. Er schnappte nach Luft, versuchte, seine Lunge mit Sauerstoff zu füllen.

Roparta Scarpa brüllte: „Dafür werde ich deine Träume verpesten!"

Dann folgte ein Schrei, der erstickt wurde, ehe er sich ganz entfalten konnte.

Vilgan hustete. Er rollte sich auf die Seite. Das Brennen seiner Lunge stieg höher und verätzte ihm die Kehle.

Irgendwann kam er wieder zu Kräften und kämpfte sich zurück auf die Beine. Er sah sich um und erblickte unweit seiner Position den Baumwolf, der sich mit blutverschmiertem Maul in der Höhe zwischen den Bäumen befand und zu ihm blickte.

Scarpas Rage hatte diesen dazu getrieben, Vilgan derart weit in den Wald zu folgen, dass das letzte Wolfslicht und damit der Schutz vor dem Baumwolf unbemerkt zwischen den Bäumen zurückgeblieben und verschwunden war.

Vilgan lauschte. Es herrschte nichts als Stille im Zwielicht zwischen den alten Bäumen – und Gott blieb stumm.

Kapitel 14

Der Leuchtturm

Mit Hilfe des Baumwolfs konnte Vilgan einen Blick über die Kronen der mächtigen Bäume werfen. Doch zu seiner Ernüchterung gab es nichts außer Wald, eine endlose, grüne Fläche, durchsetzt von Bäumen, die noch mächtiger waren als jene, die Vilgan bis zu diesem Zeitpunkt gesehen hatte. Diese Riesen überragten die Kronen der übrigen Bäume teils um ein Vielfaches. In der Ferne erhob sich ein riesiges Gebirge, während am Himmel zerrissene Wolkenfetzen dahinzogen, die immer wieder die Sonne verdeckten, deren goldenes Licht sich wie ein magischer Schleier auf alles legte.

Der Baumwolf erklärte Vilgan, dass er keine Ahnung hatte von der Welt außerhalb des Waldes, der sich so weit erstreckte, dass seine großen und kleinen Geheimnisse genug Stoff für ein, gar zwei Leben boten. Er riet Vilgan allerdings, sich nicht in die Berge zu wagen, in die Schatten der zerklüfteten Felsen, denn dort gab es raue Winde mit der Macht, binnen Sekunden alles Leben zu Eis erstarren zu lassen, wenn man nicht wusste, wie man sich schützen oder die gefährlichen Passagen umgehen konnte.

Aus diesem Grund trug der Baumwolf Vilgan in die andere Richtung, tagelang. Vilgan wachte und schlief, dämmerte immer wieder weg, während er mal unter den Baumkronen war, mal darüber. Es war, als würde er innerhalb einer Wolke fliegen, zumindest stellte er sich das so vor. Halb munter und halb träumend sah er die Sterne und dann wiederum die violette Dämmerung des Morgens, die in ein rosarotes Inferno überging.

Und nun marschierte Vilgan seit unbekannter Zeit über eine hügelige Graslandschaft, aus der sich vereinzelte Ruinen erhoben, in deren

Schutz Bäume, Blumen, Ranken und andere Pflanzen hatten Fuß fassen können und so wahre Oasen bildeten, die den Winden trotzten. Es waren meist die Überreste einfacher Häuser, doch in der Ferne konnte er auch größere Anwesen ausmachen, einige so mächtig, als wären sie unkontrolliert – fast wie Geschwüre – aus der Architektur älterer Gebäude heraus entstanden.

Doch Vilgans Ziel war ein anderes: Ein Leuchtturm, welcher sich majestätisch erhob und selbst bei Tag ohne sein Leuchtfeuer eine magische Anziehungskraft ausstrahlte. Er konnte sich lebhaft vorstellen, wie es sein musste, Wochen oder gar Monate auf einem Schiff zuzubringen, durch nichts als Nebel und Dunkelheit zu fahren und dann endlich dieses Glühen zu sehen, das entweder Rettung bedeutete oder das ersehnte Ende. Von dem Turm aus wollte er sich einen Überblick verschaffen, um sein nächstes Ziel zu wählen.

Der Wind, der kalt vom Meer her wehte, roch nach Salz. Am Horizont erhoben sich Massive aus Wolken in den blauen Himmel. Vilgan beobachtete das Wetter, um im Falle eines Umschwungs Schutz in einer der Ruinen zu finden. Doch es passierte nichts; kein Sturm, kein Regen, kein Wetterleuchten in den Wolkenbergen und kein unheilvolles Grollen, das die Luft erfüllte.

Irgendwann erreichte er den Leuchtturm. Die Sonne war bereit, jeden Augenblick hinter dem Gebirge jenseits des Waldes zu verschwinden und die Welt der Nacht zu überlassen. Sie tauchte die Wolken so in ihr bronzefarbenes Licht wie den oberen Teil des Leuchtturms, während alles andere bereits unter immer dunkler werdenden Schatten lag.

Das Mauerwerk des Leuchtturms war schwarz, als hätte vor langer Zeit ein Feuer gewütet, dessen Ruß sich untrennbar in den Stein gebrannt hatte. Bedeckt wurde alles von Ranken, deren Blätter damit begonnen hatten, ihre Herbstfärbung anzunehmen. Vielleicht speicherten sie auch das letzte wärmende Licht des Sommers, um es bald – in ihren Zellen eingeschlossen – abzuwerfen, damit es sich im Frühling durch das Weiß des Schnees schmelzen und wieder zum Himmel aufsteigen konnte, um den Kreislauf zu schließen.

Vilgan konnte die Höhe des Leuchtturms nicht abschätzen. Allerdings standen Höhe und Durchmesser in einem instinktiv fragwürdigen Verhältnis. Er musste an den schiefen Glockenturm in der Kirchenruine denken. Dieser hatte der Neigung auch standgehalten, so wie dieser fast schon dürre Turm Stürmen, Unwettern und offensichtlich auch Flammen.

Unweit des Turms endete die Graslandschaft an einer nahezu senkrechten Bruchkante, die etwa 100 Meter abfiel und hinter der sich das Meer erstreckte, dunkel, aufgewühlt, weit und endlos leer.

Die Türe – nichts weiter als eine dunkle Öffnung, vor der einige Ranken hingen und sich leicht im Wind bewegten – lag auf der dem Meer abgewandten Seite. Vilgan schob den Pflanzenvorhang aus dem

Weg und trat in das Innere, wo es kaum wärmer war als draußen. Ein Luftstrom zog in die Höhe.

Das Innere des Leuchtturms war ebenfalls lückenlos bedeckt von Ranken, deren Grün deutlich blasser war und daher die Schwärze darunter umso kräftiger wirken ließ. Die steinerne Treppe, die sich an der Wand nach oben schraubte, erzeugte eine Spirale, die sich in der Höhe verlor und zwischen all den Blättern aufgelöst wurde. Ranken hingen von den Kanten der Stufen in die Tiefe. Vilgan konnte einige Fenster erahnen, und das nur, weil an diesen Stellen die Schwärze des Mauerwerks hinter dem Grün verschwand. Es drang gerade noch so viel Licht des ausklingenden Tages in den Turm, dass ein Zwielicht entstand, in welchem sich die Dinge zumindest noch ansatzweise abzeichneten. Nicht mehr lange und Finsternis würde alles verschlingen.

Da Vilgan zuversichtlich war, die Spitze des Turms vor Einbruch der Nacht zu erreichen, machte er sich unverzüglich an den Aufstieg.

Er konnte die ersten Stufen noch mit Leichtigkeit nehmen und problemlos mehrere Höhenmeter hinter sich bringen, doch schon bald darauf spürte er das Brennen der Ermüdung in den Beinen.

Vilgan hielt sich nahe der Wand. Obwohl die Stufen recht breit waren, verfügten sie über kein Geländer, was ihn nervös machte. Das Fortschreiten der Dämmerung setzte ihn dabei zusätzlich unter Druck; er konnte regelrecht sehen, wie es in der Tiefe des Turms zunehmend dunkler wurde, je weiter er aufstieg und je weiter die Sonne hinter die Berge wanderte. Es war ein Wettlauf gegen die aufziehende Finsternis, den schwarzen, ihn verfolgenden Schlund, denn er wollte sich weder im Dunkel bewegen noch auf der Treppe oder auf einem der unregelmäßig verteilten Zwischenpodeste die Stunden bis zum Morgen verbringen. Deshalb durfte er sich trotz der Anstrengung keine Verschnaufpause gönnen.

Er brachte Stufe für Stufe hinter sich, ohne zu wissen, wie hoch er bereits gestiegen war und welche Distanz ihn noch von der Spitze des Leuchtturms trennte. Alles sah gleich aus und die stetige Bewegung in eine Richtung versetzte ihn langsam aber sicher in eine Art Trance, in welcher er zunehmend das Gefühl für seine Umgebung und die Zeit verlor. Er machte sich auch keinerlei Gedanken um die Ruinen dort draußen, ob sie bewohnt waren oder ob ihn von dort aus jemand beobachtet hatte, nur um aufzubrechen und die Verfolgung aufzunehmen. Er fragte sich auch nicht, ob man die Glocke der Kirche möglicherweise sogar hier draußen hatte hören können.

Vilgan konnte seine Umgebung nur noch bruchstückhaft erahnen, als er endlich das Laternengeschoss erreichte, auf dem er zumindest die Überreste eines Leuchtfeuers erwartet hatte. Doch die Ebene war leer und die teils kaputten Fensterscheiben beidseitig von Ranken bedeckt. Der Durchgang hinaus auf den Rundgang lag hinter hängenden Ranken, weshalb Vilgan eine Weile brauchte, um ihn zu entdecken.

Er sah kurz hinaus, nur um festzustellen, dass er bei den mittlerweile vorherrschenden Lichtverhältnissen nicht mehr sonderlich weit sehen konnte. Deshalb wandte er sich wieder ab und nutzte das restliche Tageslicht dazu, Ranken abzureißen und diese an einer Stelle bei einem intakten Fenster zusammenzutragen, um ein notdürftiges, halbwegs geschütztes Nachtlager zu haben, um die Stunden bis zum nächsten Tag überbrücken zu können. Ob es bequem war oder nicht, konnte er nicht beurteilen, denn kaum hatte er sich hingesetzt und an die Wand gelehnt, übermannte ihn eine schwere Müdigkeit, die ihn in einen traumlosen Schlaf gleiten ließ, während der sanfte Wind ein beruhigendes Lied sang.

Kapitel 15

Der Brief des Meeres

Vilgan stand auf dem Rundgang außerhalb des Laternengeschosses und blickte hinaus auf das Meer.

Die Sonne war ein Glühen, verhüllt von Wolken und dem Nebel, der das Meer bedeckte und stellenweise so weit aufzuragen schien, dass er mit den Wolken darüber verschmolz. Weiter im Landesinneren war der Himmel klar und blau. Doch trotz der herrschenden Windstille stand für Vilgan fest, dass es nur eine Frage der Zeit war, bis sich der Nebel weiter ausbreitete und über das Land legte.

Draußen im Nebel thronten dunkle Türme, schlank und hoch. Es waren in den Himmel getriebene Speere, Schnitte im Gefüge der Welt, die einen Blick auf die Schwärze hinter den Dingen erlaubten. Es gelang Vilgan nicht, die Objekte zu fixieren und räumlich einzuordnen. Sie konnten relativ nahe der Küste aufragen oder weit jenseits des Horizonts; 2 Kilometer hoch oder gar bis hinauf zu den Sternen.

Er versuchte angestrengt, sich an den vorherigen Tag zu erinnern. Hatte er bei seiner Ankunft bereits Teile dieser Türme in den Wolkenbergen erahnen können? Oder waren sie wie durch magische Hand erst im Laufe der Nacht erschienen?

Doch das war nur eines der Rätsel. Ein weiteres war die Glasflasche, die Vilgan auf dem Rundgang gefunden hatte, überwachsen von Ranken und damit praktisch unsichtbar für das Auge. Er hatte sie nur aufgrund ihres Klirrens entdeckt, hervorgerufen durch seine Schritte.

Vilgan, der das Schreiben aus der Flaschenpost noch immer in der Hand hielt, nahm den Blick von den Türmen in den grauen Weiten und las erneut, was da in einer sauberen, aber nicht eleganten Handschrift geschrieben stand:

Ich kann nicht einmal mehr sagen, wann der saure Regen kam. Er fällt jede Nacht. Und wenn nicht er an der Substanz meines Turms nagt, dann ist es der Nebel. Mittlerweile sind die Nachbartürme eingestürzt, was es mir unmöglich macht, diesen Ort zu verlassen. Die Pflanzen, die ich ins Innere retten konnte, bleiben ohne Sonne kümmerlich und bieten kaum noch Nahrung.

Zunächst schienen Regen und Nebel die Fischbestände nicht zu stark zu beeinflussen. Aber eines Tages erschienen wie aus dem Nichts heraus die dreieckigen Türme am Horizont. Und mit ihnen wurden die widerlichsten Dinge angespült, die meine Netze füllten und unbrauchbar machten. Das System aus Stegen, das ich in all den Jahren um meinen Turm errichtete, ist mittlerweile faulig und zerfällt. Die Bretter waren wie Lebensadern, die mich und den Turm versorgten. Aber jetzt liegt alles im Sterben.

Ich weiß, welche Grauen dort in diesen Türmen sind. Ich verstehe aber nicht, wie und weshalb sie von den äußeren Bereichen hierher kamen. Als würde eine Kraft daran arbeiten, alles Gute zu zersetzen, genau wie der saure Regen und der ätzende Nebel.

Und wenn ich die fauligen Kadaver der Monstrositäten betrachte, die das Meer um mich herum verpesten und in den Strömungen gegen das Fundament schlagen, als würden sie um Einlass bitten, so weiß ich nicht, wie lange ich das alles noch ertragen kann. Ich bin schon zu geschwächt, um den Versuch zu unternehmen, mir doch ein Boot zu bauen und von hier zu entkommen, weiter ins Innere hinein, weg von diesen schwarzen, dreieckigen Türmen. Aber was für einen Sinn hätte es, wenn sie auch die dortigen Wasser irgendwann verpesten? Vielleicht haben sie es ja bereits. Ich hätte längst fliehen sollen, aber nun ist es zu spät, um es zu bedauern oder gar zu bereuen.

Ich weiß nicht einmal, wer diese Zeilen lesen wird. Vielleicht wird die Flasche auch ewig treiben oder irgendwo zerschellen. Es liegt nicht in meiner Hand. Sollte aber doch eine Seele dieses Schreiben erhalten: Meide die dreieckigen Türme! Sie bringen nichts als Verderben – selbst für Deine Träume.

Yaco

Vilgan senkte den Brief und sah wieder hinaus zu den Türmen. Er kniff die Augen zusammen, um zu erkennen, was für einen Grundriss sie möglicherweise hatten. Aber es half nichts, sie waren zu weit entfernt und deshalb nichts weiter als diese dunklen Striche.

Der Fund der Flaschenpost hatte Vilgan ganz von seinem Plan abgebracht, von hier oben aus die Gegend abzusuchen, um sich einen Überblick zu verschaffen und so eventuell seine Situation etwas besser einordnen zu können. Deshalb wandte er sich vom Meer ab und lief auf dem Rundgang weiter.

Es dauerte nicht lange und es zeichneten sich im Graublau der Ferne nahe der Küste aufsteigende Rauchsäulen ab. Er schätzte, dass dieses Ziel so gut war wie jedes andere, sofern er vorsichtig blieb, denn es konnte der Rauch aus den Schornsteinen einer Ortschaft sein oder ein Hinweis auf ein Schlachtfeld; er musste auf alles gefasst sein.

Vilgan fragte sich, wer Yaco war. Und wer hatte die Flaschenpost aus dem Meer gefischt und auf den Leuchtturm gebracht? Oder handelte es sich letztendlich nur um einen albernen Streich? Falls ja, was war dann mit den Türmen dort draußen?

Plötzlich riss ihm ein Windstoß das Blatt Papier aus der Hand. Es tanzte hinfort. Vilgans Blick folgte dem Brief, der zunächst Richtung Land geweht wurde, nur um dann regelrecht hinaus auf das Meer gesaugt zu werden, wo er binnen Sekunden nicht mehr zu sehen war.

Der aufgekommene Luftzug, der landauswärts strömte und nicht abreißen wollte, hatte eine konstante Stärke und Ausrichtung, etwas, das Vilgan ungewöhnlich fand. Deshalb lief er auf dem Rundgang weiter, bis er wieder das schier endlose Wasser überblicken konnte.

Zu seiner Überraschung zog sich der Nebel auf dem Meer zum Horizont hin zurück, und das mit einer ungeheuren Geschwindigkeit. Auch das Grau am Himmel folgte dem Wind. Dann brach die Morgensonne durch die dünner werdenden Wolken und legte ihren noch kalten Schein auf die Welt. Das gleißende Licht verschluckte den Nebel, die Türme und die Reste der Wolken. Das Feuer der Sonne loderte derart grell, dass es beinahe schmerzte. Deshalb musste er die Augen mit der Hand schützen. Dabei fiel sein Blick hinab auf die Wasseroberfläche. Vilgan hatte sofort den Eindruck, als würde das Funkeln auf den Wellen ebenfalls zum Horizont ziehen, und genau das war so überraschend wie alarmierend.

Die seltsame Welt, in der er sich zweifelsohne befand, mochte ihre eigenen Regeln besitzen, doch etwas, das ihn an die Vorboten eines heranrollenden Tsunami erinnerte, erzeugte ein durchdringendes, sehr reales Unbehagen. Zwar lag die hügelige Graslandschaft deutlich über dem Meeresniveau, doch die eventuellen Auswirkungen eines Aufeinandertreffens von Wasser und Steilküste wollte Vilgan keinesfalls auf der Spitze dieses Leuchtturms erleben. Deshalb musste er diesen Ort unverzüglich verlassen.

Er gab sich Mühe, schnell vorwärts zu kommen, doch die allgegenwärtigen Ranken am Boden und vor allem auf den Treppenstufen im Inneren des Turms bildeten ein gefährliches und nicht zu unterschätzendes Hindernis. Eine falsche Bewegung und er würde hängen bleiben, eventuell das Gleichgewicht verlieren und im schlimmsten Fall sogar unkontrolliert stürzen – möglicherweise geradewegs in den Tod.

Er tauchte wieder ein in das Zwielicht im grünen Bauch des Leuchtturms und brachte Stufe für Stufe hinter sich. Durch die erforderliche Konzentration und den unvermeidlichen Zeitdruck im Hinterkopf, war der Weg nach unten nicht weniger anstrengend als der gestrige Aufstieg.

Vilgan wusste nicht, in welcher Höhe er sich befand, als ein Wind im Turm nach oben wehte, so kräftig, dass dieser zahllose Blätter von den Ranken riss und all jene in unkontrollierte Bewegung versetzte, die an den Stufen und vor den Fensteröffnungen nach unten hingen. Das Innere des Turms schien teilweise auf dem Kopf zu stehen.

Vilgan hatte den Eindruck, gleich den Boden unter den Füßen zu verlieren und als Teil des Durcheinanders mit in die Höhe getragen zu werden. Deshalb begab er sich auf alle viere und tastete sich zur seitlichen Kante der Stufe vor, auf der er sich befand, um einen Blick nach unten zu werfen und zu sehen, ob sich ein Sprint lohnen würde oder ob er sich noch zu hoch im Turm befand.

Er schob die wild tanzenden Ranken zur Seite und streckte sich etwas, um in die Tiefe schauen zu können. Dort sah er allerdings weder den Boden des Leuchtturms noch weitere Stufen oder Ranken. Stattdessen zeigte sich weißgrauer Nebel, so dicht, dass er eine Oberflächenspannung zu haben schien. Der Dunst wurde nach oben gepresst und verschlang alles, was er berührte, ganz so, als wäre Vilgan in einem mächtigen Schlot gefangen.

Es gelang ihm, sich zurückzuziehen und sich mit dem Rücken an die Mauer des Leuchtturms zu pressen. Dann erreichte ihn auch schon das Grau und raubte ihm nicht nur die Sicht, sondern auch alle Geräusche.

Vilgan blieb eine Weile an die Wand gekauert hocken, denn es hatte keinen Sinn, unter diesen Umständen weiterzulaufen, auch wenn er die Mauer als Orientierung hatte, um nicht versehentlich ins Nichts zu treten und in den Abgrund zu stürzen. Der Wind flaute so rasant ab, wie er aufgekommen war, und hinterließ den regungslos in der Luft hängenden Nebel, durch den sich nach und nach ein Glühen brannte: Es war das Licht der Sonne, das durch ein Fenster auf der gegenüberliegenden Seite fiel.

Er wusste, dass er noch etwas warten musste, bis sich die Sicht besserte. Deshalb verharrte er in seiner Position und betrachtete das Glühen, das immer wieder Größe und Form änderte, während das Grau nur widerwillig die Farben zurück in die Umgebung malte.

Und auf einmal konnte Vilgan das Zwitschern von Vögeln hören.

Kapitel 16

Die heilende Kraft des Ortes

Vilgan sah hinauf zu den Baumkronen, die sich im leichten Wind bewegten, wodurch sich das Spiel von Licht und Schatten immer wieder veränderte.

Er benötigte einige Augenblicke, um zu realisieren, dass er am Fuß der steinernen Treppe saß, nach hinten gelehnt und mit den Ellenbogen auf der nächsten Stufe. Er hörte die Vögel singen und das Plätschern des Wassers jenseits des Zauns am Weg, der nach rechts zu dem alten Teehaus führte und sich im dichten Grün dahinter verlor.

Etwas mühsam richtete er sich auf. Ihm war leicht schwindelig.

Es wollte ihm zunächst nicht gelingen, die Bilder in seinem Kopf in ihre Reihenfolge zu bringen. Als er das Gefühl hatte, alles chronologisch geordnet zu haben, ergaben die Erlebnisse jedoch noch immer keinen erkennbaren Sinn; aber vielleicht mussten sie das auch nicht.

Ihm fiel das Stück Papier ein, das er neben der Treppe gefunden und eingesteckt hatte. Er durchsuchte seine Taschen danach – vergebens.

Vilgan stand auf. Er konnte sich die ersten Momente nur etwas steif bewegen. Er prüfte seine Kleidung, doch diese war so unversehrt wie seine Arme und Hände; kein Dreck, keine Schürfwunden. War er überhaupt gestürzt? Taten ihm die Glieder nur weh, weil er hier zu lange in einer ungünstigen Position auf der kalten Treppe gesessen hatte?

Er starrte vor sich ins Nichts. Waren all diese Bilder ein Versuch des Parks, ihn in den Wahnsinn zu treiben, weil er hier nicht erwünscht war? Rief seine Gegenwart aus irgendeinem Grund längst vergessen geglaubte Mächte hervor, die in Frieden geruht hatten und sich nun erzürnt gegen ihn erhoben und verbündeten? Lag es an seiner Neugierde, die ihn in die alten Bereiche der Anlage lockte? Wenn ja, was gab es an diesen Orten, das eine solche Reaktion hervorrufen konnte? Eventuell war er aufgrund seines seelischen Zustands auch nichts weiter als überaus empfänglich für derartige Kräfte.

Vilgan realisierte, dass seine Gedanken erneut zu Fragen wanderten, die ihn bei all den Rätseln nicht voranbringen konnten. Mit passenden Antworten vielleicht, aber da er diese nicht bekam, war jede dieser Fragen in der jetzigen Situation mehr Zeitverschwendung als Hilfe.

Er blickte sich nochmals an diesem abgelegenen Ort um, ehe er sich daran machte, die steile Treppe nach oben zu steigen. Er achtete auf jeden seiner Schritte, denn er wollte sein Glück nicht herausfordern. Vermutlich hätte es sehr lange gedauert, bis man ihn nach einem schweren Sturz gefunden hätte, wenn überhaupt. Das Szenario wirkte zwar etwas dramatisch, aber der Park war alles andere als stark besucht und in einige Teile verirrte sich scheinbar so gut wie nie jemand. Hinzu kam, dass der Park frei zugänglich war. Es gab also keinen Ticketschalter mit einem Mitarbeiter, dem mit etwas Glück hätte auffallen können, dass ein Besucher zu wenig wieder gegangen war.

Vilgans Gedanken glitten wieder ab. Ließ sich das Fehlen von Besuchern mit dem Wirken einiger Bereiche erklären? Wussten die Einwohner der Gegend, dass man den Park besser meiden sollte? Lag er deshalb so versteckt? Es gab keine großen Hinweisschilder, die seine Attraktionen anpriesen, wie es bei anderen Parks der Fall war. Und der Zugang lag am Ende einer schmalen, sich windenden Straße, die so vermoost und ungepflegt war, dass sich wahrscheinlich nur ein kleiner Prozentsatz an Fußgängern überhaupt auf das Abenteuer einließ, dem Weg zu folgen.

Was war es, das hier in Vilgans Innerem wachgerufen wurde und sich symbolhaft in all den Bildern zeigte?

Er erreichte das obere Ende der Treppe. Vor lauter Anstrengung atmete er schwer. Und kaum verließ er die Schatten der Bäume, spürte er wieder den Schweiß auf der Stirn, im Nacken und am Rücken.

Vilgan setzte den Weg in die ursprünglich eingeschlagene Richtung fort, da er noch immer eine Übersichtskarte suchte, die besser erhalten war als die bisherigen und ihm so die Orientierung erleichtern konnte.

Normalerweise hätten ihn all die Phantasien und Bilder – und vor allem ihr unkontrolliertes Auftreten – beunruhigen müssen, doch nach und nach nahm er sie an. Welchen Unterschied hätte es gemacht, in Panik auszubrechen und von einer Erkrankung des Gehirns auszugehen? Diese Reise sollte doch ohnehin einen Strich unter alles ziehen; und dieser Strich würde so oder so eines Tages erscheinen, ob er wollte oder nicht. Doch aktuell lag es noch in seiner Hand. Und es war ja möglich, dass sein Hirn tatsächlich an einer Fehlfunktion litt, die genau jetzt aufflammte, gereizt von der drückend schwülen Hitze und den schlaflosen Nächten. Wollte er als hilfloser Pflegefall in irgendeinem Zimmer dahinsiechen? Keinesfalls. Da wäre es wirklich die bes-

sere Option, sich in einen abgelegenen Teil dieses Parks zurückzuziehen, niederzulegen und darauf zu warten, dass der letzte Schlaf die
Lider senkte. Aber noch hatte er Zeit.

Und genau dieser letzte Gedanke erhellte in diesem Augenblick sein
Gemüt auf eine unerwartete Weise. Er fühlte sich frei und sorglos, etwas, das er seit langer Zeit nicht mehr empfunden hatte. Vielleicht –
aber nur vielleicht – wollte er sich auch nur nicht eingestehen, dass er
doch irgendwie am Leben hing.

Eventuell war es ein letzter Schub an Hormonen, die dafür Sorge
trugen, dass er dem vergangenen Leben nicht zu verbittert gegenüber-
stand. An diesem Punkt – und in diesem Park – war alles möglich.
Konnte er seinen Gefühlen überhaupt noch trauen? Oder wurden auch
sie, genau wie seine Gedanken, von verwirrendem Trug durchzogen?
Aber machte das einen Unterschied?

Vilgan zwang sich, nicht weiter darüber nachzudenken und sich lieber darauf zu konzentrieren, aufmerksam zu bleiben und die großen
und kleinen Wunder dieses Parks zu entdecken. Er sollte die für seinen
Geist heilende Kraft des Ortes annehmen und sie nicht abweisen mit
angeblichen Bedenken, deren Richtigkeit ohnehin so in Frage zu stellen war wie alles andere auch. Die über ihn kommende Ruhe fühlte
sich zu gut an, um falsch zu sein. Es konnte sich nicht um einen Zufall
handeln, dass sich die Dinge hier und jetzt so entwickelten und offen-
barten, denn einen solchen Tag hätte er theoretisch schon hundertfach
vor dieser Reise erleben können. Doch es war nie dazu gekommen. Er
wäre also ein Narr gewesen, etwas mit zu vielen Fragen und Zweifeln
faulig zu denken, anstatt sich darauf einzulassen. Denn wie oft hatte er
sich eine solche Leichtigkeit herbeigesehnt, nur damit sie ihm verwehrt
blieb? Er war ohne Erwartung an diesen Ort gekommen – und vielleicht wurde er genau aus diesem Grund dafür belohnt.

Und so lief Vilgan mit einem Lächeln auf den Lippen weiter durch
die brütende Hitze des Tages, während die Wolkenberge am Himmel
langsam immer mächtiger wurden.

5. Zwischenspiel

Zermürbung

Was, wenn die Halluzinationen und sonderbaren Träume kein Produkt *seines* Geistes waren, sondern das des *Beobachters*, der dort draußen in der leeren Einsamkeit trieb und nun endlich auf ein anderes Lebewesen gestoßen war? Was, wenn dies die einzige Möglichkeit für den alten Gigant war, einen zaghaften Kontaktversuch zu unternehmen? Der *Beobachter* hatte vermutlich so viele Dinge in seiner Zeit gesehen, um Milliarden an Menschenleben mit ihnen zu füllen. Wusste oder spürte er, dass Vilgans Geist im Vergleich einfach war und überfordert wäre, wenn plötzlich sämtliche Spektren des Universums auf ihn einprasseln würden? Was also blieb dem *Beobachter* anderes übrig, als vergleichsweise einfache Szenarien zu wählen? Bilder und Eindrücke, die Vilgan nicht völlig fremd sein konnten, da er ein Mensch war.

Was, wenn Vilgan, statt potenzielle Signale zu empfangen und zu analysieren, einfach selbst etwas in die Schwärze sandte, um vielleicht die Aufmerksamkeit des *Beobachters* auf sich zu ziehen und so zu zeigen, dass er das Wesen registriert hatte? Selbstverständlich gab das Raumschiff Wellen und Strahlung ab, aber vielleicht tat es das bereits seit 30.000 Jahren mit einer so ermüdenden Konstanz, dass selbst die kleinste Veränderung durchaus *irgendetwas* bewirken konnte.

Aber was, wenn er sich den *Beobachter* nur eingebildet hatte? Was, wenn er sinnlos Zeit und Energie verschwendete, um ein Hirngespinst zu jagen? Auf der anderen Seite gab es nichts zu verlieren, denn das hätte eine Hoffnung auf Rettung vorausgesetzt, etwas, das es hier draußen definitiv nicht gab.

Eventuell war der *Beobachter* ja aufgrund seines Alters und der damit verbundenen Weisheit in der Lage, Vilgan zu offenbaren, wie er an diesem Ort hatte stranden können. Und selbst wenn nicht, so zu tun, als hätte er das Wesen nicht bemerkt, war definitiv keine Lösung; er konnte nicht einfach tatenlos herumsitzen.

Leider verstrichen die Tage ohne einen einzigen Erfolg, was Vilgans Elan spürbar schwanken ließ. Es wollte ihm nicht gelingen, auch nur den kleinsten Hinweis darauf zu finden, dass sich der *Beobachter* noch immer dort draußen in seiner Nähe aufhielt. Selbst verschiedene elektromagnetische Wellen konnten nichts daran ändern, auch kein Laser oder Signalfeuer mit variabler Leuchtintensität und Verweildauer. Und doch wollte er nicht aufgeben und studierte die Ergebnisse der Sensoren immer und immer wieder, modifizierte Außendrohnen und konfigurierte Sendemodule für einen kontinuierlichen Ausstoß von Signalen. Es war ein hartnäckiges Aufbegehren gegen dieses grauenvolle Nichts jenseits der Hülle aus Stahl, Dämmung und hochentwickelten Beschichtungen.

Nebenher intensivierte er die Kontrolle sämtlicher Systeme, denn ein Versagen kritischer Punkte würde sein Vorhaben gefährden, den *Beobachter* zu lokalisieren und anzulocken. Im Kern ging es längst nicht mehr um sein Überleben. Alles drehte sich um diese Kreatur dort draußen, den Wanderer zwischen den Sternen, jenen Koloss, der mit jeder Stunde mystischer und zugleich heilig wurde. In Vilgans Vorstellung wurde es zu einem Wesen, das seit Milliarden von Jahren durch das Universum zog und Wissen sammelte, Zeuge war von der Geburt der Dinge, dem Leben, dem Sein und der Auflösung in kleinste Partikel, um den Kreislauf zu schließen. Sicherlich war es auch möglich, dass dieses Wesen nur die Vorhut eines *Verschlingers* war; eine jener monströsen Maschinen aus seinen Träumen, den Träumen, die er immer häufiger dem *Beobachter* zuschrieb.

In ruhigen Momenten wünschte sich Vilgan, doch lieber einen der *Verschlinger* anzulocken, der alledem ein Ende bereiten würde, statt auf Fragen Antworten zu suchen – und vielleicht sogar zu finden –, die letztendlich wenig bis nichts an seiner Situation ändern konnten. Er spürte deutlich, wie sich das kalte Nichts von dort draußen allmählich immer weiter in sein Inneres fraß und ihn langsam zermürbte. *Birrghs Leere*, ein *Verschlinger* der Hoffnung. Aber vielleicht war auch das nur ein weiterer Test seiner Willenskraft, denn nichts, das sich in diesen einsamen, finsteren Weiten behaupten konnte, würde bereitwillig seine Geheimnisse freigeben.

Vielleicht waren es jene Geheimnisse, die nur die Götter kannten.

Dass die Sterne dort draußen jenseits der Leere Leuchtfeuer der Hoffnung sein konnten, wusste er. Er wusste auch, dass so mancher in Not allein durch die Gegenwart der lodernden Welten ein Gefühl dafür bekommen konnte, dass es weitaus mehr gab als Materie und Vakuum. Sterne konnten zu Göttern erhoben werden, zu den Lenkern der Geschicke. Gleiches galt allerdings auch für Planeten. Und was, wenn diese Gottheiten in der Lage waren, miteinander zu kommunizieren? Es war bekannt, dass Sterne und Planeten Wellen ausstießen, die man durch Algorithmen oder spezielle, praktische Vorrichtungen zu Klang und Bild machen konnte; doch es blieb eine fremde Sprache. Selbst unscheinbare Brocken aus Eis und Gestein, die auf offenbar ziellosen Bahnen durch das Nichts reisten, konnten Überbringer von Nachrichten sein, die unter gewissen Bedingungen aktiv wurden und Informationen an ihre Umgebung abgaben oder das Wissen der Sonnen in sich aufnahmen.

Vilgan musste an den *Beobachter* denken. Kannte dieser eventuell die geheime Sprache? Jene Sprache, die sich hinter dem Schleier der Kymatik verbarg und die doch alles durchdrang und verband. Wenn er so alt und wissend war, dann dürfte er auch längst dieses Geheimnis entschlüsselt haben. Oder die Götter hatten den *Beobachter* eingeweiht, da er, genau wie sie, eine ewige Existenz besaß und sich lediglich innerhalb der Äonen einer fortlaufenden Transformation unterzog. Oder war er sogar ein Gott in einer seiner zahllosen Formen?

Wenn Sterne und Planeten Träger der Hoffnung waren und zugleich Leuchttürme, welche in die Zukunft wiesen, was waren dann Orte wie *Idex' Klamm, Calderas Graben* oder *Birrghs Leere*? Waren sie Bruchstücke des limbus patrum? Bewegten sie sich durch das Universum, nur um eines fernen Tages eine Konfiguration zu bilden, die eine grundlegende Veränderung herbeiführen würde?

Es war jedoch nach wie vor im Bereich des Möglichen, dass Vilgan lediglich den Verstand verlor und es nichts von alledem gab; keine verborgene Wahrheit, kein altes Wissen. Es gab nur ihn, das Raumschiff und das Nichts jenseits des stählernen Mantels. Und doch hatte er episodenhaft das Gefühl, alles und zugleich nichts zu wissen, als würde sich ein göttlicher Finger auf sein Hirn legen und ihm zaghaft das offenbaren, was ihm unter anderen Umständen keineswegs zuteilgeworden wäre. Brachte diese Isolation eine Art Reinigung mit sich, auf welche die Götter selbst so weit draußen ihre Augen richteten?

In diesem Moment wusste er nicht, was ihn mehr drohte zu zermürben: Die schiere Fülle an Möglichkeiten oder die Leere. Möglich, dass genau das die Wirkung dieses Ortes war – und ihn so für einen Augenblick zum Betrauten des Wahnsinns machte, der nur darauf wartete, seine volle Kraft zu entfalten.

Vilgan konnte sich zu diesem Thema und zu allen anderen Bereichen immer weiter in Spekulationen und Grübeleien verlieren, ohne auch nur einen Schritt voranzukommen. Eventuell lagen die Antworten direkt vor ihm auf dem Präsentierteller und warteten darauf, von ihm gegriffen zu werden; es musste ihm nur gelingen, Kontakt mit dem *Beobachter* aufzunehmen.

Kapitel 17

Eisen und Porzellan

Die Suche nach einer Übersichtskarte führte Vilgan durch ein Labyrinth aus geschwungenen Gängen, deren Betonwände bis zu seinen Schultern reichten. Es gab Nischen mit Sitzgelegenheiten oder Stufen, die zu höher gelegenen Flächen führten, auf denen sich ausgetrocknete Springbrunnen und leere, rissige Wasserbecken befanden, von Ranken umschlungene Bronzefiguren oder Baumstämme aus Beton. Umgeben war die Szenerie von ungehindert wachsenden Pflanzen, die teils in die Gänge ragten oder diese überspannten. Es gab Stellen, an denen sich Laub und Federn angesammelt hatten, der Beton gebrochen war – zertrieben von Wurzeln, Gräsern und Gehölz –, wo Moos mehrere Quadratmeter bedeckte oder das Blätterdach derart dicht war, dass die Pflanzen im Schatten ein vergleichsweise kümmerliches Dasein fristeten. Durch den Beton war die Hitze in dem an einem Hang gelegenen Labyrinth um ein Vielfaches intensiver als auf den Wegen außerhalb. Und obwohl Vilgan theoretisch von einigen Stellen aus einen recht guten Blick über die Umgebung hätte haben können, wurde dieser von Bäumen und in voller Blüte stehenden Büschen blockiert.

Irgendwann erreichte Vilgan den Fuß des Hangs und damit das Ende des mäandernden Abschnitts. Der Weg, auf den er dort traf, verlor sich jeweils links und rechts in einiger Entfernung hinter einer Kurve. Auf der gegenüberliegenden Seite des Weges erhob sich eine etwa 2 Meter hohe Mauer aus roten Ziegeln, auf der eine Abdeckung aus geschwungenen und halbrunden Dachziegeln ruhte. Kunstvolle Endstücke zierten den Dachrand. Diese stellten im Wechsel Pflanzen, Tiere und geometrische und organische Muster dar. Die Mauer verfügte über eine Reihe von kleinen, schlitzförmigen Öffnungen.

Vilgan trat etwas näher, konnte auf der anderen Seite aber nichts außer wild wuchernden Pflanzen erkennen. Linker Hand machte er den großen und ebenfalls überdachten Eingang aus, der den Blick auf sich zog. Leider musste er feststellen, dass der Zutritt untersagt war. Ein Schild vor dem geschlossenen, mit Schnitzereien und Beschlägen verzierten Holztor erwähnte zwar Bauarbeiten, doch die Büsche auf der anderen Seite, welche die Mauer teilweise überragten, sprachen eine andere Sprache. Der Wildwuchs von Büschen und Bäumen legte den Gedanken nahe, dass hier gar nichts gemacht wurde und eine fiktive Baustelle die beste Lösung darstellte, um Besucher, warum auch immer, fernzuhalten. Offensichtlich wurde jedoch der Grünstreifen zwischen Mauer und Weg ab und zu gemäht.

Vilgan folgte der Mauer und spähte immer wieder ins Innere der Anlage, konnte aber nur weiteres Gestrüpp erkennen. Da er hinter der Mauer die Dächer von ein paar Gebäuden sehen konnte, vermutete er, dass es sich möglicherweise um eine Tempelanlage handelte. Dass sie allerdings so verwahrlost war, entzog sich seinem Verständnis.

Am Ende der Mauer machte diese einen Knick nach rechts. Ein schmaler, unter Moos, trockenem Laub und Pflanzen kaum noch erkennbarer, gepflasterter Weg folgte der roten Mauer in das Grün der Umgebung. Und da Vilgans Neugier geweckt war, sich niemand in der Nähe aufhielt, der ihn hätte sehen können, und es an dieser Stelle weder eine Absperrung noch ein Hinweisschild gab, verließ er den Hauptweg. Er duckte sich und tauchte unter den ausladenden, überhängenden Kronen der dortigen Bäume ab.

Er spürte, wie Spinnenfäden seine Haut berührten. Grillen zirpten und Vögel sangen, während irgendwo Frösche quakten. Zu seiner Ernüchterung war es in den Schatten nur unmerklich kühler. Die Hitze des Tages setzte ihm unverändert zu.

Vilgan rechnete damit, dem Weg bis zum Ende der Mauer zu folgen und dort wieder der direkten Sonne ausgesetzt zu sein. Was er aber nicht erwartet hatte, war ein weiterer Eingang ins Innere der Anlage. Das Tor – deutlich kleiner als das vorher gesehene – stand zwar offen, doch hatten im Durchgang Büsche Fuß gefasst, die ihm auch hier einen Blick in die Tempelanlage verwehrten.

Er fühlte sich seltsam bei dem Gedanken, diesen wahrscheinlich religiösen Ort einfach so zu betreten, ungeachtet dessen, dass es schon ein merkwürdiger Zufall wäre, ausgerechnet jetzt auf einen anderen Besucher oder einen Gärtner zu treffen. Aber er rechtfertigte sich still damit, nur einen kurzen Blick riskieren zu wollen, sofern das beim bisher erkennbaren Zustand der Anlage überhaupt möglich war.

Sekunden später kämpfte er sich durch das Gestrüpp.

Nach wenigen Metern brach Vilgan aus dem Dickicht der duftenden Büsche. Er klaubte ein paar Blätter und Zweige aus seinem Haar und ließ den Blick umherwandern.

Es gab mehrere Gebäude unterschiedlicher Größe und eine prächtige, fünfstöckige Pagode, die er durch die umliegenden Bäume von außen nicht hatte sehen können. Der Boden war mit Schotter bedeckt, weshalb es zwischen den Büschen und Bäumen immer wieder größere Flächen gab, wo nur Gräser wuchsen. Und auf eben diesen Flächen stand etwas, das Vilgan schlagartig staunen ließ: Lokomotiven. Sie besaßen zahlreiche Verzierungen, von Reliefs über figürliche, aufgesetzte oder aus der Oberfläche hervorstehende Elemente bis hin zu einst kunstvoller und farbenfroher Bemalung. Manche waren teilweise oder ganz mit Schindeln aus Ton und Metall oder größeren Platten aus ehemals weißem, nun aber verdrecktem Porzellan bedeckt. Andere wirkten, als wären sie aus einem massiven Block Metall getrieben worden oder sogar gegossen, denn es gab weder Schweißnähte noch Nietenköpfe, Stöße oder Überlappungen. Ranken und Flechten hatten die Lokomotiven teils für sich beansprucht, und doch konnte Vilgan die Formen darunter gut erkennen, was ihm eine Ahnung von ihrer ursprünglichen Schönheit gab.

Während er durch die Tempelanlage schritt und die ungeordnet stehenden Lokomotiven zwischen all den Büschen und Bäumen bestaunte, stellte er fest, dass diese ausnahmslos ohne Schienen auf dem Boden standen. Manche waren im Laufe der Zeit mehr eingesunken als andere. Ein Exemplar neigte sich bereits so bedenklich zur Seite, dass es vermutlich jeden Augenblick hätte umkippen können, was Erinnerungen an den Glockenturm in der alten Kirchenruine weckte.

Vilgan konnte relativ problemlos umherlaufen, denn entgegen seiner anfänglichen Vermutung, war die Vegetation zwischen den Lokomotiven und den Gebäuden meist recht locker und kein Vergleich zu jenen undurchdringlichen Stellen, die er in diesem Park bereits zur Genüge gesehen hatte. Nur hin und wieder wurden die teils hüfthohen Gräser von Ranken durchzogen, die nach ihm zu greifen schienen. Die Lokomotiven formten einen Irrgarten, so dass sich Vilgan anhand der Gebäude orientieren musste. Die Bauten waren – abgesehen von ihren Dächern und den steinernen Grundmauern – ausschließlich aus Holz, das noch immer eine nahezu makellose, rote Lackierung aufwies.

Die Gebäude, die Vilgan betreten konnte, waren bis auf vertrocknetes Laub, ein paar Federn und Ranken, welche die lichtärmsten Winkel mieden, leer. Die übrigen waren so abgesperrt wie die Pagode und das große, zentrale Hauptgebäude und weigerten sich, ihre Geheimnisse preiszugeben. Aber vielleicht waren sie ebenfalls leer und boten keine heiligen Bildnisse oder Reliquien, vor denen man ein stummes Gebet an die Götter richten konnte. Zwar warf er durch Fensteröffnungen und Spalten mehrfach einen Blick ins Innere, aber die Schatten hielten standhaft an den verborgenen Dingen fest.

Vilgan versuchte anschließend sein Glück bei einer Lokomotive, die überaus massig wirkte und auf eine sonderbare Art futuristisch, wie eine 100 Jahre alte Vision der Zukunft, deren Stromlinienform auch für ein Unterwassergefährt geeignet gewesen wäre. Er trat in das dunkle, stickige Innere und musste einen Moment warten, bis sich seine Augen an das Halbdunkel gewöhnten, da die kleinen Fenster nur bedingt Licht einfallen ließen.

Er hätte es sich aufgrund des äußeren Erscheinungsbildes bereits denken können, dass die Lokomotive auch innen ungewöhnlich sein würde. Trotzdem war er überrascht, denn alles wirkte wie eine Mischung aus kleiner Wohnung, Versteck und Fabrikhalle. Es gab keinerlei Instrumente oder Hebel, nur rostiges Metall. Es roch nach Eisen und Öl. Gegliedert wurde der Raum durch eiserne Trennwände. An einigen Stellen lagen Teppiche am Boden. Es gab einen alten Holztisch mit zwei Stühlen, eine Ecke mit mehreren Regalen, die allesamt leer waren, und eine Matratze, die auf einem Berg alter Kleidung lag. An einer Wand im hinteren Bereich hing ein gerahmtes Farbfoto, das eine Frau in einem Schaukelstuhl zeigte. Links von ihr saßen zwei Hunde, die an Wölfe erinnerten. Rechts befand sich ein kleiner, runder Tisch aus Holz, auf dem eine bauchige Vase mit welken Blumen stand. Das Kleid der Frau war reich verziert und wirkte durch die blassen, erdigen Farbtöne sehr alt. Das Gesicht der Frau war kräftig weiß geschminkt, fast wie für eine Theateraufführung, was es aus der eher dunkel gehaltenen Umgebung hervorstechen ließ. Hintergrund und Boden bildete ein riesiges, rauchig gefärbtes, graublaues Tuch. Die Aufnahme konnte aus einem Fotostudio stammen, was die Szene noch sonderbarer machte, als sie bereits war.

Vilgan trat etwas näher an das Bild und betrachtete die weiße Farbe des Gesichts und sah, dass diese am Hals in ein blasses Grau überging. Die Augen der Frau waren geschlossen. Vilgan war sich nicht mehr sicher, ob es sich tatsächlich um eine Frau handelte, denn das Weiß schluckte einen Großteil der Gesichtskonturen. Die Hände ruhten auf den Armlehnen und waren leicht zur Faust geballt.

Vilgan wandte sich von der merkwürdigen Fotografie ab.

Aus irgendeinem Grund hatte er das Gefühl, die Privatsphäre einer fremden Person verletzt zu haben. Aber es deutete nichts darauf hin, dass hier jemand regelmäßig ein und aus ging. Laub lag auf dem Tisch und den Stühlen, selbst auf der Matratze, locker und nicht zerdrückt oder gebrochen. Das bedeutete allerdings nicht, dass nicht doch jemand in einer der anderen Lokomotiven war. Bei diesem Gedanken rückte das unbeschwerte Staunen über diesen Ort etwas in den Hintergrund.

Er wischte sich den Schweiß von der Stirn. Dann trat er wieder nach draußen.

Vilgan schaute sich anschließend in weiteren Lokomotiven um, wobei er mehrfach aufmerksam lauschte und prüfte, ob sich in der Nähe etwas bewegte oder ob von außerhalb der Mauern Stimmen zu ihm drangen. Jeder Innenraum sah wie eine Wohnung aus, mit verschiedenen Möbeln, Teppichen am Boden und Stoffen an den eisernen Wänden. Vor manchen Fenstern hingen zurechtgeschnittene Kunststoffplanen oder hauchdünne Gardinen, die wie Seidenpapier wirkten. In einer Ecke fand Vilgan etwas, das an ein riesiges Vogelnest erinnerte, das aus Ästen, Zweigen und Ranken geformt wurde und in dessen Mitte sich ein Bett aus trockenem Laub befand, auf dem eine zerknitterte Federdecke und ein dreckiges Kopfkissen lagen. In einer anderen Lokomotive stand eine große Gitterbox, die mit Laub und Moos gefüllt war und in der eine rotbraune Stoffdecke mit zerfransten Rändern lag. Es gab zerschnittene und sauber aufeinandergestapelte Kartonstücke, die eine Nische ausfüllten und in der Mitte gerade so viel Platz ließen, dass sich jemand kauernd hätte hineinzwängen können. In einer weiteren Lokomotive hingen alte Stoffe und Bettlaken sehr eng beieinander von der Decke bis hinab zum Boden, und das in unterschiedlichen Ausrichtungen, teils mit Knicken und fortlaufenden Richtungswechseln, was ein Vorankommen extrem erschwerte. Deshalb gab Vilgan nach nur wenigen Augenblicken den Versuch auf, ins Innere vorzudringen. Von außen schaute er durch ein paar der Fenster und wurde bei all dem Stoff, den er erblickte, in seiner Entscheidung bestätigt.

Eine Lokomotive, die außen verrostet und von Moos und Ranken überwuchert war, bestand im Inneren aus Porzellan, das in seinem Weiß einen zarten Hauch von Blau besaß, ein flüchtiges Leuchten im Material. Aber es waren keine einzelnen Segmente wie an der Außenseite einer Lokomotive, die in direkter Nachbarschaft stand, sondern eine lückenlose Auskleidung. Selbst mit größter Anstrengung wollte es Vilgan nicht gelingen, auch nur die kleinste Fuge oder farbliche Unregelmäßigkeit auszumachen, die auf eine künstliche Verbindung hinwies. Die Oberfläche war seidig glatt. Es gab keine Verzierungen und keine Winkel oder Kanten; alles wirkte auf eine gewisse Art weich. Möbel fand er keine, nur ein paar Laubblätter, Staub und Spinnweben, wodurch sich das einfallende Licht nahezu ungehindert ausbreiten konnte. Klar definierte Schatten gab es nicht, nur fließende Übergänge zwischen Hell und Dunkel. Und als wäre die Szene nicht sonderbar genug, bekam sie durch die Farbe des Porzellans etwas Surreales.

Die Luft war etwas kühler als draußen. Nicht viel, aber doch genug, um kurz durchzuatmen. Er legte die Hand auf das Porzellan. Zu seiner Überraschung war es so warm wie seine Haut; er konnte nicht den geringsten Unterschied spüren, als wäre das Material nicht vorhanden.

Aber auch hier fand er im hinteren Bereich eine Fotografie. Diese lag in einem Rahmen am Boden und zeigte einen Mann in einem Anzug, der in einem Rollstuhl unter einem Baum am Rand eines Feldes mit goldenen Ähren saß. Ein Gehstock lehnte an dem Stamm. Die Hände des Mannes waren im Schoß gefaltet und der Kopf leicht nach vorn geneigt, als würde er auf seine Finger blicken.

Da das Weiß des geschminkten Gesichts so hell war, dass es sich kaum vom Porzellan in der Lokomotive unterschied, hob Vilgan das Bild auf, um es näher zu betrachten. Dabei musste er feststellen, dass das Gesicht fein säuberlich aus dem Foto und dem Hintergrundkarton geschnitten worden war und er tatsächlich nur das Porzellan des Bodens gesehen hatte. Er warf einen kurzen Blick auf die Rückseite, doch es gab nichts zu entdecken. Er legte das Bild zurück an seinen Platz und begab sich wieder hinaus in die drückende Hitze.

Jede Lokomotive hatte ihre eigene Aura. Und er fand weitere dieser mysteriösen Fotografien. Männer und Frauen, entweder allein, als Paar oder in einer kleinen Gruppe, mal in einem Raum, mal in einem Wald, aber stets auf einen Stuhl sitzend mit dieser überaus weißen Schminke, die den Gesichtern das Geschlecht raubte und alles Menschliche. Es hätten auch Puppen aus Porzellan sein können, die dort saßen; ein Gedanke, der Vilgan erschreckte, denn auf einmal nahm er die Bilder nicht nur als seltsame und unheimliche Fotografien war, sondern als Aufnahmen von ausgestopften Leichen.

Ein Mann in einem Anzug saß auf einem Stuhl zwischen den runden Steinen in einem kleinen Fluss und ein anderer an einem Lagerfeuer mitten in einem Raum, der an ein Lesezimmer erinnerte. Und zwei Frauen saßen sich gegenüber, zwischen ihnen ein kleiner Tisch mit einem Teeservice. Und es waren genau diese sonderbaren Szenen, die Vilgan das Gefühl gaben, dass es sich nicht um normale Totenfotografie handelte, sondern um etwas anderes. Er konnte deutlich eine aufkommende Unruhe spüren, als würde sich die Energie des Ortes auf einmal gegen ihn richten, wie bei dem Teehaus, und damit sein nicht ganz so gutes Gefühl beim Betreten der Anlage bestätigen.

Kurze Zeit später kämpfte sich Vilgan wieder durch das Gestrüpp im Tor und hinaus auf den überwucherten Weg. Dort lief er nach links und damit zurück zu seinem Ausgangspunkt, anstatt der Mauer zu folgen und so noch mehr an Orientierung zu verlieren.

Die Fragen, welche die Tempelanlage und die Lokomotiven mitsamt ihrer Einrichtung aufgeworfen hatten, schienen sich in dem Augenblick aufzulösen, als er aus den Schatten des kleinen Weges hinaus in das Licht der brennenden Sonne trat. Es fühlte sich an, als wäre die Temperatur während seiner Erkundung nochmals um ein paar Grad gestiegen. Vielleicht lag es aber auch nur an der aktuell herrschenden Windstille. Leider hatten sich auch die Wolkenberge am Himmel nicht weiter aufgetürmt, so dass die Sonne ungehindert scheinen konnte.

Vilgan hielt sich am Rand des Hauptweges, um die Schatten der dortigen Bäume auszunutzen, und lief weiter. Er fragte sich, was aus den Göttern wurde, sobald das Licht der Sterne verglomm. Er fand diesen spontanen Gedanken merkwürdig, aber vermutlich benötigten einige Fragen eine Wirkung von außen, um zur Oberfläche zu gelangen; und der Einfluss der Sonne war an diesem Tag mehr als deutlich.

Er blickte ab und zu über seine Schulter. Weniger, um nach einem Besucher des Parks zu suchen, der ihn eventuell bei seinem kurzen Abstecher beobachtet hatte, sondern mehr aus Sorge, dass ihm doch jemand aus der Tempelanlage folgte, der sich die ganze Zeit über versteckt hatte. Aber der Weg war und blieb leer.

Irgendwann – die Mauer war längst nicht mehr zu sehen – erreichte Vilgan eine Gabelung. Der Weg nach links beschrieb einen Bogen und entschwand aus seiner Sicht. Eine Treppe führte von dort schräg links den Hang hinauf. Vilgan schätzte, dass man so zum oberen Teil des Mäanderlabyrinths gelangen konnte. Der Weg nach rechts erstreckte sich ein ganzes Stück in einer Geraden. In einiger Entfernung konnte Vilgan eine seitliche Ausbuchtung mit Bänken sehen – und daneben einen Schaukasten.

Er wischte sich den Schweiß von der Stirn und lief zu dem Schaukasten, der zu seiner Freude und Überraschung eine relativ gut erhaltene Übersichtskarte beinhaltete. Diese zeigte einige Areale besser als die vorherigen Pläne, drei deutlich markierte Ausgänge und seinen aktuellen Standort. Er suchte die Tempelanlage, um ein grobes Gefühl für die möglichen Entfernungen auf der symbolhaften Karte zu bekommen, laut der er sich recht nah am Zentrum des Parks befand, bis dorthin aber gewiss noch eine ganze Weile unterwegs sein würde. Er fuhr mit dem Finger die Strecke ab, die er bisher zurückgelegt hatte. Kurz darauf glaubte er, den Weg gefunden zu haben, wo er auf der Bank kurz eingeschlafen war. Laut Karte war die Stelle nicht sonderlich weit von seiner Position entfernt; er wäre also beinahe im Kreis gelaufen.

Er fragte sich, ob ein konkretes Ziel eventuelle Überraschungen zunichtemachen würde. Das alte Teehaus beispielsweise hätte er kaum entdeckt, wenn er die Augen nach einer Abzweigung in die andere Richtung oder nach einem markanten Punkt offen gehalten hätte. Zudem schien der Park zu groß zu sein, um überhaupt an einem halben Tag komplett erkundet zu werden. Das Fehlen eines ausgeschilderten Rundweges spielte auch eine Rolle. Wenn man morgens um 8:00 Uhr loslief und etwas Proviant dabei hatte, dann war es gewiss kein Problem, jeden Winkel zu erkunden. Letztendlich würde Vilgan so oder so nicht alles sehen, weshalb er es auch einfach auf sein Glück ankommen lassen konnte, zumal es auch der Zufall gewesen war, der ihn in diesen sonderbaren Park geführt hatte. Was an diesem Tag für ihn bestimmt war, würde sich auch zeigen, dessen war er sich sicher.

Vilgan warf noch einen kurzen Blick auf die Karte und entschied, dem Weg zu folgen und nicht zurück zu der Gabelung zu gehen.

Dann lief er los und suchte die Schatten der Bäume, während Windstille und Temperatur seinem Kreislauf weiter kräftig zusetzten.

Kapitel 18

Studenten des Verfalls

Die Sonderausstellung befasste sich mit Geopolitik, Krieg und Terrorismus und deren Einfluss auf die Gesellschaft und damit unweigerlich auf die Kunst. Neben begleitenden Fotografien und Schriftstücken gab es bei einigen Exponaten zusätzliche Texte und Bild- und Tonmaterial via Tablet, das man kostenlos nach dem Kauf eines Tickets leihen konnte. Zu sehen gab es zahlreiche Gemälde, Zeichnungen, Fotografien, Skulpturen, Plastiken und sogar einige Installationen.

Vilgan wusste nicht recht, was ihn dazu veranlasst hatte, diese Ausstellung zu besuchen. Er war mehr an Naturwissenschaften und Heimatmuseen interessiert. Vielleicht war es die Aussicht auf etwas Abkühlung in den klimatisierten Räumlichkeiten gewesen, die ihn statt der Kunst gelockt hatte, für deren Verständnis und Einordnung mehr Hintergrundwissen und damit zeitlicher Kontext vonnöten war, als er besaß.

Die Ausstellung war ziemlich gut besucht. Den größten Anteil des Publikums bildeten Studenten, die sich teilweise angeregt über das eine oder andere Stück unterhielten, fast so, als wäre das Museum für die Öffentlichkeit vorübergehend geschlossen; aber es schien sich niemand daran zu stören. Andere fertigten Skizzen oder detailgetreue Zeichnungen in Bleistift oder Graphit an, ob nun von gezeigten Gegenständen oder von den Besuchern. Wieder andere saßen auf den zahlreichen Bänken und Stühlen in den verschiedenen Ruhezonen, sahen auf ihr Tablet, recherchierten am Smartphone im Internet oder lasen in den zur Verfügung gestellten Büchern und Prospekten.

Die räumlichen Gegebenheiten und der Aufbau der Rundwege waren komplex und mitunter verwirrend. Nicht selten sah Vilgan Personen mit suchenden Blicken, die scheinbar völlig verloren mitten auf einem Gang standen, wie eine Maschine, die nicht wusste, welche programmierte Anweisung als nächstes auszuführen war.

Obwohl Vilgan einige Dinge überaus interessant fand und sich die Zeit nahm, entsprechende Texttafeln zu studieren, spürte er recht schnell die aufkommende Ermüdung seiner Aufmerksamkeit, die zunehmend in Langeweile überging. Ob das an der Art der Ausstellung lag oder an seiner Tagesform, konnte er nicht sagen. Es dauerte jedenfalls nicht lang, ehe er sich aktiv nach dem Ausgang umschaute, um die dritte Etage des Museums zu verlassen und über die Rolltreppen wieder hinab ins Erdgeschoss zu gelangen, um in den angrenzenden Garten zu gehen. Laut Plakaten, die er im Eingangsbereich gesehen hatte, gab es dort schön angelegte Beete, Teiche und Bäche mit Brücken, Sitzgelegenheiten und überall eingestreuten Plastiken und Skulpturen lokaler und regionaler Künstler.

Als er eine große Glasvitrine passierte, in der sich eine selbstgemachte Schutzausrüstung gegen Giftgas befand, fiel ihm dahinter eine kleine, im Halbdunkel der Raumecke versteckte Nische auf. Die Vitrine stand zwar nicht ganz an den Wänden, aber der geringe Abstand und die Präsentation des Ausstellungsstückes suggerierte, dass es dort nicht platziert worden war, um von allen Seiten betrachtet zu werden.

Vilgan schaute in den Spalt zwischen Wand und Vitrine, den er nur seitlich gehend hätte passieren können. Die versteckte Nische entpuppte sich als schmaler Gang, zu dessen Ende hin sich das Dunkelgrau der Wände dem Schwarz des Bodens annäherte, ehe es nur noch dunkle Schatten zu sehen gab. Er fragte sich, ob man den Raum für die Ausstellung mit einer Zwischenwand verkleinert hatte.

Er überlegte zwar kurz, es zu wagen und zu schauen, was sich dort hinten befand, aber der Plan wurde von mehreren Studenten vereitelt, die in genau diesem Moment vor der Vitrine stehen blieben und darüber diskutierten, ob die Nähte und Klebestellen der Ausrüstung, die aus Leder, Planen und Plastikmülltüten bestand, dem Eindringen von Gas standhalten konnten. Deshalb wandte er sich ab, ohne die möglichen Antworten zu hören, und suchte weiter nach dem Ausgang.

Vilgan lief an einer Ruhezone in einem separaten Raum vorbei, in dem zwei ältere Damen ein Museumsprospekt studierten, und zwängte sich durch eine Traube von Studenten, die den Gang blockierten und sich darüber austauschten, ob es sich bei Völkerwanderungen um ein waffenloses Kriegsmittel handelte und ob mit Kot beschmierte Pfeile zu den biologischen Waffen zählten. An einer Gabelung blieb er kurz stehen, um sich zu orientieren, und entschied sich für den Weg nach links. Bei der nächsten Abzweigung konnte er das beleuchtete Schild für den Ausgang sehen.

Vilgan bekam während des Aufenthalts in dem Museum zahlreiche Unterhaltungen mit. Einigen folgte er heimlich, während er vorgab,

Ausstellungsstücke in der Nähe aufmerksam zu studieren. Ein junger Mann fand beispielsweise, dass es schon merkwürdig sei, dass viele Ausländer für teilweise sehr wenig Geld arbeiteten. Was wäre, wenn sie alle finanziell von der Regierung ihres Heimatlandes oder von diversen Gruppierungen unterstützt wurden? Auf diese Art konnten sie in vielen und vor allem potenziell kritischen Bereichen tätig werden, wie etwa bei der Post oder in Fabriken. Und dann würde eines Tages ein Codewort die Runde machen und alles auf einen Schlag zum Erliegen bringen, gefolgt vom Sturz der Regierung des Landes, in welchem Zuflucht gesucht worden war. Dem ging die konstruierte Verfolgung in der Heimat voraus oder ein Krieg, der letztendlich nur existierte, um Völker wie Schachfiguren zu bewegen und nebenbei die Taschen der Waffenindustrie zu füllen.

Bei einem anderen Gespräch vertrat eine junge Frau die Theorie, dass künstlich verursachte Pandemien und ein möglicherweise bis ins kleinste Detail durchgeplanter Weltkrieg nicht dazu dienen sollten, die Menschheit auszulöschen. Es ging um einen Neustart und die Möglichkeit, weniger Menschen mit erneuerbaren Energien versorgen zu müssen. Ein schrittweiser Übergang zog nur Unruhen und große Verzögerungen nach sich, und damit genau das, was man aktuell allerorts sehen konnte. Im schlimmsten Fall würde man einen Punkt erreichen, ab welchem ein Wechsel nichts mehr bewirken konnte, weil der verursachte Schaden an Natur und Umwelt bereits zu groß war.

Obwohl Vilgan einige der Gedanken überaus interessant fand, gingen sie bereits Sekunden später in Bedeutungslosigkeit über. Nichts von alledem hatte für Vilgans Leben und Handeln einen praktischen Nutzen oder irgendeine Bedeutung. Es waren für ihn unterhaltsame Gesprächsthemen, mehr aber auch nicht.

Ein junger Mann sagte, dass er gern dazu übergehen würde, einen Pflasterstein in seinem Auto zu deponieren, um selbstgerechten Rasern und Dränglern an einer Ampel die Windschutzscheibe einzuschlagen und gegebenenfalls den Schädel. Darauf erwiderte eine Frau, dass es zerstochene Reifen und eine Handvoll Hundekot ins Gesicht auch tun würden. Da sie aber keine Ahnung hatte, wie sie das Geruchsproblem bei der Lagerung im eigenen Fahrzeug lösen sollte, fuhr sie weiterhin mit dem Rad zur Universität und mit dem Zug zu ihren Eltern.

Vilgan war für einen Moment lang irritiert. Hatte er letztens über etwas Ähnliches nachgedacht oder davon geträumt? Wie hoch war die Wahrscheinlichkeit, dass er ausgerechnet jetzt und hier von Gedanken hörte, die sich mit den seinen deckten? Die Parallelen waren jedenfalls zu spezifisch, um sich nicht darüber zu wundern.

Wenige Meter vor dem Ausgang lag rechter Hand ein kleiner, offener Raum ohne Ausstellungsstücke. Die Beleuchtung war abgestellt. Am Boden war eine gelbe Linie. Eventuell befand sich normalerweise ein Ausstellungsstück in dem Raum, das zu groß oder zu schwer war, um es in eine Vitrine zu stellen, und welches trotzdem nicht berührt werden sollte. Aber wo war es nun?

Obwohl es nichts zu sehen gab, betrat Vilgan den Raum, denn in anderen Museen hatte er Installationen gesehen, die erst durch Bewegung aktiviert wurden. Aber zu seiner Ernüchterung war das hier nicht der Fall. Ihm fiel hingegen etwas anderes auf: Eine kleine Unregelmäßigkeit am Boden in der rechten hinteren Ecke; so unscheinbar, dass andere Besucher sie vermutlich gar nicht wahrgenommen hätten, aber doch deutlich genug, um seine Aufmerksamkeit zu erregen. Das Dunkel des Bodens ragte dort ein Stück über die Ecke zwischen den beiden Wänden hinaus, was keinen Sinn ergab und seine perspektivische Wahrnehmung irritierte.

Vilgan trat näher und sah, dass die senkrechte Linie keine Ecke war, sondern eine Wandkante, hinter der ein Gang verlief. Das alles war durch die Farbe der Wände und die vorherrschenden Lichtverhältnisse so gut getarnt, dass es ihm nicht einmal aus nächster Nähe aufgefallen wäre, hätte er nicht zufällig die kleine, farbliche Unregelmäßigkeit am Boden entdeckt, wo dieser in den Gang überging.

Vilgan drehte sich zum Hauptraum um. Besucher liefen vorüber, ohne auch nur einen Blick zu ihm zu werfen. Sie waren zu fokussiert auf den Ausgang und zu vertieft in ihre Gespräche oder Unterlagen, um dem dunklen Raum auch nur einen kleinen Teil ihrer Aufmerksamkeit zu schenken. Vielleicht lag aber genau darin der Grund, weshalb sich dieser Raum genau hier befand: Er war an einer nicht zu übersehenden Stelle, für jeden frei zugänglich und zugleich völlig uninteressant.

Er wandte sich der Ecke zu und schritt hinter die Wand. Dabei streckte er die Hand aus, um nicht doch plötzlich gegen ein Hindernis zu laufen. Dann folgte er im Halbdunkel dem schmalen Gang, der wie eine Sackgasse wirkte, doch durch das geschickte Zusammenspiel aus Farbe und noch schlechteren Lichtverhältnissen erst im letzten Augenblick einen erkennbaren Knick nach links machte. Er lief weiter. Am Ende des nächsten Abschnitts fiel von rechts etwas Licht ein. Vilgan näherte sich der Stelle. Dort konnte er abbiegen, woraufhin sich der Gang zu einem großen Raum hin öffnete.

Direkt neben dem Zugang saß eine junge Frau auf einem Stuhl. Sie hob den Blick von einem Tablet und nickte Vilgan freundlich zu.

Er nickte zurück und überblickte den Raum: An den Wänden befanden sich mehrere Gemälde und Fotografien. Jedes Stück war einzeln dezent beleuchtet, so dass der übrige Raum sehr dunkel wirkte. Rechter Hand stand jemand vor einem der Bilder, doch er konnte nur eine Silhouette erkennen. Ansonsten war niemand hier.

Vilgan wandte sich nach links und stellte sich vor das erste Ausstellungsstück. Es zeigte links und rechts Gebäude mit Geschäften, Neonreklamen und angebotenen Waren. Leute drängten sich auf der breiten

Straße, liefen Hand in Hand, sahen begeistert in Schaufenster, kamen mit gefüllten Taschen aus den Geschäften oder gingen hinein, bereits das Geld in der Hand. Und dieses Treiben bewegte sich auf das Ende der Straße zu, wo dornige Zahnräder, Walzen mit Klingen und dampfende Brecher darauf warteten, dass sich der Strom aus Menschen in das Unheil ergoss. Aber noch waren die Maschinen sauber. Der Himmel darüber war reines Schwarz, das alles schluckte und harte Kanten besaß und damit sonderbarerweise das Element war, das am meisten fehl am Platz wirkte. Und doch schien das Bild nichts weiter zu sein als ein großformatiger Abzug eines gewöhnlichen Fotos. Vilgan wusste, wie meisterhaft sich einige Leute darauf verstanden, Bildmaterial zu manipulieren, ob nun für Zwecke der Propaganda oder als Teil ihres künstlerischen Schaffens und Ausdrucks. In diesem Fall war er sich aber nicht sicher, und genau diese Tatsache erweckte in ihm ein merkwürdiges Unbehagen.

Er sah auf das kleine Schild neben dem Rahmen des Bildes, auf welchem nur „Original" stand, keine Jahreszahl, kein Name. Er suchte im Bild nach einer Signatur, konnte aber spontan keine in den Ecken oder am Rand sichten. Mit den zahllosen Leuchtreklamen, den Schildern an den Waren und der unglaublichen Fülle an Details konnte sich ein solcher Hinweis überall verbergen. Eventuell war er auch nur mit Lupe und nicht mit bloßem Auge erkennbar, sofern es ihn überhaupt gab.

Vilgan betrachtete das Bild nochmals, ehe er sich dem nächsten zuwandte, das im gleichen, großen Format gehalten war. Auch dieses zeigte eine überaus belebte Straße mit zahllosen, geschäftig und fröhlich umherlaufenden Leuten im Schein von leuchtender Reklame. Im Gegensatz zum ersten Bild verlief die Straße hier allerdings weiter und ging in eine überdachte Einkaufspassage über. Und obwohl der Himmel auch hier schwarz war und herausstach, wurde das Auge doch von etwas anderem angezogen: Eine stark gekrümmte Person, die sich in dreckiger Kleidung wie ein Schatten vom Betrachter wegbewegte. Sie war nicht isoliert und wurde nicht von den anderen gemieden, allerdings war kein einziger Blick auf die Gestalt gerichtet. Jeder war zu beschäftigt mit den Freuden des Konsums oder zu vertieft in eine Unterhaltung oder das, was auf dem Smartphone zu sehen war.

Plötzlich stellte sich jemand neben Vilgan.

Er blickte zur Seite und erkannte Sihnond Insenbor, welcher einen Maßanzug trug, der aus feinstem Stoff bestand und von Stücken aus Leder und Fell durchsetzt war. Gleiches galt für seine Hose und die Weste. Insenbor war barfuß und trug dunkle Lederhandschuhe.

„Das ist also unsere Gesellschaft auf einen Blick", sagte Insenbor.

Vilgan sah wieder auf das Bild an der Wand.

„Jeder dort draußen ist nur ein paar Schritte von da entfernt, wo du nun stehst", fuhr er fort. „Symbolisch als auch wortwörtlich. Aber anstatt Säure-Gel in Luftballons zu füllen und damit um sich zu werfen, suhlen sie sich in ihren Theorien und in ihrem Glauben, durch Worte etwas bewegen zu können. Sich aber aus Protest öffentlich das Leben zu nehmen, dazu fehlt den meisten der Mut, denn das wäre ein Verzicht auf ihr privilegiertes, angenehmes Leben.

Du bist aber schon etwas weiter. Du hast realisiert, dass es nichts bringt, sich an den Zuständen aufzureiben. Dass du eine letzte Reise unternimmst, ist weder richtig noch falsch. Aber es ist durchdacht und kein Flickenteppich aus unüberlegtem Aktionismus und einem oberflächlichen Weltbild. Ob es allerdings auch konsequent ist, wird sich am letzten Tag zeigen. Du und ich, wir wissen, wohin die Reise für die Gesellschaft geht. Und vielleicht bietet dir dein Weg eine Reinigung, die du unweigerlich erfahren musst, weil sie Teil deiner Bestimmung ist. Oder weil du sie nach Ansicht der Götter verdienst."

Auf der einen Seite hatte Vilgan durchaus eine Ahnung, wovon der Mann sprach, auf der anderen war er nicht wirklich aufnahmefähig, um die Worte vollständig zu verarbeiten.

Er betrachtete die gekrümmt laufende Person auf dem Bild. Waren es Alter und Krankheit, die den Rücken so deformiert hatten? Oder es war eine Mischung aus Scham und Angst, die seit vielen Jahren dafür sorgte, dass der Blick nur am Boden haftete und alles daran gesetzt wurde, dass der Körper möglichst klein erschien, um nicht aufzufallen oder gar als Bedrohung angesehen zu werden; es war der verzweifelte Versuch, unsichtbar zu sein.

„Vielleicht sind deine Gedanken eine Strafe, weil auch du nichts wirklich ändern willst", führte Sihnond Insenbor seinen Monolog fort. „Alle anderen leben im Augenblick, was auf eine gewisse Art für das Seelenheil förderlich sein kann und in den meisten Fällen auch ist. Wir beide wissen, dass nichts Bestand hat. Ob nun hier und jetzt oder in den feuchten, stickigen Korridoren in und unter den Müllbergen ferner Kolonien in einer Zukunft, die möglicherweise nie kommen wird."

Gut möglich, dass sogar die Gestalt auf dem Bild, so isoliert sie auch von der Gesellschaft war, ein glücklicheres Dasein hatte als jemand, der von Fragen und Zweifeln geplagt und zerfressen wurde. Aber letztendlich hatte auch das keine Bedeutung, und Vilgan wusste das. Und doch drifteten seine Gedanken immer wieder ab. Er beschäftigte sich mit dem Unabwendbaren und verschwendete damit nichts als Zeit, denn durch all die Grübelei erlangte er keinerlei neues Wissen.

Als hätte Insenbor Vilgans Gedanken gelesen, sagte dieser: „Es gab einen Künstler, der bereits im jungen Alter entschied, sich an einem bestimmten Datum das Leben zu nehmen. Er gab daraufhin eine Armbanduhr in Auftrag, die ihm nichts als die verbleibenden Tage anzeigte. Damit konnte er schnell entscheiden, welche Dinge wichtig waren und welche nicht. Die meisten Leute glauben, sie hätten alle Zeit der Welt. Und was machen sie? Sie verschwenden ihren Atem.

Der Künstler war durch die Uhr nicht glücklicher. Aber freier."

Vilgan konnte sich gut vorstellen, wie die allgegenwärtige Dringlichkeit zu einem erfüllteren Leben führen konnte. Dass die Sache aber auch daran gebunden war, wie man der Welt generell begegnete, dafür bestand für ihn kein Zweifel; denn jemand, der ohnehin nur auf das Ende wartete, würde es wahrscheinlich nicht weiter unnötig hinauszögern, wenn der Tag am Handgelenk pausenlos näher rückte.

Insenbor riss Vilgan aus seinen Gedanken, indem er mit einem anderen Thema fortfuhr: „Beobachter der Geschichte können den Verfall so studieren wie Philosophen oder Geologen, aber das sind nur kurze Funken in einer ewigen Finsternis. Möglich, dass daraus irgendwann doch ein Feuer entstehen wird. Aber ich denke, dass das nicht *hier* geschehen wird. *Der Große Filter* ist ein wichtiges Instrument der Götter, um die Grundordnung der Dinge zu bewahren."

Vilgan fragte sich, ob die Gestalt auf dem Bild obdachlos war oder ob dem Äußeren eine andere Ursache zugrunde lag. Oder es war ein symbolischer Ausdruck für etwas, auf das er niemals kommen würde. Er rechnete fast mit einem weiteren Kommentar Sihnond Insenbors, doch es blieb still. Daraufhin blickte er zur Seite und stellte fest, dass der Mann verschwunden war.

Überrascht sah sich Vilgan in dem Ausstellungsraum um, doch außer der Frau auf dem Stuhl, die sich mit ihrem Tablet beschäftigte, war niemand zu sehen.

Vilgan war längst an einem Punkt angelangt, an dem es ihn nicht verwunderte, dass sich Insenbor plötzlich in Luft aufgelöst hatte; ihm war bewusst, dass der Mann nur in seiner Einbildung existierte – aber genau das machte Sihnond Insenbor nicht weniger real.

6. Zwischenspiel

Es spielt keine Rolle, welche physikalischen Barrieren zur Seite geschoben werden, um die Grenzen der Materie zu überwinden und zwischen Planeten, Sternen, Galaxien und Clustern zu reisen. Was aber durchaus eine Rolle spielt, sind die Probleme, die ein Versagen der Technik mit sich bringen könnte, die so komplex ist, dass sie nur die wenigsten bis ins Detail verstehen, selbst mit genauen Plänen und der Unterstützung einer künstlichen Intelligenz.

Es spielt auch keine Rolle, dass man Änderungen vornimmt – sei es in der Natur oder in der Gesellschaft –, sich dann in den Orbit eines Schwarzen Loches begibt und im Kälteschlaf Jahrzehnte oder gar Jahrhunderte verbringt, nur um dann zu erwachen und die Effekte zu studieren, die in den entfernten Galaxien Jahrmillionen Zeit hatten, ihre Wirkung zu entfalten. Eine Zivilisation entsteht und verschwindet, während ihre Schöpfer und Beobachter zu Göttern werden und die Wissenschaftler zu geheimnisvollen Außerirdischen, zu jenen Großen, denen das Universum zu Füßen liegt.

Zeit ist längst irrelevant geworden. Ich glaube, durch den Fortschritt wurde alles aufgelöst. Eine Wahrheit ist an diesem Punkt wohl mehr eine philosophische Frage als etwas von tatsächlich greifbarer Relevanz.

Möglich, dass auch Birrghs Leere *nichts weiter ist als das Ergebnis eines Experiments. Jeder, der nur eine Momentaufnahme davon sieht, wundert sich, wie so etwas entstehen konnte. Und vielleicht gibt es irgendwo jemanden, der eine Liste der Konditionen hat, eine Tabelle mit Ursachen und Wirkungen, einen Algorithmus, um so etwas beliebig zu erzeugen.*

Und vielleicht ist der Beobachter *sogar einer dieser* Architekten, *der nun lediglich erstaunt darüber ist, dass es in diesem Nichts doch noch mehr gibt als ein verirrtes Teilchen aus einer fernen Galaxie. Ob das Wesen bereits damit begonnen hat, den Fehler zu suchen? Diese eine Variable unter vielen, die einen anderen Wert annahm, als sie es laut Algorithmus in Berechnungsmodellen und Simulationen hätte tun sollen; eine Studie des Unwahrscheinlichen.*

Ich würde mich trotzdem gern auflösen. Es ist nicht so, dass ich das Leben hasse, aber ich bin müde, müde vom Dasein in diesem Raumschiff. Kann man das überhaupt Leben nennen? Genau deshalb sehe ich weder einen Sinn noch einen Wert in alledem. Wenn die Dinge von einem Gott gelenkt werden, dann sind sie eben, wie sie sind. Weshalb sollte ihm daran gelegen sein, dass es mir schlecht geht? Außer natürlich, dieser Gott ist einer der Schöpfer der Wissenschaft, ein Gott der Zeit. Aber selbst dann liegt es nicht in meiner Macht, etwas daran zu ändern. Und schon gar nicht liegt es in meinem Ermessen, darüber zu urteilen.

Im Gefüge der Zeit ist es egal, ob ich existiere oder nicht. Ich werde in dem gleichen Nichts verschwinden, aus dem ich kam. Erinnerungen an mich sind längst verschwunden, wenn es sie überhaupt gab, deshalb ist es schon jetzt, als hätte ich nie gelebt. Alles ist ein Entstehen und eine Auflösung. Staub und Teilchen formen Sonnen, und in eben jene Teilchen geht alles irgendwann wieder über. Vielleicht werden unsere Gedanken zu Farben, die keiner in der Schwärze sehen kann.

Wenn ich mir sicher wäre, dass das alles Werk eines Architekten *ist, und ich sogar einen Beweis hätte, der keine Zweifel offenlässt, welchen Unterschied würde es für mich machen? Ich könnte nicht einmal jemandem davon erzählen. Und selbst wenn ich dieses Wissen durch eine alte Apparatur in den Stoff des Universums und damit in das Unterbewusstsein von allem einweben könnte, es würde doch nichts daran ändern, dass ich hier durch* Birrghs Leere *treibe.*

Voids könnten auch ein Symbol für die Leere selbst und die Bedeutungslosigkeit sein, ein Symbol der Angst, dass nichts Sinn hat. Oder ein Zeichen Gottes, das mir diese Sinnlosigkeit der Existenz verdeutlichen soll.

Ich weiß nicht, wohin mit all den Fragen und Gedanken. Aber sie lähmen mich. Ich sitze herum und sinniere, anstatt mich weiter mit der Suche nach dem Beobachter *zu beschäftigen oder doch nach einem Hinweis zu suchen, einer unscheinbaren Vorrichtung, dem Schlüssel zur Macht über Raum und Zeit, dem Geschenk der* Architekten *und des* Beobachters. *Denn vielleicht ist das alles auch nur ein Test. Der Raum innerhalb des Raumschiffs ist überschaubar und das Rätsel damit nicht unmöglich zu lösen. Vielleicht zeigte sich der* Beobachter *nur, um meine Gedanken über Umwege auf die richtige Spur zu bringen.*

Aber vielleicht schreibe ich hier auch nur völligen Unsinn, weil ich verrückt werde, sofern ich es nicht längst bin. Auf der anderen Seite wird das hier sehr wahrscheinlich niemals ein intelligentes Lebewesen oder eine künstliche Intelligenz zu Gesicht bekommen. Aber das ändert nichts an dem Drang, das hier niederzuschreiben. Und es dürfte auch nicht der letzte Eintrag sein, um Gedanken zu ordnen und eventuell sogar aus meinem Kopf zu löschen.

Einerseits möchte ich verschwinden, andererseits gibt es da noch etwas, das mich zögern lässt, und ich weiß nicht, was. Aber vielleicht wird es sich zeigen, wenn die Zeit reif ist. Ich darf nur nichts überstürzen, auch wenn ich oft glaube, mit alledem lediglich das Unausweichliche aufzuschieben. Aber ich muss durchhalten.

PS: Letzte Nacht träumte ich von einem Gebäude, umgeben von Bäumen. Es war ein heißer Tag und ich stieg eine steile, steinerne Treppe hinab, wo ich am Ende eines schattigen Weges ein Haus fand. Ich öffnete die Türe, die zu meiner Überraschung nicht abgesperrt war, und trat ein. Es war nur ein einzelner, großer Raum. Drei Seiten bestanden aus Glas, das recht verdreckt war. Der Boden war mit Brettern ausgelegt, die sich sehr glatt anfühlten, aber durch den Staub, der auf ihnen lag, nicht glänzten. An einer Stelle war das Dach undicht. Dort hatte sich Moos kreisförmig an der Decke und genau darunter auf dem Holzboden ausgebreitet.

Ich trat etwas näher und betrachtete die Stelle, als sich draußen alles schlagartig verdunkelte, als sei es plötzlich Nacht geworden. Ich schaute auf und erkannte das Auge des Betrachters, das in einiger Entfernung in der Finsternis schwebte und mich interessiert ansah.

Dann wachte ich auf.

Ab und zu habe ich das Gefühl, nicht zu wissen, wer und wo ich eigentlich bin. Vielleicht wachte ich nie auf und träume noch immer.

Kapitel 19

D i e   a l t e n   A d e r n   d e r   S t a d t

Die unglaubliche Hitze des Tages, die in den Straßen der Stadt mit Beginn des Abends zu einer sich unentwegt steigernden, drückenden Schwüle wurde, trieb die Menschen in die klimatisierten Geschäfte und Gebäude. Selbst in den überdachten Einkaufspassagen wurde man immer wieder von einem kühlen Luftstrom oder vom erfrischenden Sprühnebel der aufgebauten Wasserzerstäuber berührt.

Vilgan stieg eine breite Treppe hinab in das unterirdische Netzwerk aus Gängen und großen und kleinen Hallen, das die teils hoch aufragenden Gebäude in dieser Gegend verband und zusätzlich zahllosen Geschäften Platz bot, um ihre Ware anzupreisen und interessierte Kundschaft anzulocken. Er hatte kein wirkliches Ziel und wollte sich einfach treiben lassen, denn in dieser Stadt war alles so ungewohnt und interessant, dass selbst ein Spaziergang durch das Geflecht aus Nebenstraßen und kleinen Gassen voller Überraschungen und Wunder war. Allerdings brachte das ein Problem mit sich: Er konnte mehrfach an der gleichen Kreuzung falsch abbiegen und unbewusst ein viertes Mal auf einer etwas anderen Route im Kreis laufen, weil die Fülle an Eindrücken jeden Winkel einzigartig und neu erscheinen ließ.

So erging es ihm auch in dem klimatisierten Labyrinth, dessen Gänge teils so schmal waren, dass zwei Personen einander nur seitlich passieren konnten. Es gab kleine Boutiquen, Buchläden, Supermärkte, Hut- und Schuhgeschäfte und kleine Schnellrestaurants, einige so winzig, dass gerade einmal fünf Personen auf einmal Platz fanden. Und obwohl er regelmäßig auf Übersichtspläne stieß, welche die nähere Umgebung zeigten und wo welcher Schwerpunkt an Geschäften lag, tauchte Vilgan immer weiter in die Eingeweide dieses unterirdischen

Netzwerks ein, ohne zu wissen, in welche Richtung er sich eigentlich bewegte.

Ihm kam der Gedanke, dass diese Gänge wie Adern waren, die unter der Oberfläche Menschen wie Nährstoffe verteilten und transportierten, welche die Stadt benötigte, um am Leben zu bleiben. Er kannte nicht den Hintergrund, der zur Entwicklung dieser Netzwerke geführt hatte, aber er vermutete, dass es lediglich ein effektiver Weg war, um in dieser und anderen Metropolen mehr Raum zu schaffen. Da die Stadt einem stetigen Wandel unterlag und der Zyklus von Abriss und Neubau im Zuge von Wirtschaft und Fortschritt immer kürzer wurde, fand er den Gedanken interessant, dass das Netzwerk um einiges älter sein dürfte, als all die Gebäude darüber. Die Gänge waren die Wurzeln und das Nervensystem, alte Gefäße, welche die Stadtteile versorgten und dem Wandel an der Oberfläche stets neue Energie zuführten.

Die Zeit verstrich. Gänge, Geschäfte und Schnellrestaurants wurden zunehmend voller, so dass die Klimaanlagen auf Hochtouren liefen, um die Luft zu erneuern und die Temperatur niedrig zu halten, während Vilgan, der keinerlei Orientierung mehr besaß, nach einem Ausgang suchte. Auch ein Fahrstuhl hinauf in das Erdgeschoss eines der riesigen Bürogebäude hätte es getan, doch trotz der Übersichtskarten wollte es ihm nicht gelingen, einen verlässlichen Weg zu finden.

Irgendwann fand er sich in einem Gang wieder, in welchem die Geschäfte geschlossen waren. Einige der heruntergelassenen Rolltore, Gitter und abgesperrten Türen wiesen auf Renovierungsarbeiten im Zuge einer Modernisierung hin. Und obwohl Vilgan noch die Geräusche des regen Treibens in den angrenzenden Bereichen des Labyrinths hören konnte, sah er nicht eine Person, die am zurückliegenden Ende des Gangs vorüberlief. Und anstatt umzukehren und einen anderen Weg zu suchen, lief er weiter in der Hoffnung, einen Seitenausgang zu finden.

Das Glück sollte sich nach einigen Abzweigungen und weiteren geschlossenen Geschäften in Form einer gläsernen Türe zeigen, die zu einem Treppenhaus führte. Vilgan war froh darüber, denn er sah sich nicht in der Lage, problemlos den Rückweg in die belebten Bereiche zu finden. Ein Bewegungsmelder sorgte dafür, dass sich die Türe zur Seite schob. Als sie sich hinter ihm wieder schloss, war er nach wie vor von einer Stille umgeben, die mit jedem Meter in den verlassenen Gängen zugenommen hatte.

Vilgan lief zur Treppe, die nach oben und nach unten führte, und lauschte. Er hörte nicht das kleinste Geräusch; keine Schritte, keine Gesprächsfetzen und keine sich bewegenden Türen. Er konnte sich nicht entsinnen, einen Weg hinab in die nächste Etage gesehen zu haben, schätzte aber, dass sich dort weitaus weniger Besucher aufhielten. Das wiederum würde bedeuten, dass er eventuell sogar einen Platz in einem der Schnellrestaurants ergattern und etwas essen und vor allem trinken konnte. Natürlich bestand auch die Möglichkeit, dass unter ihm nur ein Parkhaus lag, aber er würde es herausfinden. Also machte er sich auf den Weg, denn die Aussicht auf ein kaltes Bier war weitaus verlockender als die drückende Schwüle oben der Stadt.

Die gläserne Türe auf der nächsten Etage öffnete sich keinen Millimeter. In dem Gang dahinter brannte Licht. Am Ende konnte Vilgan drei Pylone sehen, die den Bereich absperrten. Da die Treppe noch nicht endete, stieg er hinab zur dritten Ebene. Die dortige Türe öffnete sich problemlos. Er betrat den Gang und folgte den grauen Wänden. Auch hier herrschte eine Stille, in der etwas Unheimliches lag.

Nach mehreren Abzweigungen und zahllosen geschlossenen Geschäften erreichte er den belebten Bereich der Etage. Dieser war allerdings relativ dunkel, was einerseits am Fehlen von Leuchtreklame lag, andererseits an den Innenwänden der Restaurants, die mit gebeiztem Holz verkleidet waren. Und obwohl die Klimaanlagen spürbar funktionierten, war die Luft erfüllt von einem säuerlichen Hauch, der hin und wieder einen süßlichen Ton annahm, der sich vom allgegenwärtigen Geruch nach allerlei Räucherwerk und gebratenen und gekochten Speisen abhob.

Vilgan fielen mehrere Dinge auf: Es gab ausschließlich Restaurants, deren Angebot nicht durch Schilder, Aufsteller oder echt wirkende Modelle der Speisen angepriesen wurde, und er hörte keinerlei Musik, welche die Gänge erfüllte. Die Besucher der Ebene waren im Schnitt um einiges älter als oben, was sich auch an den dunklen und gedeckten Farben ihrer Kleidung zeigte. Er hörte auch kaum Gespräche; jeder schien mit sich selbst beschäftigt zu sein. Die ganze Szenerie hatte etwas überaus Beklemmendes und nichts von dem modernen, pulsierenden und fröhlichen Schein, der in den meisten Vierteln an der Oberfläche der Stadt zu finden war.

Dass etwas ganz und gar nicht stimmte, musste Vilgan erkennen, als er ein kleines Schnellrestaurant fand, das an der Ecke einer Kreuzung gelegen war. Abgetrennt wurde es durch hängenden Stoff und der Tresen war gerade einmal so weit eingerückt, dass zwischen diesem und dem Gang Platz für einen Hocker war. Es gab Platz für 8 Gäste.

Als Vilgan den Stoff zur Seite hob und sich hinsetzte, schaute der Koch aus dem kleinen Nebenraum nur kurz zu ihm, um sich dann wieder seiner Arbeit zu widmen. Vilgan nahm das laminierte Menü zur Hand und warf einen Blick darauf. Es gab die zu erwartende Kost ohne jegliche Auffälligkeiten. Dann stachen ihm allerdings die hochpreisigen Angebote im unteren Teil auf der Rückseite ins Auge, die allesamt über ein Sternchen verfügten, das auf eine Fußnote hinwies. Dort stand, dass das jeweilige Gericht kostenlos sei und mit Fleisch von Tieren aus biologischer Aufzucht, wenn man sich denn entschied, seinem Leid im Anschluss an das Mahl ein Ende zu setzen und zuzustimmen, selbst für die übrigen Speisen weiterverarbeitet zu werden.

Ferner wurde erwähnt, dass sich die Verwendung nicht nur auf dieses Restaurant bezog, sondern auch auf alle anderen. Entsprechende Ressourcen würden gemeinschaftlich genutzt, um unnötigen Abfall und damit Verschwendung und Aufwand zu vermeiden.

Vilgan blickte hinüber zu dem Nebenraum, als der Koch gerade mit einem menschlichen Arm an der Türe vorbei in eine andere Ecke lief.

Er wurde in diesem Moment nicht panisch. Er nahm die Tatsache ruhig hin, legte das Menü zurück auf den Tresen, stand auf und verließ das Schnellrestaurant. Und da er den Weg zurück zum Treppenhaus nicht rekonstruieren konnte, folgte er einfach einer zufälligen Richtung und hoffte, auf einen Plan zu stoßen oder auf ein Hinweisschild.

Es war, als würde das Wissen um die Praktiken seine Sinne beeinflussen, denn plötzlich sah er durch die Türen, Fenster und Öffnungen zwischen hängenden Stoffen Leute ihre Wahl voller Ausdruck bestätigen. In winzigen Seitengängen wurden Kühlboxen von Hintereingang zu Hintereingang getragen, während immer wieder das Geräusch von Fleischbeilen zu hören war, die auf Gewebe, Knochen und schließlich auf Holz schlugen. Und obwohl kaum eine der Personen hier unten den Blick gehoben hatte, um die Wahrheit mit den Augen zu vermitteln, nahm Vilgan verstärkt eine Resignation wahr, die durch ihre Körperhaltung und die Art und Weise ihrer Bewegungen angedeutet oder verraten wurde; Schwermut quoll aus jedem Winkel der dunklen Gänge und Restaurants.

Obwohl Vilgan gelassen auf seine Entdeckung reagiert hatte, wurde er nach und nach von einer Unruhe erfüllt, weil es ihm nicht gelingen wollte, einen Ausgang zu finden. Dabei zwang er sich, möglichst langsam und unauffällig zu laufen, denn er wollte keine falsche Aufmerksamkeit erregen und womöglich einfach hier unten verschwinden. Sicher, er wünschte sich immer wieder, alles hinter sich zu lassen und sich in Luft aufzulösen, dennoch war ein solches Ende für ihn keine erstrebenswerte Option. Und um genau das zu verhindern, durfte er auch keinesfalls den Eindruck erwecken, hier unten herumzuspionieren, nur weil er sich nicht auskannte und deshalb mehrfach die gleichen Restaurants und Gänge passierte.

Zu seiner Erleichterung schien sich niemand für ihn zu interessieren oder an seiner Gegenwart zu stören.

Vilgan wusste nicht, wo er eventuell falsch abgebogen war oder ab wann die Umgebung damit begonnen hatte, sich zu verändern, denn irgendwann türmte sich Müll an den Seiten der Gänge – Müllsäcke, Kartons, Stapel aus Zeitungspapier, Kästen mit Glasflaschen, Stiegen mit leeren Einmachgläsern und diversem Unrat. Und je höher die Berge, Wände und Reihen aus sorgsam gestapeltem Abfall wurden, desto weniger Türen und geschlossene Restaurants sah er. Irgendwann gab es nur noch einen schmalen Korridor zwischen dem Müll, aus dem Reste von stinkenden Flüssigkeiten liefen und den Boden verdreckten.

Er wusste, dass er in einem Abschnitt des Labyrinths war, in welchem er nichts zu suchen hatte, denn die Umgebung selbst gab darauf seit einiger Zeit genügend Hinweise. Aufgrund dessen hätte er schon viel früher umkehren müssen – doch nun war es zu spät. Er konnte lediglich hoffen, nicht doch noch auf jemanden zu treffen, der ihm Schwierigkeiten bereiten würde.

Er lief vorsichtig weiter, immer darauf bedacht, nicht irgendwo hängen zu bleiben oder anzuecken und so womöglich eine Kettenreaktion auszulösen und die Wände aus Müll zum Einsturz zu bringen.

Nach einer Weile folgte Vilgan einem Gang und hoffte, endlich einen Weg aus diesem verwirrenden, immer übler riechenden Geflecht zu finden, als er linker Hand eine Lücke im Müll sah. Als er sich näherte, offenbarte sich eine Türe. Es gab weder ein Schild noch eine Beschriftung, die verriet, was sich dahinter verbarg. Aber das war ihm an diesem Punkt egal, denn er wollte endlich den Ausgang finden.

Damit griff er nach der Türklinke und drückte sie nach unten.

Kapitel 20

Der Zar

„Du solltest nicht hier sein", sagte eine männliche Stimme, als Vilgan in der offenen Türe stand und in den Raum schaute, der im Gegensatz zum Gang draußen sehr sauber war.

Die Wände, der Boden und die Decke waren glatter Beton. In unregelmäßigen Abständen und Ausrichtungen gab es Leuchtstoffröhren, selbst am Boden, so dass es keinerlei Schatten in dem Raum gab. In der Mitte stand ein voluminöser Sessel, der etwas von einem Thron hatte. Der Stoff war rötlich und von golden schillernden Fäden durchzogen.

Da die Rückenlehne zur Türe zeigte, entzog sich die Person Vilgans Blick.

„Aber tritt ruhig näher", sagte die Stimme.

Vilgan schloss die Türe hinter sich und näherte sich dem Sessel.

Vor dem Thron befand sich eine Konstruktion aus Aluminiumrohren, die von der Decke hing und an der sich zahlreiche Monitore befanden, die in ihrer Gesamtheit eine gewölbte Fläche formten. Darauf waren Kameraübertragungen aus Einkaufspassagen, Bahnhöfen, den unterirdischen Netzwerken und von den Straßen der Stadt zu sehen, die rasend schnell wechselten und von Bild zu Bild sprangen.

Vilgan konnte die Person noch nicht sehen, die auf dem Thron saß. Aber es war ihm möglich, den linken Arm zu betrachten, der auf der Armlehne ruhte: Die Haut war blass und übersät von rundlichen Stellen, die verschiedene Töne von Rotbraun besaßen. Vilgans Magen drehte sich beinahe um, als er sah, dass sich dort unter der Haut zahllose Knäuel aus Würmern befanden, die sich immer wieder kurz im sie umgebenden Wundwasser zuckend und pulsierend bewegten. Einige

Exemplare wurden von einer sehr dünnen und damit durchsichtigen Hautschicht im Körper gehalten, als wären sie in einer Brandblase gefangen. Und je tiefer die schrecklichen Nester im Gewebe lagen, desto blasser wurde ihre Farbe, bis sie schließlich vollständig im Fleisch verschwanden. Diese Herde befanden sich auch unter den Fingernägeln, die so zu Schaufenstern des Grauens wurden.

Vilgan wandte den Blick ab und sah auf die Monitore, die ihre Bilder so schnell wechselten, dass die Szenen von ihm nur grob – wenn überhaupt – örtlich eingeordnet werden konnten; Details entzogen sich gänzlich seiner Wahrnehmung.

Er machte noch ein paar Schritte nach vorn und erhöhte den Abstand zum Thron, bevor er sich dem Mann zuwandte, der darauf saß – wobei es nicht wirklich eine Person war, die er in diesem Moment erblickte: Der recht massige Körper war mit dem Thron regelrecht verschmolzen. Der Stoff durchdrang die Haut des Mannes und verlor sich darin. Hier und da traten vereinzelte Fäden an anderer Stelle an die Oberfläche, um dann wieder im Gewebe zu verschwinden. Stoff und Haut bildeten riesige Falten, aus denen sich eine Art Gewand formte, das den Leib verhüllte und zugleich zur Schau stellte. Nur die Arme, die unter Schulterfalten hervorragten, waren nicht mit dem Thron verwachsen. Die größten Falten hingen vorn herab und bedeckten die Beine. Sie reichten bis fast auf den Boden. Und alles war durchsetzt von diesen Wurmnestern, die in ihrer Gesamtheit ein groteskes, nass glänzendes Muster auf dem lebendigen Stoff bildeten.

Das fahle Gesicht des Mannes selbst wirkte auf den ersten Blick vergleichsweise normal. Er trug einen grauen Vollbart und hatte zahllose Falten, die auf ein langes Leben voller Erfahrungen zurückzuführen waren. Doch an dieser Stelle endete die Unauffälligkeit auch schon, denn der obere Teil des Schädels ging in eine knöcherne Krone über, die mit ihren Durchbrüchen und sich überlagernden, filigranen Zierelementen immer feiner wurde, bis die Spitzen nur noch Haaresstärke besaßen, so dass die Kanten der Krone nicht klar definiert waren, sondern zunächst verschwammen und sich dann in Luft auflösten. Haut und Fleisch nahmen bereits knapp über den buschigen Augenbrauen ab, um den Knochen darunter schrittweise freizulegen. Die Unregelmäßigkeit dieses sanften Übergangs wirkte wie ein Teil der Zierde.

Und so thronte der Zar in diesem Raum und betrachtete die pausenlose, nicht enden wollende Flut an Bildern.

Die dunkelblauen Augen wanderten kurz zu Vilgan, dann wieder zurück auf die Monitore.

„Die Gesellschaft macht mich krank", sprach der Zar. „Die Geschwüre durchziehen mein Fleisch, die Eingeweide und die Knochen. Nicht mehr lange und sie befallen auch mein Hirn."

Vilgan wusste nicht, was er sagen sollte. Er blickte ebenfalls zu den Monitoren, jedoch so, dass er den Zar nicht aus dem Augenwinkel verlor. Die Szenen und Farben wechselten derart rapide, dass Vilgan beinahe schwindelig wurde.

„Es wird jeden Tag schlimmer. Egoismus und Geltungsbedürfnis, wohin man sieht. Es gibt kein gemeinsames Ziel mehr. Es ist, als würde eine Tonschale immer mehr Risse bekommen und irgendwann in einzelne Splitter zerfallen. Damit kann sie kein Wasser mehr aufnehmen und wird ohne ihre funktionelle Form nutzlos. Und genauso verhält es sich mit dem Miteinander der Menschen dort draußen."

„Und wieso schaust du dir das alles an?" wollte Vilgan wissen.

„Um vorbereitet zu sein, wenn mein letzter Tag anbricht." Nach einer kurzen Pause fuhr der Zar fort: „Aber es gibt noch Menschen, die kein Teil dieses Irrsinns werden möchten. Und dabei unterstütze ich sie."

„Indem sie sich hier unten umbringen und auf den Tellern anderer enden?" sagte Vilgan, der an die Speisekarte denken musste und an das, was er in den Gängen und in den offenen Türen gesehen hatte.

„Weshalb so abfällig?" antwortete der Zar. „Der Mensch ist krank und so viele beschweren sich darüber, aber nur die wenigsten sind bereit, den Preis zu zahlen, den die Erlösung fordert. Und ich nehme sie lediglich bei der Hand. Mein Imperium hier unten sorgt für eine Reinigung all der Seelen, die kein Teil des Abgrunds sein möchten, auf den alles zusteuert."

Vilgan überlegte kurz. Dann sagte er: „Aber wenn sich jeder, der das alles nicht mehr ertragen kann, das Leben nimmt, dann wird sich nichts ändern."

Der Zar nahm den Blick von den Monitoren und betrachtete Vilgan. „Und das aus deinem Mund? Aus dem Mund von einem, der zu feige ist, es hier und jetzt zu beenden. Stattdessen wandelst du umher ohne Ziel und Verstand, weil du Zeit schinden möchtest. Denn vielleicht entscheidest du dich ja doch völlig anders. In so einem Fall ist ein Schlupfloch natürlich praktisch. Und du möchtest mir erzählen, was Veränderung bedeutet und vor allem erfordert? Zudem wissen wir beide, dass es längst zu spät ist. Ich schätze, eine Umkehr ist seit 20 Jahren nicht mehr möglich. Und jeder, der dort draußen seinen Leib hergibt, zeigt Entschlossenheit. Ein mutiger Schritt im Angesicht der furchtbaren Alternative."

Vilgan verstand alles und nichts zugleich. Seine Gedanken rasten wie all die Bilder auf den Monitoren. Er konnte den theoretischen Ansatz nachvollziehen, ihn aber nicht in ein praktisches Ganzes übertragen, das für ihn analysierbar wäre. Die Gedanken entglitten ihm und wurden zu einem Nichts. Wie also sollte er sich eine Meinung bilden, wenn er sich nicht einmal für 2 Minuten am Stück konzentrieren konnte? Aber der Zar hatte recht: Ihm mangelte es an Mut. Was, wenn das ein Symptom war? Das Zeichen, dass er doch nicht so mit allem abgeschlossen hatte, wie er glaubte.

„Aber wieso werden die Leute zu Gerichten verarbeitet und gegessen?" hakte Vilgan nach, denn dieser Aspekt passte für ihn nicht ganz zu den Aussagen des Zaren. Dieser verkaufte seine Beihilfe zum Freitod als selbstlosen Akt, doch Vilgan wusste sehr wohl, dass es sich oft um ein Schauspiel handelte, welches die wahren Absichten gern verschwieg und hinter dem Bühnenbild versteckte.

„Sie möchten kein Teil der Gesellschaft mehr sein, nicht im Leben, nicht im Tod. Indem ihr Körper vertilgt wird, bleibt nichts zurück, das sie als Mensch ausmachte. Und die, die davon essen, leisten so ihren Beitrag, diesen Wunsch in Erfüllung gehen zu lassen, bis sie sich eines Tages selbst dazu entscheiden, ihre letzte Bestellung aufzugeben. Hier unten geschieht nichts zufällig." Der Zar schaute wieder zu den Bildübertragungen und fügte hinzu: „Zumindest fast nichts."

Vilgan ahnte, dass diese Aussage auf sein unerwartetes Auftauchen bezogen war. Deshalb sagte er: „Ich suche einen Ausgang."

„Der einfache Weg", kommentierte der Zar. „Unter diesen Umständen kann ich leider nichts für dich tun." Dann nannte er Vilgan eine Reihe von Richtungsangaben. „So wirst du wieder nach oben gelangen." Ohne den Blick von der Bilderflut zu nehmen, sprach er weiter: „Aber du bist jederzeit willkommen, hier unten deine letzte Mahlzeit zu genießen. Wenn du sagst, dass ich dich schicke, gibt es etwas vom geheimen Menü."

Vilgan wollte keinesfalls riskieren, dass der Zar die Geduld verlor, denn er war sich sicher, dass hier unten nicht nur Freiwillige verschwanden, sondern auch unliebsame Konkurrenz, Leute, die Warnungen und gut gemeinte Ratschläge ignorierten, und all jene, die am Verfall der Gesellschaft etwas *zu* schuldig waren – und damit am Gesundheitszustand des Zaren. Deshalb nahm er die Hinweise an, nickte dem Zar auf dessen Thron zu und verließ den Raum.

Als er die Türe hinter sich schloss, hoffte er inständig, die einmal gehörte Wegbeschreibung lückenlos und vor allem fehlerfrei aus dem Gedächtnis abrufen zu können, denn irgendetwas sagte ihm, dass er in diesen Teilen des Geflechts nur einen Schritt davon entfernt war, *wirklich* spurlos zu verschwinden; aber nicht zu seinen eigenen Konditionen.

Vilgan sah kurz nach links und rechts in den Gang. Dann wandte er sich nach links und machte sich auf den Weg.

Kapitel 21

Die gute Stube

Bei einem Besuch setzte man sich in der Küche zusammen, um Kaffee zu trinken und sich zu unterhalten, während *die gute Stube* abgesperrt blieb. In der Türe und der hölzernen Konstruktion, welche die Trennwand bildete, befanden sich unterschiedlich große Scheiben aus milchigem Glas, welches das Zimmer dahinter nur als dunkle und hellere Bereiche zeigte, die man nicht einmal als Schemen bezeichnen konnte. Der weiße Lack auf dem Holz war rissig. Abgeblätterte Stellen hatte man mit weißer Wandfarbe überstrichen.

Die gute Stube wurde nur zu ganz besonderen Anlässen aufgesperrt: an Weihnachten und zum Geburtstag.

Es gab dort keine gruselige Sammlung von alten Puppen aus Holz und Porzellan, auch keine Stofftiere, liebevoll auf einer Couch arrangiert, oder wertvolles und edles Geschirr. Auf den alten Schränken, Kommoden und Regalen standen stattdessen Kristallgläser, jedes auf einem kleinen Untersetzer aus längst vergilbter Spitze. Darin befand sich je eine Glühbirne; keine der zahlreichen Größen und Formen war doppelt vertreten. In anderen Gläsern gab es einzelne Vogelfedern zu betrachten, Steine, getrocknete Laubblätter, Zweige und tierische Knochen. Auch vertrocknete Wurzeln, Pilze, Schmetterlinge, Käfer und Blüten waren zu sehen. Und obwohl die Luft konstant den Eindruck machte, von Rauch oder Staub getrübt zu sein, war es hier stets sauber, als würde jemand heimlich jedes Staubkörnchen wegwischen, sobald es eine Oberfläche berührte.

Die Möbel waren mit kunstvollen Schnitzereien und Blattvergoldung versehen und hatten die Jahrzehnte seit ihrer Entstehung nahezu makellos überdauert, was das Zimmer zu einer Art Zeitkapsel machte.

Hinzu kam, dass keiner wusste, wer die Gläser mit ihrem sonderbaren Inhalt bestückt hatte – und weshalb. Alles war bereits so lange, wie es war, dass sich der Grund dafür längst in der Vergessenheit aufgelöst hatte; die Dinge waren wie immer – und das machte sie zu einem Teil der Normalität.

Und obwohl *die gute Stube* die meiste Zeit über abgesperrt war und es damit nur wenige Personen gab, welche die Sammlung kannten und betrachten konnten, entzog sich trotzdem etwas beharrlich den neugierigen und erstaunten Blicken: Die Gläser, die sich ganz hinten auf den höchsten Regalen und Schränken verbargen, waren bis zum Rand gefüllt mit menschlichen Zähnen. Doch davon wusste niemand, denn selbst an den seltenen Tagen, an denen *die gute Stube* offen war, durfte keiner auch nur eines der Gläser berühren.

Kapitel 22

Die Melancholie des Herbstes

Vilgan hockte im Schatten der umliegenden Bäume am Rand eines großen Wasserbeckens. Das Wasser war so klar, dass er am Grund Laub, Faulschlamm und Zweige sehen konnte. Wasserläufer huschten über die leicht gekräuselte Oberfläche, auf der zahllose Blätter trieben, während rote und blaue Libellen von hier nach da flogen.

Das Becken hätte unter dem Schlamm noch 1000 Meter in die Tiefe reichen können, und vielleicht tat es das auch. Es war eine Vorstellung, die in Vilgan eine ähnliche Ehrfurcht erweckte, wie die sich immer wieder einschleichenden Gedanken an die endlose Leere irgendwo dort draußen in der eisigen Schwärze des Weltalls.

Diese Bilder und die unweigerlich damit verbundenen Emotionen fühlten sich fremd an; wie die Eindrücke einer anderen Person, die es irgendwie geschafft hatten, Raum und Zeit zu überbrücken, sich in Vilgans Gehirn einzunisten und letztendlich wieder lebendig zu werden. Aber vielleicht lag es auch nur an den schwülen, heißen Tagen und den Nächten ohne Schlaf, die alles verzerrten und ihn an seinem Verstand zweifeln ließen.

Das Wasserbecken weckte in Vilgan allerdings auch für ihn nachvollziehbare Erinnerungen an kühle Herbsttage mit Nebel, leichtem Regen und dem daraus resultierenden Glanz, der auf allem lag. Er dachte an verblasste Farben, unheimliche Wälder, das Schweigen der Vögel, Tee und brennende Kerzen. Und mit diesen herbstlichen Gedanken drang eine Melancholie in das Diesseits, die ihn überraschte, denn für ihn passte sie nicht zu diesem sommerlichen Tag. Natürlich gab es auch spätherbstliche Tage mit Sonnenschein, dessen Licht aufgrund der Position der Sonne völlig anders wirkte als im Sommer; aber selbst so ein Tag war für ihn näher an der Stille des Winters und der damit verbundenen Vergänglichkeit des Lebens, als es dieser schweißtreibende Fiebertraum je sein könnte.

Er hatte keine Ahnung, weshalb seine Gedanken ausgerechnet jetzt abglitten und er an ein altes Anwesen denken musste. Die knochigen Rosenbüsche hatten längst ihre Blätter verloren und die Bäume waren dabei, das Laub abzuwerfen, das die Herbststürme nicht mit sich gerissen hatten. Die Räume des mächtigen Herrenhauses wurden erfüllt von einer Kälte, die aus dem tiefen Mauerwerk drang und sich durch kein Feuer verdrängen ließ. Nicht einmal der Staub hatte mehr die Kraft, durch die Luft zu tanzen.

Vilgan starrte auf die erdigen Farben am Grund des Wasserbeckens. Das sich im Wasser brechende Spiel aus Licht und Schatten veränderte sich beim kleinsten Lufthauch, der die Baumkronen berührte. Ihm davon wurde beinahe schwindelig.

Er stellte sich vor, wie er seine Tage in einem einzigen Raum dieses Hauses verbrachte, umgeben von nichts als Büchern und fernab der nächsten Ortschaft. Eventuell war sogar die Straße aufgrund eines vom Regen verursachten Erdrutsches nicht passierbar. Er war hier draußen derart isoliert, dass nicht einmal jemand wusste, dass es nicht möglich war, zu seinem Anwesen zu gelangen. Vielleicht stand in einer Ecke auch eine Staffelei mit einer Leinwand. Aber nicht einmal die intensivsten Farben konnten sich dem Verblassen entziehen; der graue Tag hatte mit seinem Nebel jede Kraft aus den Farben gewaschen. Und wenn er aus dem Fenster blickte, sah er in einiger Entfernung eben dieses Wasserbecken, dunkel, eisig kalt und tief, so tief, dass es ihn verschlingen konnte, ohne ihn je wieder freizugeben; ein endloses Sinken hinab in ein bodenloses Grab.

Mit jedem Erwachen, mit jedem regnerischen Tag wurde der Ruf des Wassers lauter. Die sich im Wind bewegenden Baumkronen waren wie anpreisende Händler des Verderbens – oder der Erlösung –, und er saß hier drin und blätterte mechanisch durch Bücher, die er nicht lesen wollte. Er starrte immer wieder aus dem Fenster und hoffte auf etwas Abwechslung, wohl wissend, dass er sie in keinem der übrigen Räume finden konnte, denn diese waren völlig leer. Nicht einmal Spinnentiere wagten es, sich in diese Zimmer zurückzuziehen, um sich auf den Winter vorzubereiten, denn in diesen Wänden gab es keinen Funken Lebenswillen. Wie also hätten sie die kalte Jahreszeit überstehen sollen?

Und mitten in dieser Tristesse saß Vilgan und spielte immer wieder gedanklich den Augenblick durch, in welchem er feststellen musste, dass das Feuerholz aufgebraucht war, um diesen einen Raum mittels Kamin notdürftig zu erwärmen. Bald würde das kondensierte Wasser in den Ecken der Fensterscheiben gefrieren und sich als magisches Muster ausbreiten, um die Welt draußen zu verbergen und noch mehr Farben zu rauben. Würde er sich bald entkräftet in das Wasserbecken fallen lassen, die dünne Eisschicht durchbrechen und sein Ende finden? Oder bestand es eher aus einem Strick und der Wahl des richtigen Baumes? Vielleicht würde er ja auch einfach die Fenster öffnen, am Schreibtisch sitzen bleiben, einschlafen und nicht mehr erwachen.

Doch Vilgan spürte den Schweiß auf der Haut und die Hitze des Tages. Es gab keine Spur eines eisigen Luftzugs, der den ersten Schnee ankündigte, welcher durch die offenen Fenster wehen und alles in dem Zimmer für sich beanspruchen würde.

Er löste den Blick von dem Wasserbecken und dem hypnotisierenden Spiel von Licht und Schatten und erhob sich. Noch war es nicht Herbst. Und der sonderbare Park bot noch zahlreiche Winkel, die es zu entdecken und erkunden galt.

Mit diesem Gedanken zogen sich die finsteren Bilder nach ihrem kurzen Auftritt von der Bühne zurück und schufen so Platz für weitere Eindrücke.

Vilgan atmete durch. Dann wandte er sich von dem fremden und zugleich überaus vertrauten Ort ab und lief weiter.

Kapitel 23

Der Geist hinter den Dingen

Der Gestank, der aus den gepressten Blöcken drang, war furchtbar. Sie wurden in riesigen Anlagen erzeugt, um aus unsortiertem Müll billigstes Baumaterial für einen großen Teil der Bevölkerung zu erzeugen. Es gab immer wieder Geschichten von Leuten, die auf dem Weg durch die Gänge der feuchten, von Keimen durchsetzten Siedlungen menschliche Überreste fanden, die sich in den Blöcken abzeichneten oder langsam im Zuge der Zersetzung lösten. Und während man sich nicht um die fachgerechte Entsorgung der Ausscheidungen der Gesellschaft kümmern musste, verdienten andere mit diesem Konzept und der Errichtung von Gebäuden unglaubliche Summen, mit denen sie sich ein schönes Penthouse in jenen Wolkenkratzern leisten konnten, die sich über die Dunstglocken der Metropolen erhoben und von wo aus man in der Lage war, tatsächlich den blauen, klaren Himmel zu sehen.

Diese Orte beherbergten nicht nur die Ärmsten der Armen, sondern auch all jene, die sich trotz einer guten Anstellung und eines konstanten Geldstroms schlichtweg nichts anderes leisten konnten. In einigen Arealen breiteten sich diese Bereiche, die sich teilweise auch über mehrere Ebenen unter der Erde erstreckten, wie Geschwüre aus und befielen nach und nach die Städte selbst. Sie waren ein guter Indikator für den Verfall der Region und der Gesellschaft. Da es die gepressten Blöcke und Elemente in mehreren Ausführungen gab, um modular und damit möglichst effizient Unterkünfte zu errichten, wurden sie zunächst für Reparaturen von Gebäuden genutzt, nur um diese irgendwann zu verschlingen. Und so wurden riesige Städte schleichend zu monströsen Organismen mit fauligem Atem, zu stickigen Gefängnissen mit längst vergessenen Krankheiten, die dafür sorgten, dass es schon bald darauf nur noch Ungeziefer gab, während die Natur zurückkehrte, sich mit der Zeit selbst das Unverdauliche zu Nutze machte und damit ein Vergessen auf die leeren Gänge und engen Räume legte.

Vilgan musste weg, raus aus diesem Wahnsinn, dem Misstrauen und dem verrotteten Glauben an die Menschheit. Deshalb brach er eines Morgens auf, um nicht zur alten Bahnstation zu marschieren, sondern in die entgegengesetzte Richtung, raus aus dem pulsierenden Krankheitsherd und zur Sonne hin, diesem längst vergessenen Traum.

Sein Weg führte ihn aber zunächst hinab in den finsteren Untergrund, wo er sich nur mit einem mehrlagigen Stück Stoff vor Mund und Nase bewegen konnte, denn der unerträgliche Gestank, der aus jedem Winkel floss, spiegelte all die Infektionen wieder, die sich wie Lauffeuer verbreiteten. Er wollte nur noch einen Atemzug reiner Luft erleben, von der er nicht mehr wusste, wie sie roch. Vielleicht war er dazu aber nicht einmal mehr in der Lage, weil sein Geruchssinn längst zu verkommen und geschädigt war, um all die Feinheiten wahrzunehmen, die er sich dort draußen erhoffte.

Er folgte schlecht bis gar nicht beleuchteten Korridoren, die teils so niedrig waren, dass er stundenlang gebückt laufen musste. Dass er kaum etwas sehen konnte, empfand er jedoch als Segen, denn er wollte nicht wissen, durch welche Flüssigkeiten er watete. Er konnte lediglich beten, dass er nicht in einen Nagel trat oder sich an einer Glasscherbe oder einer spitzen Kante, die aus den Blöcken ragte, verletzte. Das machte jeden Schritt Richtung Freiheit zu einem Gewinn – und zugleich zu Nahrung für seine Ängste, denn je weiter er marschierte, desto mehr wuchs die Sorge, es eventuell nicht zu schaffen.

Irgendwann kam eine Zeit, in der er nichts außer seinen Schritten und den von ihm verursachten Geräuschen hörte. Keine Stimmen, kein Heulen des Windes, nicht einmal die flinken Schritte der Ratten oder das Summen von Fliegen.

In diesen Eingeweiden des Verfalls gab es nichts und niemanden. Je weiter sich der Tumor in die Gegend fraß und aufblähte, desto verlassener wurden die inneren Bereiche. Die, die dort lebten und schließlich starben, wurden nicht ersetzt, denn jeder strebte instinktiv nach außen. Deshalb waren die Kolonien wie Blasen, wie ein Mantel um eine dunkle Leere aus Gestank, die jeder bei klarem Verstand mied. Sicher, es gab wagemutige Jugendliche und Abenteurer, die auf einen vergessenen Schatz hofften, auf abgeschirmte, alte Lager mit Vorräten längst vergangener Jahrzehnte, doch nahezu keiner von ihnen kehrte je aus dem dunklen Schlund zurück.

Vergessene Leitungen, die noch immer Strom führten, versorgten jene Glühbirnen und Neonröhren, die der Zeit hatten standhalten können. Es wurden immer weniger, doch es blieben genug, um Vilgan zumindest hin und wieder ein Ziel zu geben, einen Hinweis, dass er doch nicht in eine gefürchtete Sackgasse geraten war. Bald wusste er nicht, ob er sich noch unter der Erde befand oder längst darüber. Zudem konnte er nur hoffen, sich weiterhin zumindest grob in die eingeschlagene Richtung zu bewegen. Längst hatte er die Orientierung verloren, deshalb war die Sorge, eventuell mit jedem Schritt wieder näher zu seinem Ausgangspunkt zu gelangen, durchaus berechtigt.

Die Stunden zogen vorüber, denn je weiter er lief, desto mehr löste sich sein Zeitgefühl auf. Doch irgendwann kam der Moment, in welchem er einen leichten Luftzug spürte, den er wie einen unsichtbaren Leitfaden ergriff, um daran festzuhalten. Eine belebende Aufregung erfasste ihn und vertrieb den Gedanken, sich einfach irgendwo hinzusetzen und eine Pause einzulegen. Aber er wusste, dass er das nicht durfte. Er hatte nicht Schwindel und Übelkeit inmitten von regungslos verharrenden Faulgasen überstanden, nur um leichtsinnig seinen ersehnten Wunsch zu gefährden.

Bald darauf sah er ein schwaches Glühen in der Ferne, dessen Farbe sich deutlich vom dreckigen, schwachen Schein abhob, den die Lampen, die teils Hunderte von Metern auseinander lagen, halbherzig in die Umgebung spien. Und je weiter er lief und sich diesem Licht näherte, desto mehr ging der Untergrund in einen Schlamm über, der irgendwann einfachen Pflanzen Halt bot in einer Welt, in die nur ein Bruchteil des indirekten Tageslichts fiel.

Als Vilgan aus den Schatten trat, mussten sich seine Augen zunächst einmal eine Weile an die neuen Lichtverhältnisse gewöhnen. Nachdem das geschehen war, sah er sich einer Welt gegenüber, die aus Morast und toten Bäumen bestand, die schief aufragten und wie knochige Klauen wirkten, die entweder nach dem wolkenlosen Himmel zu greifen schienen oder die Überreste von alten, gigantischen Kreaturen waren, die hier ihr Ende gefunden hatten. In der Ferne zeichneten sich grüne Akzente ab, die auf Leben hinwiesen und damit ein Zeichen der Hoffnung waren.

Vilgan schloss kurz die Augen und ließ die wärmende Sonne auf sein Gesicht fallen.

Er tastete sich einige Meter vorwärts und betrachtete den Grund, der aus Schlamm bestand, der Inseln und ein Netzwerk an Wegen bildete, die sich in den umliegenden, weiten, dauernassen Flächen verloren. Auch gab es schwarze, scheinbar bodenlose Löcher im Wasser, die ein Muster des Verderbens auf alles legten. Er musste aufmerksam bleiben und genau abwägen, wohin er lief und trat, denn hier gab es, genau wie im Inneren des fauligen Komplexes, keinerlei Raum für Fehler.

Vilgan blieb stehen und drehte sich um: Die Kolonie erhob sich in unwirklich anmutende Höhen und verlor sich links und rechts in der Ferne. Alles war überwuchert von Ranken. Manche Areale waren längst kollabiert, um Bäumen und anderen Pflanzen die Chance zu geben, Fuß zu fassen und zu gedeihen. Scheinbar war die gesamte Seite nicht mehr bewohnt, was wiederum Sinn ergab, denn von hier aus bräuchte man Ewigkeiten, um durch das Labyrinth zu gehen, nur um die Möglichkeit zu haben, etwas zu kaufen oder in die Stadt zu gelangen. Es fühlte sich an wie der Blick auf etwas, das seit 200 Jahren sich selbst überlassen worden war; und vielleicht war dem auch so.

Da er wusste, dass er sich auch jetzt keine Ruhepause erlauben durfte, wandte er sich von der faulenden Kolonie ab und marschierte weiter hinein in den Morast, der von den Abwässern der Stadt und der herausgepressten Verwesung der Müllblöcke gespeist wurde.

Wie aus dem Nichts flammte plötzlich ein Gedanke auf: War es diese Stadt aus Müll, die Roparte Scarpa in der Ruine der Kirche erwähnt hatte? Falls ja, wie war das möglich? Wie konnte sich ein solcher Kreis schließen? Einen Zufall schloss Vilgan aus, denn die Parallele zu dem merkwürdigen Traum war zu spezifisch.

Es dauerte eine ganze Weile, bis der Gestank deutlich nachließ. Zugleich wurde das Wasser um ihn herum klarer und es zogen mehr Farben in die Umgebung ein. Das Totholz verringerte sich zusehends und die unheimliche Stille wurde immer mehr vom Gesang der Vögel verdrängt. Bald hörte er Klänge und nahm Gerüche wahr, die er nicht einordnen konnte, da alles so tief unter den Eindrücken aus dem Reich aus Müll verschüttet lag wie manche Metropole unter den Fundamenten einer anderen.

Er lief, während die Sonne ihre Bahn zog und den Himmel erklomm. Vilgan wusste nicht, ob er mehrere Tage im Dunkel zugebracht hatte oder nicht. Es war letztendlich auch egal, denn er hatte es aus der Kolonie geschafft. Nun hieß es durchhalten, bis er eine etwas wirtlichere Gegend erreichte, um an einer geeigneten Stelle eine Pause zu machen und zu überlegen, wie es weitergehen sollte.

Ehe er es realisierte, kämpfte er sich bereits durch dichtes Unterholz, das an einigen Stellen nach wie vor von Wasserlöchern und größeren, nassen Flächen durchzogen wurde. Die Kolonie war trotz ihrer Dimensionen längst in der Ferne jenseits der Vegetation verschwunden.

Irgendwann mischte sich ein frischer Duft unter die erdigen Gerüche. Zunächst dachte Vilgan an Blüten, doch je weiter er marschierte, desto deutlicher wurde der Eindruck: Es roch nach Orangen. Die zweite Veränderung betraf den Boden, denn dieser wurde zunehmend steiniger. Die hellen Steine waren sanft abgerundet und fühlten sich für ihre Größe etwas zu leicht an. Anfangs behielten Erde und Dreck noch die Oberhand, doch schrittweise verschwanden die Verunreinigungen und hinterließen nichts als dieses strahlende Weiß, welches das Grün der Umgebung akzentuierte und die dunkleren Schatten verdrängte. Es war ein derart reines Weiß, dass die Steine künstlich wirkten.

Seine Schritte über die lose liegenden Steine erzeugten ein Geräusch, das einerseits angenehm war, andererseits hypnotisierend.

Vilgans Schuhe und Hosen waren längst getrocknet und der Duft nach Orangen überspielte den letzten Rest des an ihm haftenden Gestanks, als er zwischen den Steinen immer mehr Wasser erblickte, das so sauber war, dass er es nur erkennen konnte, weil es im Sonnenlicht funkelte und die Steine darin einen Hauch dunkler erschienen.

Die Sonne hatte den Zenit bereits überschritten, als sich Vilgan dem Meer gegenübersah, dessen Strand aus den weißen Steinen bestand, die sich so weit in das hier flache Wasser erstreckten, dass sie sich verloren, noch ehe für Vilgan erkennbar war, ab wo es deutlich tiefer wurde. Es war eine endlos weite Fläche, vom duftenden, kalten Wind gekräuseltes Glas, in welchem sich das Blau des Himmels mit dem Weiß der Steine vermischte.

So atemberaubend diese Dinge auch waren, so schnell verblassten sie in Anbetracht dessen, was Vilgan in einer nicht abzuschätzenden Entfernung draußen auf dem Meer sehen konnte: Eine strahlend weiße Insel, die scheinbar aus nichts als massivem Gestein bestand, mit hoch aufragenden Bergspitzen, unter denen sich Terrassen, verschiedene Ebenen, Durchbrüche, Treppen, Hallen und Gänge abzeichneten, die aus dem Felsen geschlagen worden waren. Durchzogen wurde alles von Wasserfällen, deren zartblaue Farbe einen starken Kontrast zu all dem Weiß bildete und zum Farbspiel der fruchttragenden Orangenbäume, die in jedem Winkel wuchsen und deren betörender Duft über das Wasser zu Vilgan zog.

Er hatte das stinkende Geschwür der Stadt verlassen und sah sich nun dieser Reinheit gegenüber, die ihm wortlos sagte, dass er genau dort Antworten auf Fragen finden würde, die er noch nicht einmal gestellt hatte.

Mit diesem Wissen überquerte er den Strand, betrat das Wasser und machte sich auf den Weg zu der weißen Insel, der Hüterin aller Geheimnisse, während ihm der frische Wind ins Gesicht wehte und der Ruf mehrerer Möwen die Luft erfüllte.

Vilgan öffnete die Augen. Er spürte die Luft der Klimaanlage auf der Haut, die aus dem Dunkel des Hotelzimmers zu ihm geweht wurde. Er starrte in die Schwärze, die so leer und endlos erschien wie das Weltall. Er sah nicht zur Seite, um zu prüfen, wie spät es war, sondern blieb regungslos liegen. Die entspannte Schwere seines Körpers schien ihn immer tiefer in das angenehm weiche Bett zu ziehen, bis der Eindruck entstand, er wäre schwerelos; es war ein sonderbares Spiel seines Körperbewusstseins.

Er fragte sich, ob es irgendwo dort draußen tatsächlich einen ähnlichen Ort gab, eine Insel, die all die Antworten hütete, die er gerade jetzt benötigte, um Orientierung und Perspektive zu finden.

Vilgan lag da, während seine Gedanken auf Reisen gingen. Und irgendwann sank er unbemerkt zurück in einen tiefen Schlaf.

Kapitel 24

D e m u t

Vilgan stand ungläubig auf der schmalen, asphaltierten Straße, neben der das Gelände abfiel, bevor es sich flach zum Fluss hin ausbreitete. Das Flussbett lag bis auf einen funkelnden Streifen trocken. Dieser schlängelte sich mal gerade und mal mit Windungen dahin.

Er war spontan an diesen Ort gekommen, weil er gehofft hatte, an den Fluss zu können, um sich auf die Suche nach schönen Steinen zu begeben. Und obwohl er sehen konnte, dass es dort unten schier endlos viele Steine gab, waren diese hinter einem breiten Streifen aus teils mannshohem Unkraut, farbenfrohen Wildblumen und vereinzelten Büschen unerreichbar. Linker Hand gab es zwar in einiger Entfernung eine Brücke, aber das Ufer auf der gegenüberliegenden Seite sah nicht anders aus; nirgends war ein Trampelpfad zu erkennen.

Zwischen dem Hang und dem verwilderten Streifen war alles säuberlich gemäht. Dort verlief auch ein Weg parallel zum Flusslauf. Vilgan sah Jugendliche im Schatten der Brücke, die auf dem dortigen Abschnitt des Weges Tricks mit ihren Skateboards übten oder im Gras saßen und sich unterhielten. Von rechts näherte sich eine Frau auf einem Fahrrad. Ein Hund rannte neben ihr. Sie hatte die Leine in derselben Hand wie den hellblauen Sonnenschirm.

Aber diese Szenen waren nicht das, was Vilgans Aufmerksamkeit fesselte: Auf einem der bewaldeten Berge, die sich jenseits des Flusses erhoben, befand sich ein Zug. Er konnte deutlich die Lokomotive ausmachen und teils umgekippte Waggons, von denen sich gewiss noch weitere im Unterholz verbargen. Der Zug wirkte wie eine gigantische, eiserne Schlange, die dabei war, sich am Berghang nach oben zu winden. Es war ein wirklich sonderbares Bild.

Vilgan konnte auf diese Entfernung keine Schienen sehen oder anhand des Baumwuchses Rückschlüsse auf den ehemaligen Streckenverlauf ziehen. Es gab auch keine Hinweise auf eine alte Trasse. Wie also kam dieser Zug dort hinauf? Es sah aus, als hätte ein Gigant sein Spielzeug achtlos dort hingeworfen. Nichts wirkte künstlich oder gestellt; die Szene war beinahe alltäglich – bis auf die Tatsache, dass ein Zug an dem Berghang lag.

„Viele Leute wundern sich darüber", sagte plötzlich eine alte Frau neben ihm.

Vilgan sah überrascht zur Seite.

Die Frau hielt einen Sonnenschirm. Mit der anderen Hand trug sie einen geflochtenen Korb mit frisch geerntetem Gemüse, das hier und da noch mit Erde beschmutzt war. Sie schaute ebenfalls hinüber zu den Bergen.

„Niemand weiß, wie der Zug dort hoch kam", erklärte die Frau. „Für mich ist diese Frage noch wichtiger als die nach dem Grund."

„Seit wann ist er denn da oben?" wollte Vilgan wissen.

„Das kann auch keiner beantworten. Er wurde vor etwa 70 Jahren zufällig entdeckt und freigelegt. Seither wachsen dort keine Bäume mehr. Dazu muss gesagt werden, dass jeder hier die Berge meidet. Die Götter dort oben sind so voller Zorn, dass sich nicht einmal die Jugend traut, eine mutige Expedition zu unternehmen."

Die Frau schaute kurz zu den Jugendlichen unter der Brücke. „Aber jede Generation hat ohnehin ihre eigenen Interessen."

Vilgan wischte sich den Schweiß von der Stirn. Er schwieg.

„Wir sind alle sehr abergläubisch, ganz im Gegenteil zu den Städtern. Was auch immer der Grund für die Wut der Götter ist, man spürt sie schon am Rand des Waldes.

Als ich an diesen Ort zog, um mit meinem Mann sesshaft zu werden, wurde erzählt, dass die Götter namenlose Wesen entsenden, die auf weißen Füchsen reiten und im Winter die Berge verlassen, um die Seelen derer zu holen, die sich abseits der alten Pfade bewegten, die es in den Bergen gibt. Oder gab. Viele sind mittlerweile verwildert und nur schwer oder gar nicht mehr zu erkennen."

Vilgan gab ein undefiniertes Brummen der Zustimmung von sich. Er konnte sich lebhaft vorstellen, wie es dort oben aussah. Aber das erklärte nicht, weshalb der Wald den Zug selbst nach all den Jahrzehnten nicht wieder verschlungen hatte. Vielleicht sollte es eine Art Lockruf sein, um unwissende Seelen in ihr Verderben zu locken; oder ein Zeichen dafür, dass man einigen Gesetzen zu folgen hatte, ohne auch nur eine Frage zu stellen. Es gab Regeln, denen es egal war, wie sehr man ein Geheimnis ergründen wollte; und wahrscheinlich waren einige dieser Regeln so alt, dass niemand mehr davon wusste.

Der Mensch strebte stets nach Wissen, und das oftmals, ohne die eigenen Grenzen zu erkennen und vor allem einzuhalten. Vielleicht wollten die Götter dieser Berge genau das vermitteln und es den Leuten vorhalten wie einen Spiegel. Manches erhob keinerlei Anspruch darauf, ergründet und erklärt zu werden, und das musste man akzeptieren und seinen Erkundungsdrang und das eventuell damit verbundene Geltungsbedürfnis zügeln.

Es ging auch um Demut. Vilgan verglich es mit der bewussten Entscheidung, manche Orte und Stellen nicht zu fotografieren, sondern sie lediglich in Erinnerung zu behalten. Und selbst wenn vieles davon wieder in Vergessenheit geraten würde, so ging es bei keinem Schritt darum, diesen bis ins kleinste Detail zu dokumentieren. Wozu auch? Dem Lauf von Welt und Natur war es gleich. Und es waren seine Erlebnisse, etwas, das ihm niemand streitig machen konnte, schon gar nicht auf dieser letzten Reise.

Seine Gedanken wanderten weiter, während er einige Vögel in der Umgebung singen hörte.

Ihn störten Dinge wie Gewittertosen oder Vogelgesang nicht, weder bei Tag noch bei Nacht. Er hatte keinerlei Probleme, dabei erholsamen Schlaf zu finden. Weshalb war das nicht möglich, sobald es sich um den Lärm der Menschen handelte? Hier ein Wort, da ein zu lautes TV-Gerät und dort ein Auto, das durch die Nacht raste.

„Es tut mir leid, aber ich muss mich wieder auf den Weg machen", sagte die alte Frau und riss Vilgan damit zurück in die Gegenwart.

Vilgan lächelte ihr zu. Er entschuldigte sich, da er nicht wusste, wie lange er schweigend nachgedacht hatte. Dann bedankte er sich für ihre Worte. Damit verabschiedeten sie sich.

Als die Frau schon ein paar Meter gegangen war, wollte er sie noch fragen, ob man im Wald Schienen gefunden hatte. Aber dann sagte er doch nichts – letztendlich war es ja wirklich egal, wie der Zug auf den Berg kam.

Kapitel 25

Der gefüllte Schlund

Am Rand des Industriegebiets endete die Straße an einer weiten Fläche, deren Erde derart verdichtet war, dass nichts mehr darauf gedeihen konnte, nicht einmal die anspruchslosesten Gräser. Einige Löcher und Unebenheiten waren mit Kies ausgeglichen worden. Da der Ort abgelegen war, lockte er tagsüber Angler an, die am nahegelegenen Fluss ihr Glück versuchen wollten, und gerade an den Wochenenden natürlich auch Jugendliche, die Lagerfeuer machten, grillten, tranken und die Umgebung mit lauter Musik aus den Lautsprecherboxen ihrer Autos beschallten, und das bis in die Nacht hinein. An anderen und damit stilleren Nächten war es ein beliebter Platz für Drogenhandel und Hehlerei. Hierfür bot der angrenzende Wald nicht nur zahllose Pfade und damit potenzielle Fluchtmöglichkeiten, sondern auch Raum für Verstecke oder den einen oder anderen Hinterhalt.

Eines dieser Verstecke war ein mannshoher Zylinder aus Stahlbeton, der über mehrere Sehschlitze und eine noch immer funktionstüchtige Türe verfügte, die ebenfalls aus Stahlbeton bestand und deshalb so schwer in den Angeln hing, dass sie sich nahezu lautlos bewegen ließ. Er befand sich abseits eines Pfades inmitten von dornigen Ranken, welche den Boden und die umliegenden Baumstämme für sich beansprucht hatten.

Das Innere dieses Zylinders bot Raum für bis zu zwei Personen, was den Gedanken nahelegte, dass es sich um eine Splitterschutzzelle handelte. In Wirklichkeit war es jedoch der Einstieg in eine weitläufige Bunkeranlage, deren Zugänge und Existenz so in Vergessenheit geraten waren wie die Stufen, die sich unter der trockenen Erde am Boden des Zylinders unsichtbar in die Tiefe schraubten. Andere Eingänge lagen unpassierbar unter den Fundamenten von Gebäuden in der Umgebung, hinter gemauerten Wänden in alten Abschnitten der Kanalisation oder von der Zeit vergessen im undurchdringlichen Dickicht des Waldes, bedeckt von Erde, Laub und Pflanzen.

Im Gegensatz dazu hatte sich der Treppenschacht nicht nur mit Müll gefüllt, sondern auch mit Schrott aus Eisen und Stahl, Beton, Zement, Bauschutt und zersplittertem Glas. Und so, wie die Existenz der Treppe aus dem Bewusstsein der Leute verschwunden war, hatte sich der vergessene Grund für all das durch unkontrollierte Zellteilung tief dort unten verändert: Der Tumor aus Knorpelgewebe, aus wucherndem Fleisch, aus Hautlappen und aus Zähnen, die teils in dichten Gruppen wie Warzen aus dem formlosen Leib hervorbrachen. Die Monstrosität hatte vereinzelte Haare, die so widerstandsfähig waren wie Draht, Öffnungen und Windungen, weiche Teile und Bereiche, die so fest waren wie prall gefüllte, verstopfte Drüsen oder eine Knolle.

Der Tumor nährte sich von den Schlechtigkeiten der Stadt, die besonders an diesem Ort nie versiegten, und kroch stumm, blind und taub durch die Schwärze der Bunkeranlage. Die Gesellschaft verkam immer mehr und spendete damit den Zellen zunehmend Energie, um sich zu teilen und weiter zu wuchern. Irgendwann würde dieses Etwas unweigerlich zur Oberfläche durchbrechen, hervorgewürgt von dem gefüllten Schlund. Niemand wusste etwas davon, und selbst wenn, es gab keine Möglichkeit, den Prozess aufzuhalten. Es war längst zu spät – und daran konnte nicht einmal ein ehrliches Lächeln etwas ändern.

Kapitel 26

Hüter der Pein

Vilgan lief noch immer völlig allein durch den Park. Neben einem künstlich angelegten Bach, der so trocken war wie der kleine Teich, aus dem er entsprang, entdeckte er mehrere Gänse aus Bronze, die im Gras saßen, futterten oder einfach an ihrem Platz standen und mit ihren Blicken scheinbar jedem folgten, der vorüberging. Er fand teils lebensgroße Bronzefiguren, Frauen in leichten, langen Kleidern, die im Kreis standen und ihre Arme gen Himmel streckten, an anderer Stelle hielten sie kleine Kinder mit Flügeln. Ranken und Büsche schmiegten sich an sie und Vilgan war sich sicher, dass in der dichten Vegetation des Parks weitere Exemplare verborgen lagen, vom Grün verschluckt und mit der Zeit in Vergessenheit geraten.

Kurz darauf passierte er eine Sonnenuhr in Form eines kleinen Wasserbeckens, um das herum sich mehrere Bänke befanden. Ein Rabe saß auf dem gemauerten, spitz zulaufenden Dreieck, das den Zeiger bildete, dessen Schatten über eingelassene Steinplatten im Beckenrand wanderte, welche die vollen und halben Stunden anzeigten. Das Wasser war so grün, dass es wie Farbe wirkte.

Mittlerweile hatten sich die Wolkenberge am Himmel weiter aufgetürmt. Zudem frischte der Wind immer wieder kurz auf und trieb kleinere, tiefer liegende Wolken vor sich her, die nach und nach das Blau verdeckten und nun tatsächlich von einem aufziehenden Regen kündeten. Fast lag für Vilgan der Gedanke nahe, dass er die Wolken mit seinen herbstlichen Gedanken heraufbeschworen hatte.

Er folgte einem abfallenden Pfad, der aus nichts weiter bestand als einzelnen, grob gebrochenen Steinplatten, die mit unregelmäßigen Abständen verlegt worden waren. Links und rechts verlor sich alles in einem Dickicht aus Büschen, einigen Bäumen und hoch aufragenden Gräsern. Der Boden um die Platten herum war so verdichtet, dass darauf kaum etwas wuchs; dafür hatte sich Moos an die Ränder der Platten geschmiegt.

Der Hauptweg war längst nicht mehr zu sehen, als sich der Pfad teilte. Links sah Vilgan aufgeschüttete Stufen, die mit teils verrotteten Baumstämmen stabilisiert wurden und welche weiter hinab zu einer kleinen Holzbrücke führten. Er konnte das leise Plätschern von Wasser hören. Er entschied sich, dem anderen Weg zu folgen, dessen Steinplatten in einem leichten Bogen nach rechts führten.

Vilgan sah hinauf zum Himmel, der sich weiter verdunkelt hatte. Kurz darauf trafen ihn vereinzelte Regentropfen, während der Wind ein Raunen durch die Vegetation sandte. Unter anderen Umständen hätte er vermutlich seinen Schritt beschleunigt, doch an diesem Punkt war es irrelevant, ob er zusätzlich vom Regen getroffen wurde, da er nicht schweißgebadeter hätte sein können.

Das Tröpfeln wurde schnell zu einem leichten Regen, der, wie vom Wind ermutigt, an Intensität zunahm. Und obwohl die Baumkronen einen Großteil abhielten, verließ Vilgan den eingeschlagenen Weg, der an dieser Stelle einen Knick nach links machte, und folgte einem Pfad aus kleineren Platten, der halb rechts im Grün verschwand. In einiger Entfernung ragte eine von Moos und Ausblühungen verfärbte Betonwand auf. Er hoffte, dass es ein Gebäude war, das ihm als Unterstand dienen konnte. Doch die Wand entpuppte sich als eine riesige, gegossene Form aus Beton, deren Querschnitt an ein C erinnerte, wobei der untere Teil etwas länger war als der obere. Vilgan stieg die wenigen Stufen an der Seite hinauf. Er konnte nur mutmaßen, aber er nahm an, dass es sich um eine Bühne handelte. Davor lag eine große, verwilderte Fläche mit von Ranken durchzogenen Büschen und hohen Gräsern, hinter der sich eine gespiegelte Version der Bühne erhob. Es gab keinen Weg hinüber. Das Grün bildete einen unüberwindbaren Wall.

Und während Vilgan den Ort betrachtete, verwandelte sich der Regen in einen kräftigen Schauer, der rauschend die Farben aus der Umgebung wusch. Der Wind peitschte die lauwarmen Tropfen vor sich her und versetzte alles in Bewegung. Die Geräuschkulisse schwoll derart stark an, dass sie alle anderen Klänge verschluckte.

Vilgan setzte sich im hinteren Teil der Bühne – dieser blieb trocken – im Schneidersitz auf den Boden, legte die Unterarme auf die Knie und betrachtete die Szene vor sich.

„Tief in dir hoffst du doch nur, dass dich diese Reise auf andere Gedanken bringt", sagte plötzlich eine Stimme neben ihm, laut genug, um das Rauschen des Regens zu übertönen.

Erschrocken sah Vilgan zur Seite. Dort saß ein Mann, der ihm aufgrund des Hirtenhuts und den tief in den Höhlen sitzenden Augen bekannt vorkam. Es dauerte eine Weile, bis er die Szene an der Kerbe in den Bergen wieder präsent hatte und sich kurz darauf an Scarpas Worte erinnerte, dass eine Person auf der Suche nach Vilgan war. Aber ihm wollte der Name nicht einfallen.

Der Mann konnte deutlich sehen, wie angestrengt Vilgan versuchte, eine Erinnerung zu finden und ihn irgendwie einzuordnen.

Das Spielzeugauto an der Kerbe, die Ruine und Roparte Scarpas unheimliches Wesen. Es handelte sich nicht um Sihnond Insenbor.

Und dann fiel Vilgan unversehens der dritte sonderbare Name ein, den er bisher auf dieser Reise gehört hatte: „Calensto Vird."

Der Mann nickte anerkennend, denn er wusste, dass er sich nicht vorgestellt hatte. „Es scheint, mein Name ist bekannt. Aber wer weiß, vielleicht hieß ich noch nicht so, als wir uns das erste Mal begegneten. Viele Dinge benötigen eine gewisse Zeit im Unterbewusstsein, damit sie reifen können. Und eventuell nehmen sie später sogar einen Namen an, damit man sie etwas greifbarer machen kann."

„Was willst du von mir?" fragte Vilgan.

Vird sah den zahllosen Wassertropfen dabei zu, wie diese von der Kante des Überhangs fielen. Eine gedachte Linie erstreckte sich über die gesamte Breite der Bühne und trennte den dunkleren, nassen Beton vom trockenen Bereich.

„Vielleicht bin ich nichts weiter als eine entzündete Stelle, die du nicht bemerkst, bis sie aufplatzt und sich eitrig ergießt", antwortete Vird. „Sie heilt dann zwar ab, aber der dreckige Herd bleibt zurück. Vielleicht solltest du anfangen, hin und wieder für den Frieden deiner Seele zu beten. Aber das wäre vermutlich auch nur eine Illusion, eine totgeborene Hoffnung."

Vilgan hörte zu, ohne genau zu wissen, was ihm Calensto Vird sagen wollte.

„Du erliegst noch immer dem Irrtum, dass diese Reise deinen Schmerz lindern wird", fuhr Vird fort, „denn du hast keine Ahnung, was danach auf dich wartet. Aber vielleicht bereitet es mir deshalb Freude, die Nadeln der Vergangenheit in dein Fleisch der Gegenwart zu stecken. Denn du bist zu feige, dich dem Leben zu stellen ... oder dem Tod. Dabei unternahm ich schon damals immer wieder große Anstrengungen, um dir die Entscheidung etwas leichter zu machen."

Vilgan dachte kurz über diese letzten Worte nach. Dann sagte er: „Vielleicht habe ich ja doch Hoffnung für das Leben."

„So kann man es natürlich auch sagen, wenn man sich nicht traut, der Wahrheit ins Gesicht zu blicken", entgegnete Vird. „Schwäche, wohin man sieht, in nahezu jedem Aspekt deines Daseins. Immer wieder sinnieren und einen alternativen Plan bereithalten. Mir kann es nur recht sein, denn solange du dich nicht für einen Weg entscheidest, werde ich weiterhin die Schmerzen in dir hüten und dafür sorgen, dass du sie nicht vergisst. Und das wird sich nicht ändern. Erst, wenn du eine Entscheidung gefällt hast."

„Das würde dich vermutlich selbst auslöschen", mutmaßte Vilgan.

Calensto Vird zuckte mit den Schultern. „Ich besuche viele Menschen, wenn alles um sie herum zur Ruhe kommt und keine Ablenkung da ist, um mich zu verdrängen. Ich werde nicht verschwinden. Für impulsive Handlungen sind ganz andere meiner Art verantwortlich. Und sie hinterlassen absolut nichts, weder Hoffnung noch Bedauern, ganz so, wie die *Verschlinger* im Nebel. Die Sonne ist für diese Seelen kein Zeichen Gottes, sondern ein alles verzehrendes Fegefeuer. Und doch bleiben sie stehen, blicken in das Leuchten, erblinden und empfangen das Unausweichliche mit offenen Armen."

Vilgan wusste darauf nichts zu erwidern. Er empfand diese Begegnungen sonderbar und wusste nicht, wie er sie werten sollte. Ihm war klar, dass sie aus seinem Unterbewusstsein stammten, und doch fühlte er sich gedrängt, fast belästigt, etwas, das er nicht einordnen konnte. War es gut? Oder war es eine Art Test, um zu sehen, welchen Weg er einschlagen würde? Steckte dahinter eine Motivation, die sich so im Verborgenen hielt, wie es ihr Urheber tat? Gut möglich, dass es auch einfach nur eine Falle war.

Calensto Vird erhob sich.

Vilgan blickte zu ihm auf.

„Früher hast du gedacht, der Schmerz gibt dir Kraft", sagte Vird, „einen Antrieb. Nicht ganz wie eine trotzige Reaktion, mehr auf Aufbegehren. Jetzt siehst du die Realität, dass eben dieser Schmerz nichts weiter war als eine Reaktion, die sich wie Rost immer tiefer in dich gefressen hat. Und nun stehst du da und hast keine Ahnung, wie du mit dem umgehen sollst, das du selbst heraufbeschworen hast, anstatt schon vor Jahrzehnten loszulassen und die Dinge als das hinzunehmen, was sie sind. Das alles ist genau der Preis, den du nun zu zahlen hast. Und ich werde dafür sorgen, dass du *das* nicht vergisst."

Damit lief Vird an Vilgan vorüber.

Vilgan sah dem Mann nach, der die Stufen nach unten stieg und damit die Bühne verließ.

Vird blieb noch einmal kurz stehen und sah zu Vilgan, ehe er nach links lief und damit im Regen verschwand.

Vilgan schaute noch eine Weile zu der Stelle, an der Vird aus seinem Blick verschwunden war. Aber er fokussierte keinen spezifischen Punkt. Er starrte vielmehr ins Nichts, das in diesem Moment so leer war wie seine Gedanken. Er saß nur da und lauschte der mächtigen Stimme des Windes.

Dann sah er in das vom Regen verblasste Grün vor der Bühne, das sich wie ein wogendes Meer bewegte.

Und während Vilgan regungslos verweilte und auf ein Nachlassen des Regens wartete, ging ihm ein Gedanke durch den Sinn: Vielleicht hatte Calensto Vird ja recht.

Kapitel 27

D u r c h a t m e n

Vilgan nahm einen Schluck von dem malzig schmeckenden Bier und stellte die Dose vor sich auf den Boden.

Er saß auf einer erhöht angelegten Fläche auf einer Bank. Um ihn herum gab es unterschiedlich große Pflanzkübel mit fremdartigen Gräsern. Zwei Bänke weiter saßen zwei jugendliche Mädchen, die sich Dinge auf ihren Smartphones zeigten und immer wieder lachten.

Leute spazierten die Uferpromenade entlang, telefonierten oder unterhielten sich, führten ihren Hund an der Leine oder standen mit den Unterarmen auf das Geländer gestützt, hinter welchem sich der breite Fluss auf seinem Weg durch die Stadt erstreckte, und überblickten schweigend und ab und zu gedankenverloren die Aussicht. Und trotz dieses Treibens lag auf allem eine angenehme Ruhe.

Er hatte eine ganze Weile nach dem Zugang zur Promenade gesucht, nachdem er sie von einer Brücke in der Nähe aus entdeckt hatte. Eine mächtige Mauer trennte die Promenade vom lebhaften Treiben der Stadt, was fast alle Geräusche der modernen Welt ausblendete und eine erholsame Stimmung erzeugte.

Die Sonne war rechter Hand bereits hinter den Hochhäusern verschwunden, was den Schatten die Macht gab, sich aus den kleinen Nebenstraßen und Gassen hinaus in die größeren Bereiche zu ergießen und allmählich den Weg für die Nacht zu ebnen.

Das Bier, das er an einem Getränkeautomaten unweit der Treppe gekauft hatte, die über die Mauer führte, stieg ihm leicht zu Kopf, was die angenehm leichte Stimmung verstärkte. Er hatte einen Tag in der Sonne und der Hitze zwischen den Gebäuden hinter sich; er war stundenlang spaziert und hatte all die Geräusche und Eindrücke wie ein

Schwamm aufgesogen. Doch nun saß er hier, kam etwas zur Ruhe und spürte, wie anstrengend das alles gewesen war.

Er schätzte, dass jeder, der hier in der Nähe wohnte, dankbar dafür war, jederzeit zur Promenade gehen und damit dem Alltag entfliehen zu können.

Ein Mann und eine Frau joggten vorüber. Sie unterhielten sich, aber Vilgan konnte nur Fetzen verstehen, die so undeutlich waren, wie jene, die aus den oberen, offenen Fenstern der Häuser drangen, die sich jenseits der Mauer an die Promenade schmiegten.

Hier zu leben und damit nicht von Beton umgeben zu sein, der die Hitze staute, war gewiss ein begehrter und kostenintensiver Wunsch, der jedoch zugleich viel Freude schenken konnte. Und doch schätzte Vilgan, das trotzdem jeder eine stille Last mit sich herumtrug; Sorgen, Ängste und Hoffnungen und all die Dinge des Erwachsenseins, von denen die zwei Mädchen noch nicht wirklich etwas ahnten und ahnen konnten – der Segen der Jugend, den nur das Alter offenbarte.

Eventuell arbeiteten die Menschen deshalb bis spät abends in den riesigen Bürokomplexen, um nur noch erschöpft ins Bett zu sinken und damit ihrem Kopf nicht die Möglichkeit zu geben, über all das zu sinnen, das Vilgan überhaupt erst an diesen Ort gebracht hatte. Aber ihm war auch klar, dass es kein wirkliches Entrinnen gab, dass diese Gedanken lediglich unterdrückt werden konnten, und sei es durch zahllose Überstunden, die eines Tages möglicherweise dazu führten, dass man das Büro nicht Richtung Bahn verließ, sondern aus einer impulsiven Handlung heraus auf das Dach des Hochhauses stieg und sprang – und so dem unabdingbaren Ende zuvorkam.

Natürlich waren das nur Annahmen, denn niemand besaß die Macht, in die Köpfe der Leute zu blicken. Letztendlich war jeder allein mit sich und seinen Gedanken, auch wenn die Einbildung oftmals etwas ganz anderes sagte – und das kannte Vilgan nur zu gut. Vielleicht war so ein Denken aus evolutionärer Sicht vor 20.000 Jahren wichtig gewesen, um sicherzustellen, dass sich das Individuum in die überlebenswichtige Gruppe einfügte; heute war es jedoch irrelevant, zumindest in Ballungszentren wie diesem hier. Ein Zeichen für diese Entwicklung, die zu rasant abgelaufen war, um den Gedanken die Möglichkeit zu geben, sich anzupassen, war ja eindeutig der Egoismus, den einige Leute übertrieben zur Schau stellten und damit Unruhe und vor allem Unbehagen in ihrer Umgebung erzeugten. Aber so änderten sich die Zeiten, ein unaufhaltsamer Prozess, der nötig war, um Veränderung zu bringen, denn Veränderung war unverzichtbar. Wäre dem nicht so, würde er nun nicht hier sitzen, sondern vielleicht auf einem steinigen Acker schuften oder in einer Mühle Säcke schleppen.

Diese und ähnliche Gedanken strömten ungehindert durch seinen Kopf, als hätten Anstrengung und Alkohol Schranken geöffnet, was es ungefilterten Betrachtungen ermöglichte, sich zu zeigen. Und nichts von alledem erzeugte eine Gemütsregung. Für Vilgan war es ein Augenblick der Klarheit, etwas, das er seit Jahren nicht mehr so intensiv hatte erleben dürfen – wenn überhaupt. Alles machte einen Sinn und letztendlich keinen, denn es gab keine universale Lösung auf Fragen, die das Leben betrafen. Sicher, etwas wie Religion konnte für viele Anker und Kompass sein, vielleicht sogar ein Leuchtturm am Horizont; doch sie änderte nichts daran, dass jeder in einem kleinen Boot draußen in dieser mitunter stürmischen See trieb, dem unergründlichen Nichts, das frei von Zweifeln war, frei von Reue und von Wut. Ängste, Sorgen und Stress hingegen waren blinde Passagiere, genauso wie Freude, Liebe und Spiritualität.

Vilgan hob den Blick zum Himmel und fragte sich, wie ihm all diese Eingebungen bei seiner Suche nach dem *Beobachter* helfen sollten.

Statt von diesem sonderbaren, plötzlich auftauchenden Gedanken vereinnahmt zu werden, griff Vilgan nach der Bierdose zu seinen Füßen. Dabei sah er sich um und stellte fest, dass die beiden Mädchen verschwunden waren. Auch die Sonne war deutlich weiter gesunken, während das angeregte Gezwitscher der Vögel an Intensität zugelegt hatte. Sie sammelten sich für die bevorstehende Nachtruhe in den Ranken an der Mauer und in den Büschen und Bäumen der Umgebung.

Ging es ihnen wie den Menschen? Unterhielten sie sich nun über all die Dinge und Sorgen, die sie den ganzen Tag über mit sich allein herumgetragen hatten?

In diesem Augenblick wurde Vilgan bewusst, dass der Strom der Gedanken zu versiegen begann. Es war Zeit, der Promenade zu folgen und das Hier und Jetzt noch etwas zu genießen, ehe er sich auf den Rückweg zum Hotel machen wollte.

Er stand auf und atmete tief durch. Die Luft war hier klarer und etwas kühler als jenseits der Mauer, dennoch schwitzte er nach wie vor unkontrolliert. Er freute sich sehr auf eine Dusche und frische, trockene Kleidung.

Vilgan nahm einen Schluck von seinem Bier.

Die ersten Jogger trugen Stirnlampen, da die Beleuchtung der Promenade, soweit er sehen konnte, sehr unregelmäßig war.

Wie lange er wohl hier verweilt hatte?

Er überlegte kurz. Dann wandte er sich nach links, um der Promenade weiter zu folgen, denn irgendwo musste es eine weitere Treppe zur anderen Seite der Mauer geben; und hoffentlich einen Getränkeautomaten.

So lief er weiter, fast so, als wäre die Welt um ihn herum in Watte gehüllt. Er ließ sich von der inneren Ruhe und der angenehmen Stimmung leiten. Sie waren an diesem Abend seine unsichtbaren, schweigenden Begleiter – und er war sich sicher, dass es den anderen Leuten auf der Uferpromenade ähnlich erging.

Kapitel 28

Verborgen

Vilgan folgte den Trittsteinen, die von einem Teich mit kristallklarem Wasser in einen Bach führten, der den Teich speiste. Das Wasser umspielte kleine und große Steine und plätscherte dabei angenehm, während er über die rauen Trittsteine lief. Einige von ihnen wurden zwar nass, aber keiner lag so tief im Wasser, dass er feuchte Füße bekam. Allerdings ließ ihn die Art, wie sich der Bach zwischen den Bäumen und Büschen dahinschlängelte, vermuten, dass er den Weg unwissentlich vom falschen Ende her betreten hatte; aber er konnte sich an kein Hinweisschild erinnern. Er stellte es sich eindrucksvoll vor, nach einer ganzen Weile zwischen all der unübersichtlichen Vegetation den weitläufigen Teich zu erreichen, der über eine schöne Holzbrücke verfügte, die auf eine Insel mit einem großen Pavillon führte. Allerdings musste er zugeben, dass die gesamte Anlage einen recht eigenwilligen Aufbau besaß, was er nicht erwartet hätte, zumal sie als Garten direkt an ein Museum grenzte und laut Übersichtsplan am Eingang nicht sonderlich groß war.

Das Erdniveau stieg langsam an und er rechnete damit, bald eine Quelle mit einer Aussichtsplattform zu sehen. Doch stattdessen gab es nur den Bach, wohl durchdacht platzierte Steine und Felsen und all das Grün, welches die Sicht einschränkte und in Vilgan einerseits das Gefühl von Isolation hervorrief, andererseits die Vorstellung, sich auf der Suche nach einer verschollenen Stadt in einem Urwald zu befinden. Der zurückliegende Teich war längst hinter den zahlreichen Windungen des Baches verschwunden.

Von den umliegenden Bäumen hingen vermehrt Lianen herab, einige von ihnen mit Blüten in zarten, aber nicht minder herausstechenden

Farben. Irgendwann musste er sich seinen Weg regelrecht durch ein Dickicht aus Farben und Gerüchen bahnen und dabei darauf achten, nicht das Gleichgewicht zu verlieren oder den nächsten Trittstein zu verfehlen. Das Ufer des Baches war irgendwann auf beiden Seiten nicht mehr zu sehen, als wäre er in einer Auenlandschaft oder in einem Mangrovenwald. Die Pflanzen schluckten mittlerweile so viel Helligkeit, dass sich Vilgan in einem Zwielicht bewegte, in welchem es keine klar definierten Schatten gab.

An einer Stelle konnte er die Lianen und Blüten nur mit Anstrengung aus dem Weg drücken, denn ihre schiere Anzahl summierte sich zu einem überraschenden Widerstand. Dann brach er durch den Wall der Pflanzen und tauchte in eine Helligkeit, die ihn innehalten ließ, bis sich seine Augen an die neuen Lichtverhältnisse gewöhnen konnten.

Der Bach war zu einem Fluss geworden, der links und rechts von einer verfugten Feldsteinmauer begrenzt wurde, die nur wenige Zentimeter über das Wasser ragte und weitgehend von Moos bedeckt war. Dahinter gab es jeweils tiefer gelegene, terrassenförmige Areale, die ebenfalls von Mauern umgeben und überflutet waren. Das kristallklare Wasser konnte an verschiedenen Stellen über die Mauern abfließen und so die umgebenden Bereiche speisen.

Vilgan konnte steinerne Gebäude ausmachen, die auf ihn wie Tempel oder andere sakrale Bauten wirkten. Einige ragten schräg aus dem Wasser, als hätten Teile der Fundamente nachgegeben, während sich andere auf moosbedeckten Plattformen erhoben. Er sah Treppen, die hinab in die überfluteten Eingeweide der großen und kleinen Tempel führten, erblickte in der Ferne funkelnde Wasserfälle, die von hohen Ebenen in die Tiefe stürzten, und dahinter schwarze Berge und dunkelgrüne Wälder, die von Nebel umspielt und verschlungen wurden.

Die Trittsteine folgten der Mitte des Flusses, der mittlerweile auch ein Kanal hätte sein können. Dieser machte eine ausladende Biegung nach links. Das Wasser floss derart langsam vorüber, dass es für das betrachtende Auge beinahe ruhte.

Vilgan hätte umkehren können, doch die Neugier war zu stark. Deshalb lief er weiter. Trotz des klaren Wassers ließ sich nicht abschätzen, wie tief der Fluss war. Am Grund gab es Wasserpflanzen und Schwärme kleiner, bunt schillernder Fische.

Die Luft roch nach Salz. Am Himmel zeigten sich vereinzelte Wolken. In der Ferne erhoben sich einige Vögel, die nichts weiter waren als schwarze Silhouetten. Und obwohl die Umgebung durch das allgegenwärtige Moos außerordentlich grün wirkte, sah Vilgan weder Bäume noch Büsche; nicht einmal Farne oder einfache Gräser ließen sich entdecken.

Als Vilgan nach einer ganzen Weile auf einem Trittstein anhielt und sich umblickte, war der Wald, der ihn hierher geführt hatte, längst nicht mehr zu sehen.

Er fragte sich, was sich wohl alles in den Tempeln verbarg, speziell in den tieferen, überfluteten Bereichen, deren Geheimnisse ohne entsprechende Ausrüstung längst nicht mehr greifbar waren. Zugleich war ihm aber auch der Symbolcharakter dieser Gedanken klar, denn so, wie er hier nicht alles sehen und erkunden konnte, konnte er andernorts ebenfalls nicht jeden Ort und jedes Detail genau studieren. Es war auch nicht möglich, jedes Buch zu lesen, jeden Film zu sehen oder die Gesamtheit an existierender Musik zu hören. Er war, so wie jeder, lediglich dazu bestimmt, einen kleinen Teil aufzunehmen, jenen Teil, der ihm zugedacht war.

Diese Überlegungen brachten ihn zu der berechtigten Frage, welche kosmische Macht entschieden hatte, dass er nun all das *hier* sehen konnte und durfte. Weshalb war er so anfällig für Tagträume? Und warum verwoben sich diese zunehmend intensiver mit seiner vermeintlichen Realität? Welches Ziel verfolgten die Götter damit? Was sollte ihm noch zuteilwerden?

Nun stand er hier in dieser seltsamen Welt, war sich dessen bewusst und hatte doch zugleich keine Ahnung, ob das alles für ihn *bestimmt* war oder ob er nur den Verstand verloren hatte. Es wäre ein Leichtes gewesen, durch Interpretation einen Sinn zu erschaffen. Aber wäre es die Wahrheit gewesen?

Gedanken und Lebenswege konnten sich mannigfach aufspalten und immer weiter verästeln, doch auch das war letztendlich nichts weiter als eine einzelne Linie mit Knicken und eventuellen Schleifen oder Knoten. Und was auch immer im Hintergrund dafür verantwortlich war, dass dieser oder jener Weg gewählt wurde, es schien in diesem Abschnitt des Flusses nicht zu existieren, denn der Lauf verfügte über keine Abzweigungen und über keinen Steg, um ihn zu verlassen.

An diesem Punkt spürte er, wie sein Denken komplizierter wurde als nötig. Die Trittsteine waren ein bequemer Weg, alles andere wäre, soweit er sehen konnte, riskant oder gar halsbrecherisch. Er wusste nicht, wohin der Fluss führte, und er wusste noch weniger, ob er nicht hier war, um doch waghalsig über die Mauern zu klettern und die Tempel aufzusuchen. Aber was sagten diese Möglichkeiten über eine Vorherbestimmung aus?

Er hätte noch weiter über die unterschiedlichen Szenarien sinnieren können, ohne einen Nutzen daraus zu ziehen. Deshalb setzte er sich wieder in Bewegung und folgte weiter dem Fluss, dessen Wasser wie ein Spiegel dalag und den Himmel zeigte, der sich verwirrend über das legte, was sich unter der Oberfläche befand. Vilgan glaubte, das Gleichgewicht zu verlieren, wenn er zu lange nach unten sah. Er fühlte sich, als würde er über einem blauen Nichts zwischen den Wolken schreiten. Deshalb konzentrierte er sich auf die Trittsteine. In unregelmäßigen Abständen blieb er stehen und schaute sich um, denn obwohl alles verlassen wirkte, fragte er sich, ob er die einzige verirrte Seele war, die diesen Ort durchquerte. Aber er vernahm keine Schritte und keine Stimmen aus den zahllosen dunklen Ecken, Winkeln und Öffnungen. Keine Silhouette lief über die vermoosten Vorplätze der heiligen Hallen.

Vilgan trat von Trittstein zu Trittstein, während seine Gedanken immer wieder kurz auf Reisen in die potenziellen Geheimnisse dieses Ortes gingen. Die monotonen Bewegungen und Eindrücke versetzten ihn schleichend in eine Art Trance, die erst unbekannte Zeit später endete, als der Fluss einen Knick nach rechts machte – und dort keine weiteren Trittsteine besaß.

Direkt vor sich konnte er den Fluss verlassen und auf eine steinerne Plattform treten, die über ein schiefes, rostiges Geländer verfügte. Linker Hand fiel das Gelände jenseits der Flussmauer beinahe lotrecht um mehrere Hundert Meter ab. Die Sicht verlor sich in einem grauen Dunst. Schräg rechts sah er eine mächtige Staumauer, hinter der sich eine gigantische, uferlose Wasserfläche erstreckte, welche den Fluss direkt speiste. Die Oberseite der Staumauer lag auf der gleichen Höhe wie die Steinmauer des Flusses.

Vilgans Blick wanderte zu der Anlage, die über zahllose Vorsprünge und Ebenen verfügte, über Leitern, Geländer und Treppen. Es gab Fenster und Türen, Balkone und Nischen. Es war, als wären Geschwüre aus Holz, Eisen und Stein aus der Grundmasse der Staumauer gewachsen, organisch und wild. Es gab Seile mit bunten Stoffen, die von Wetter und Zeit gezeichnet waren und im aufsteigenden Wind flatterten, fragwürdige Konstruktionen mit Förderkörben und Gerüste, die Wege und Treppen aus Brettern trugen. Aus der zerklüfteten Fassade ragten Stangen, an denen sich Flaschenzüge mit Körben befanden. Aus Rohren und Öffnungen floss Wasser, einerseits als dünner Strom, der wie ein vom Wind umspielter, seidener Faden tanzte, andererseits als riesiger Wasserfall, der tosend in die Tiefe stürzte. Die Oberseite der Staumauer war von Moos bedeckt. Da auch sie nur knapp über der Wasseroberfläche lag, reichte wahrscheinlich schon ein längerer Regen aus, um das Wasser über die Kante strömen zu lassen. Die Anlage verlor sich, genau wie alles andere, im Dunst der Ferne und machte dabei einen sanften Bogen nach links.

Vilgan betrachtete die steinerne Treppe, welche von der Plattform zur Staumauer führte. Sie ragte aus den gigantischen, rechteckigen Pfeilern hervor, die aus roten Backsteinen bestanden und auf denen der Kanal des Flusses ruhte. Die Räume zwischen den Pfeilern wurden durch massive Steinplatten überbrückt. Und obwohl Vilgan gerade jetzt darüber nachdachte, einfach den Rückweg anzutreten, strahlte diese sonderbare Staumauer doch eine ungeahnte Faszination aus, die ihn schließlich auf die Treppe lockte.

Vorsichtig stieg er die steilen Stufen hinab. Er hielt sich auf der Seite der Pfeiler und wagte es nicht, direkt am Geländer nach unten zu blicken. Zwar hatte er auf der Plattform oberhalb keinerlei Probleme damit gehabt, doch hier, nur durch ein paar Zentimeter Stein vom Sturz in den sicheren Tod getrennt, wurden seine Hände feucht, während sein Herz raste und Adrenalin durch seinen Körper pumpte.

Beim Überqueren der Zwischenpodeste erhielt er einen Blick auf das, was sich unter all den Plattformen mit Gebäuden und Wasser befand: Es waren Pfeiler aus Ziegeln, Stein, Metall oder Holz, auf denen die gemauerten oder gegossenen Ebenen ruhten; einige schienen sogar aus einem gigantischen Monolith zu bestehen, auf dem alles aufbaute. Weiter unten sah Vilgan die Kronen von Nadelbäumen und riesige Bereiche, die der dichte Nebel wie ein Geheimnis hütete. An zahllosen Stellen gab es Wasserfälle, die aufgrund der Entfernungen lautlos in die undefinierte Tiefe stürzten und den Eindruck erweckten, erstarrt zu sein. Nur hin und wieder zerstob ein Windstoß Teile des Wassers und erfüllte die Szene so mit Leben.

Je mehr sich Vilgan der Staumauer näherte, desto eindrucksvoller wurden ihre Dimensionen. Einige Bereiche der Außenseite ließen ihn unweigerlich an die *Kowloon Walled City* denken, während andere etwas von einem Sakralbau hatten, dessen aufwändige Verzierungen aufgrund von Zeit und Witterung nur noch ein Schatten ihrer einstigen Pracht waren. Wieder andere Segmente schienen aus Müll zu bestehen, so stark komprimiert, dass er eine tragende Struktur formte.

Die Treppe endete an einem Balkon, von dem aus eine schmucklose, hölzerne Türe ins Innere der Staumauer führte. Von hier trennten ihn etwa 300 Meter vom oberen Ende der Treppe und ein Vielfaches davon vom Boden in der Tiefe, der sich durch den dortigen Dunst seinen Blicken entzog.

Vilgan hielt kurz inne. Im Gegensatz zu all dem Verborgenen, das sich für ihn unerreichbar in den Tempeln und Gebäuden befand, war er hier in der Lage, in das einzutauchen, was ihm vorherbestimmt war. Aber vielleicht ging an dieser Stelle auch nur seine Phantasie mit ihm durch, denn es bestand durchaus die Möglichkeit, dass es in diesem monströsen Bau nichts weiter gab als leere Räume und düstere Gänge.

Er sah noch einmal zum blauen Himmel empor; dann betrat er die kühle Dunkelheit.

7. Zwischenspiel

Von Lüge und Erkenntnis

Da Vilgans zahllose Versuche, den *Beobachter* erneut zu sichten, ausnahmslos scheiterten, schlich sich der Gedanke bei ihm ein, dass er sich das Wesen nur eingebildet hatte. Daran änderte auch die existierende Aufnahme der Drohne nichts, welche eindeutig belegte, dass sich dort draußen etwas befand. Oder handelte es sich doch nur um ein seltenes, optisches Phänomen, das er noch nicht als solches enttarnt hatte? Auf der anderen Seite war dieses von Resignation gezeichnete Denken vielleicht auch nichts anderes als ein Weg, die Situation zu akzeptieren. Vielleicht musste er nur hartnäckig bleiben, um den *Beobachter* in ein paar Wochen erneut zu sehen, anstatt aufzugeben und ihn möglicherweise einfach zu verpassen.

Er fühlte sich hin- und hergerissen und konnte sich mit keiner der Möglichkeiten anfreunden. Wenn das Wesen dort draußen war, so hatte es das Raumschiff definitiv registriert. Aber was, wenn Neugier nur ein Wesenszug der Menschen war? Der *Beobachter* konnte so alt sein, dass er so vieles gesehen hatte, um bereitwillig alles Zukünftige mit Ignoranz zu bedenken. Oder eine Erfahrung hatte ihn gelehrt, auf Abstand zu gehen und abzuwarten. Was waren schon Jahrhunderte für eine Kreatur, der die Äonen zu Füßen lagen? Wenn der *Beobachter* Zeit anders wahrnahm als Vilgan, so erklärte das möglicherweise, dass er dort draußen aktuell nichts registrieren konnte.

Aber was, wenn nicht? Was, wenn die Sichtung nur ein Mittel seines Bewusstseins war, mit der vorherrschenden Isolation umzugehen? Sein Gehirn konnte das Auge gewählt haben, weil es so voller Symbole steckte wie kaum ein zweites Objekt. Ja, es war auf ihn gerichtet gewesen, aber da das Raumschiff durch diese schwarze Leere trieb, konnte der Blick schlichtweg keinem anderen Punkt gegolten haben – es war in diesem Fall wohl mehr Reflex als Symbol.

Wäre es denn besser, im Inneren des Raumschiffs Gestalten wahrzunehmen, deren Gegenwart ihn letztendlich nur paranoid machen und über kurz oder lang in den Wahnsinn treiben würde? Eventuell war der *Beobachter* auch nur zur Seite getreten, um auf die Ankunft des letzten *Verschlingers* zu warten und damit auf sein eigenes Ende, ehe sich der *Verschlinger* selbst verzehren würde; der Beginn des *Zeitalters der Leere*, etwas, das existieren würde, ohne zu sein, da es nichts und niemanden gäbe, der es wahrnehmen könnte. Aber war in diesem Zusammenhang seine Isolation in *Birrghs Leere* nicht eine Vorstufe von diesem Nichts? Und wer wäre in der Lage, mit unwiderlegbarer Sicherheit sagen zu können, dass es dort draußen wirklich nichts weiter gab? Nicht einen Keim, nicht eine Zelle. Eine ungetrübte Sicht auf jedes Molekül oder dessen Fehlen konnte lediglich ein *Architekt* im Hintergrund besitzen, doch dessen Existenz selbst würde das Konstrukt der Leere zunichtemachen, ganz gleich, ob er eine physische Gestalt besaß oder nur als Energie jenseits von allem existierte.

Vilgan betrachtete die Monitore mit den neuesten Messungen. Hätte er nicht die vorangegangenen Daten und Werte, so hätte er kaum sagen können, ob er erst seit einer Woche oder schon seit 20 Jahren jeden Tag mehrmals die Zahlenkolonnen und Diagramme betrachtete in der Hoffnung, auch nur eine winzige Veränderung zu entdecken. Leider waren die Ergebnisse der Scans ein weiteres Mal unauffällig und frei von neuen Erkenntnissen.

Er lehnte sich zurück und seufzte. Sollte er die Systeme auf die maximalen Werte programmieren und sich in den Kälteschlaf begeben? Aber was, wenn der *Beobachter* in genau diesem Zeitraum ein weiteres Mal auftauchen und eventuell sogar aktiv Kontakt suchen würde? Andererseits wäre es dann keine Bestimmung der Götter, denn wo ihr Wille herrschte, da lag auch eine Bestimmung, ein Weg, der nicht durch Eventualitäten in die Irre führen oder gar unterbrochen werden konnte.

Am Ende hätte Vilgan auch blind durch die Finsternis einer gigantischen Anlage oder eines planetenumspannenden Höhlensystems irren können, und er wäre genau da, wo er sich nun befand. Das Geräusch eines fallenden Wassertropfens hätte seine stille Hoffnung sein können. Wo also lag der Unterschied zwischen jener Dunkelheit und *Birrghs Leere* und zwischen jenem fallenden Tropfen und dem *Beobachter*?

Aber würde es einen Unterschied machen, wenn er irgendwann sterben würde, ohne das Wesen erneut zu Gesicht bekommen zu haben? Der Leere war es gleich, was mit ihm geschah; und selbst wenn der Rest des Universums überfüllt war mit Leben und Zuversicht, das änderte nichts an seiner Situation, weder im Leben noch im Tod.

Möglicherweise war es diese Art gesunder Gleichgültigkeit, die den *Beobachter* antrieb. Er hatte weder ein Ziel noch einen Wunsch, keine Hoffnung und kein Bedauern. Er wandelte auf den alten Pfaden zwischen den Sternen und betrachtete die Dinge ohne Regung, ohne Urteil und vor allem ohne Suche nach dem Sinn. Er existierte in einer Freiheit, die durch nichts anderes hätte besser symbolisiert werden können, als durch *Birrghs Leere*.

Es war nicht auszuschließen, dass genau diese Gedankenvorgänge ein Geschenk des *Beobachters* waren, der mit seinem Erscheinen einen Samen in Vilgans Kopf gepflanzt hatte und nun genau wusste, dass dieses Korn erste Blätter trieb.

Und vielleicht war genau das alles, was jemals für Vilgan bestimmt gewesen war: Dieser kurze Moment in der schier endlosen Einsamkeit, der alles war und zugleich nichts.

Doch was, wenn es sich hierbei nur um ein Konstrukt handelte, einen Irrweg des Geistes und damit um nichts anderes als eine Falle? Was wollte der *Architekt* vor ihm geheim halten?

Kapitel 29

Dorn der Zeit

Während Vilgan ins Innere der Staumauer vordrang, dachte er an die Tempelanlagen und die überfluteten, möglicherweise ewig dunklen Bereiche unter der Wasseroberfläche, und verglich diese ungesehenen Geheimnisse mit dem, was sich im Unterbewusstsein eines jeden befand. Welche Mysterien wohl am Grund des Stausees lagen?

Er spürte einen warmen Luftzug auf der Haut. Es gab größere Gänge und Korridore, die so schmal waren, dass er sie nur seitlich betreten konnte. Gleiches galt für Treppen, die, genau wie alles andere auch, keinem erkennbaren System folgten. Hier gab es eine Wendeltreppe, dort so schmale und steile Stufen, dass es sich auch um eine Leiter hätte handeln können, und an wieder anderer Stelle verband eine lange, nicht enden wollende Treppe mehrere Bereiche auf einmal. Letztendlich dauerte es nicht lange, bis Vilgan realisierte, dass das Innere der Staumauer so chaotisch und zugleich organisch war, wie das, was er bereits von außen gesehen hatte.

Es wunderte ihn nicht wirklich, dass Korridore und Räume erhellt wurden, sobald er einen Lichtschalter betätigte, denn das fließende Wasser sicherte die Energieversorgung. Manche der verdreckten Glühbirnen und Neonröhren flackerten, andere blieben dunkel. Es gab Räume mit Türen, manche besaßen nur einen Vorhang und wieder andere konnte man nicht einmal als Raum bezeichnen, da sie nichts weiter waren als eine kleine, enge Röhre, in der man maximal hätte Platz zum Schlafen finden können. Die Mischung der verbauten Materialien und das allgegenwärtige Chaos des Aufbaus erweckten den Eindruck, als wäre die Staumauer einst hohl gewesen, um dann beliebig ausgebaut zu werden. Anschließend wurden immer wieder Umbauten vorgenommen, bis kein Quadratzentimeter vergeudet und selbst die kleinste Fläche optimal genutzt wurde.

Es gab kaum Möbel, dafür umso mehr alte Decken und Stoffe, verdreckte Kopfkissen, Kartons mit Unrat und Wände von Müll, der so komprimiert worden war, dass Vilgan nicht sagen konnte, um was es sich eigentlich handelte. Er fand auch Radios und TV-Geräte, Kühlschränke und Automaten, doch nichts von alledem funktionierte. Der Ort wirkte auf eine sonderbare Art wie seit Ewigkeiten verlassen und dann wieder so, als würde jeden Augenblick jemand zurückkehren, um in seinen Schlafplatz zu kriechen und tief durchzuatmen. Durch den verwirrenden Aufbau dauerte es eine ganze Weile, bis es Vilgan gelang, einen Balkon zu finden und einen näheren Blick auf den Außenbereich zu werfen. Die Stege, Treppen, Verschläge und Leitern machten dabei einen derart besorgniserregenden Eindruck, dass er es nicht wagte, auch nur einen Fuß nach draußen zu setzen.

Er verlor jegliches Gefühl für die Zeit und die Strecke, die er zurücklegte, denn hinter jeder Ecke wartete etwas Neues, das sich inmitten dieses abstrakten Irrgartens zu einem beinahe hypnotischen Ganzen aufbaute; wo die einzelnen Segmente auf ihre Art logisch erschienen und Sinn ergaben, erzeugte ihre Summe ein unwirkliches, nicht zu greifendes Wirrwarr – und das nicht nur für seine Augen, sondern auch für seinen Geist. Hinzu kam die konstante Anspannung, eventuell im nächsten Moment etwas Verdächtiges zu hören, einen sich bewegenden Schatten zu erblicken oder gar auf eine Person zu stoßen. Doch stattdessen gab es nur verwaiste Spinnennetze, Ranken, die sich blass ausbreiteten, bis sie eine Stelle erreichten, wo sie etwas Licht abbekamen, trockenes Laub, das seit unbekannten Zeiten vom Wind in diverse Ecken getrieben wurde, Federn und Zweige verfallener Vogelnester, tote Käfer und Insekten und ab und zu auch das Skelett eines kleinen Nagetiers.

Es war ein seltsamer Ort, und er war dabei, sich Vilgan einzuverleiben, ohne dass dieser es realisierte.

Es gab Blumentöpfe mit trockener Erde und Eimer, die mit jedem neuen Wassertropfen einen alten verloren. Vilgan sah längst erloschene Feuerstellen mit Abzügen aus gebündelten Rohren, defekte Ventilatoren und Klimaanlagen, sehr vereinzelte Tische und Schränke mit Tassen, Geschirr und Besteck, teils aus Metall, teils aus Holz, und immer wieder offensichtliche Schlafecken mit nichts weiter als einer alten Matratze – wenn überhaupt – und einer zerlumpten Decke. Und obwohl diese Dinge alles andere als Nichts waren, fiel Vilgan doch recht schnell auf, dass es an einer Sache mangelte: Persönlichkeit. Es gab keine Zierobjekte, keine Bücher, keine Zettel mit Notizen und keine Bilder an den Wänden. Die Überreste des bisherigen Verfalls waren ausnahmslos zweckdienlich, nicht mehr und nicht weniger, und genau das verwunderte ihn.

Vilgan fand immer wieder offen liegende Abschnitte kleiner Kanäle, durch die Wasser floss, oder Stellen, an denen es durch Öffnungen über mehrere Etagen in die Tiefe fiel.

Irgendwann folgte er einem solchen Kanal, der aus einem windschiefen, teilweise mit Holz ausgekleideten Gang in einen größeren Raum führte, dessen Steine von Moos bedeckt waren, das durch die Feuchtigkeit und das Licht, welches durch eine große Öffnung in der Wand einfiel, den perfekten Nährboden gefunden hatte.

Und in diesem Raum begegnete Vilgan Nerastor Syrg.

„Ich glaube, dass ich bereits jeden Winkel hier gesehen habe", sagte der Mann, der vor Vilgan lief und einem unsichtbaren Weg durch die Eingeweide der Anlage zu folgen schien. „Aber es sind so viele, dass ich mich nicht erinnern kann." Er machte eine kurze Pause. „Wo wäre also der Unterschied, wenn ich mich immer nur in einem Raum aufhalten würde?"

Syrgs Kleidung bestand ganz offensichtlich aus einem Flickwerk all jener Dinge, die er hier finden konnte, welche mit derber Schnur in Form und am Körper gehalten wurden. Aus Pappe, Metall und Stoff hatte er sich einen Hut gefertigt, der über eine recht flache, schiefe Krone verfügte und über eine ausladende, unsymmetrische Krempe. An den Füßen trug er keine Schuhe, sondern mehrere Lagen aus Stoff, die ihm bis unter die Knie reichten und ebenfalls mit Schnüren umwickelt waren. Als Sohle dienten mehrere Lagen Karton und etwas Holz mit Löchern, durch die weitere Schnüre verliefen und ein Verrutschen verhinderten. Auf der schiefen Nase saß ein Brillengestell aus Draht, mit winzigen, ovalen Fassungen, die zu Vilgans Überraschung leer waren. Um den Hals trug Syrg eine Schnur, an der zahlreiche Holzblättchen hingen, auf die er jeweils mit einem Faden verschiedenste Schmetterlingsflügel und Federn gebunden hatte. Seine verdreckte Haut schien wettergegerbt und sein Haar war so zerzaust und verfilzt wie der Bart. Und obwohl das Äußere etwas völlig anderes vermuten ließ, konnte Vilgan absolut keinen Geruch von dem Mann oder dessen Kleidung wahrnehmen, als würde dieser gar nicht existieren. Einzig Syrgs Stimme, Schritte und die Geräusche, die von dessen Bekleidung bei fast jeder Bewegung erzeugt wurden, waren Hinweis auf die Gegenwart des Mannes.

„Wie lange bist du denn schon hier?" fragte Vilgan, der immer wieder nach links und rechts in abgehende Räume, Korridore und Treppenaufgänge schaute, während Nerastor Syrg zielsicher mal hier abbog, dort die Etage wechselte oder einfach geradeaus marschierte.

„Ich weiß es nicht", war die knappe Antwort. „Aber es ist wie mit der Staumauer: Es macht keinen Unterschied, ob 80 oder 8000 Jahre, denn alles verändert sich und nicht jedes winzige Detail überdauerte die Zeit, sowohl in der greifbaren Welt als auch in meinen Erinnerungen. Ich kann dir auch nicht sagen, wie viele Generationen ich kommen und gehen sah. Ich bin mir allerdings durchaus bewusst und sicher, dass es keine Garantie gibt. Ich könnte nach den nächsten fünf Schritten tot umfallen, weil auch meine Zeit gekommen ist."

Syrg bemerkte Vilgans Schweigen. Deshalb fuhr er fort: „Ich kenne auch nichts anderes als diese Staumauer. Sicher, dort draußen sind Tempel und Wunder, aber dafür habe ich keinerlei Interesse, denn ich weiß, dass ich selbst mit der Ewigkeit auf meiner Seite niemals alles sehen und erleben könnte. Und wenn, dann würde ich auch davon vieles vergessen. Wer weiß, vielleicht sah ich schon alles, ehe ich mich dazu entschied, hier zu leben."

„Und was brachte dich dazu, hier sesshaft zu werden?" wollte Vilgan wissen, der den seltsamen Mann nicht einschätzen konnte. Deshalb hielt er Augen und Ohren offen, denn obwohl Syrg laut eigener Aussage allein war, musste das nicht zwangsläufig der Wahrheit entsprechen. Und wenn Vilgan den Weg hierher hatte finden können, so war es nicht auszuschließen, dass es noch anderen gelungen war, die sich Syrgs Aufmerksamkeit bisher erfolgreich entziehen konnten.

„Ich wollte helfen und mich nützlich machen", antwortete Nerastor Syrg. „Du kannst dir gewiss denken, dass sich hier zur Blütezeit selbst kleinste Reparaturen schnell summierten, von Aus- und Umbauarbeiten ganz zu schweigen. Und das schließt noch nicht einmal Unterstützung bei persönlichen Problemen mit ein."

„Das klingt nach einer Menge Stress", fand Vilgan.

„Das war es auch. Aber es erfüllte mich. Im Laufe der Zeit starben die Leute oder sie entschieden sich, den Ort zu verlassen. Ich blieb trotzdem hier. Erstens muss sich jemand weiterhin um die nötigsten Reparaturen an der Staumauer kümmern, um eine eventuelle Katastrophe zu verhindern, und zweitens möchte ich zur Stelle sein, sollte doch wieder jemand hier auftauchen, ob rein zufällig oder mit Absicht ... so wie du."

Syrg war kurz nach ihrem Aufeinandertreffen einfach losgelaufen, ohne Vilgan zu fragen oder ihm irgendetwas über sein Ziel zu sagen. Und obwohl durchaus ungewöhnlich, schob es Vilgan auf die Isolation an diesem Ort. Man musste Syrg nur kurz betrachten, um zu wissen, dass der Mann ausgesprochen seltsam war und in seiner eigenen Welt lebte. Vielleicht war er auch etwas verwirrt. Und anstatt die ganze Angelegenheit unnötig zu verkomplizieren, folgte Vilgan mit etwas Abstand und entsprechender Vorsicht und Skepsis.

„Hier muss es früher sehr lebhaft zugegangen sein", schätzte Vilgan, der sich vorstellte, wie sich die Bewohner durch das Labyrinth bewegten und instinktiv wussten, welche Abzweigungen sie an ihr Ziel bringen würden.

„Das war es auch", bestätigte Syrg. „Es gab Schulen, Geschäfte, Werkstätten und sogar kleine Fabriken. Auf dem Stausee trieben schwimmende Felder und der Fischbestand war so gewaltig, dass keiner Hunger litt. Und jeder tat, was er konnte. Es gab nahezu niemanden, der auf der faulen Haut lag und sich versorgen ließ. Und wenn doch jemand die Staumauer als ein gemachtes Nest betrachtete, dann wurde klar gemacht, dass ein solches Verhalten unerwünscht ist."

„Und wie sah das aus?"

„Die Person wurde von der Gemeinschaft ausgeschlossen und von der Staumauer verbannt. Für Unbelehrbare, die zurückkehrten und sich irgendwo versteckten, gab es Haft ohne Essen, bis sie endlich einwilligten, den Ort zu verlassen. In schwerwiegenden Fällen gab es auch Hinrichtungen. Das galt ebenso für Leute, die den Verbannten halfen.

Die Gemeinschaft hier funktionierte, weil jeder seine Aufgabe hatte. Niemand fristete ein sinnloses Dasein. Es gab auch nahezu keine Verbrechen, und falls doch, so traf sich der Ältestenrat und entschied über eine angemessene Strafe."

„Gab es denn Handelsbeziehungen zu außerhalb?" fragte Vilgan.

„Sicher", antwortete Syrg. Dieser bog an einer Gabelung nach rechts ab und stieg die dortige Treppe hinab. „Unten im Tal gab es beispielsweise Bergbau, Eisenhütten und Sägewerke. Von dort bekamen wir Werkzeuge, Baumaterialien und Rohstoffe. Unsere Werkstätten konnten allerlei Dinge herstellen, aber die meisten Ausgangsstoffe mussten gekauft oder mit einem Tauschgeschäft organisiert werden. Es gab Töpfereien und Werkstätten für Produkte aus Holz und Eisen. Es wurde auch Schmuck hergestellt. Ich glaube, der Austausch von Waren entwickelte sich auch nur aufgrund der Notwendigkeit. Wäre es möglich gewesen, beispielsweise Eisen zu gewinnen, so hätte man es getan, denn eine Verbindung nach außen, sei sie nun rein wirtschaftlicher Natur oder nicht, brachte natürlich immer die Gefahr mit sich, dass es insgeheim auch um Macht, Einfluss und Abhängigkeiten ging, was für das etablierte und vor allem funktionierende System der Staumauer wie eine Krankheit gewesen wäre."

„Dann gab es doch bestimmt Versuche, die Mauer irgendwie zu erobern und zu kontrollieren", mutmaßte Vilgan.

„Davon gehe ich stark aus, aber mir ist nichts bekannt."

Sie drangen unentwegt tiefer in die Staumauer vor. Da sie immer wieder die Richtung änderten und Treppen nach oben stiegen, nur um dann wieder abwärts zu gehen, verlor Vilgan jedes Gefühl für ihre augenblickliche Position. Laut Nerastor Syrg konnte man tagelang laufen, ohne das andere Ende der Mauer zu erreichen. Der Mann berichtete, dass sich die ehemals bewohnten Areale sogar bis weit unter die Fundamente erstreckten, bis in Tiefen, die selbst er nicht kannte, da alles geflutet war. Das wiederum ließ Vilgan an all die Tempel dort draußen denken und ihre verborgenen Geheimnisse. Syrg erzählte auch, dass niemand wusste, wie tief der See war und wie weit sich dieser überhaupt erstreckte. Es gab zwar Expeditionen mit Booten und

Taucherglocken, doch alles ohne verwertbare Ergebnisse. Ferner existierten keinerlei Berichte darüber, ob irgendwann jemand vom See her zur Mauer gekommen war. Für Syrg war der See ein Wesen, das nichts von sich preisgab, ein Gott, den man besser nicht erzürnen sollte.

Vilgan hörte dem Mann zu. Und obwohl einiges davon sonderbar klang, musste er sich bewusst machen, *wo* er sich hier befand. Er konnte an dieser Stelle froh sein, dass überhaupt etwas einen Sinn ergab. Zudem: Was hätte ein Hinterfragen bringen sollen? Und wer wusste schon, wie sich die Isolation auf Syrgs Erinnerung und seinen geistigen Zustand ausgewirkt hatte? Vielleicht stimmte nichts von alledem, was der Mann sagte, nur hielt dieser es für wahr, weil sich diverse Hirngespinste längst zu tief in seine Gedanken eingeprägt hatten.

Vermutlich wurde Syrg vom Dorn der Zeit genug gepeinigt, weshalb es Vilgan nicht noch schlimmer machen musste. Aufregende und schöne Erinnerungen aus dem Gestern, die nun als Schatten oder zerzauste Feder in den unheimlichen und verlassenen Gängen der Staumauer lagen. Aber dieser Dorn steckte wohl im Fleisch eines jeden, sei es bezüglich der Vergangenheit oder wegen der unausweichlichen Zukunft. Man trieb auf einem gigantischen See, ganz so, wie jener dort draußen, und man konnte sich sicher sein, dass es lediglich zwei Möglichkeiten gab: Irgendwann ans Ufer gespült zu werden oder unterzugehen. Was davon allerdings die bessere Alternative war, konnte Vilgan nicht sagen. Es wusste ja niemand, was dort am fernen Ufer lauerte – oder in den schwarzen Tiefen des Sees ...

Kapitel 30

Der schlafende Koloss

Vilgan registrierte nicht, ab welchem Punkt sie ihre Richtung änderten und sich ausschließlich nach unten bewegten. Syrg schaltete das Licht in den neuen Abschnitten ein und erzeugte so eine Spur, die zurück nach oben führen würde. Der Wind, der durch die Gänge zog, fühlte sich ungewöhnlich warm an. Hier tropfte Wasser, dort rauschte es durch ein System aus Rohren über ihren Köpfen und dann hörten sie es unter den knirschenden Brettern oder klappernden Gitterrosten, auf denen sie liefen.

Er wusste, dass sie sich fast pausenlos unterhielten, konnte aber, sobald er innehielt und darüber nachdachte, nicht sagen, worüber. Er fühlte sich wie in einem Fieberwahn, wo die Dinge verschmolzen und alles wie in einem Nebel wirkte, wo er mehr Zuschauer war als Protagonist.

Je tiefer sie stiegen, desto feuchter wurde die Luft, die auch begonnen hatte, modrig zu riechen. Ursache dafür waren Stoffe, Möbel und andere Dinge, die schimmelten oder auf denen sich Kolonien von Pilzen angesiedelt hatten, die trotz des fehlenden Tageslichts in den teils wunderbarsten Farben glänzten.

Irgendwann liefen sie über Bretter, Gitterroste und einzelne Steine, die Syrg im Wasser ausgelegt hatte. Links und rechts gab es Treppen, die in die überflutete Finsternis führten, und Räume, die nichts weiter waren als die klaffenden Mäuler alter Ängste. Kabel hingen von der Decke, allesamt mit dem befestigt und isoliert, was die Überreste der Staumauer hergaben, ein Umstand, der Vilgan nervös werden ließ. An dieser Stelle konnte er jedoch nichts weiter tun, als Syrg zu vertrauen, welcher zielstrebig seinem Weg folgte.

„Ich bin immer wieder hier unten, um nach eventuellen Schäden zu suchen", sagte Nerastor Syrg. „Denn ich muss zugeben, dass ich schon mit der Möglichkeit rechne, dass die Bausubstanz nicht mehr zu retten ist, denn mehr kann ich allein nicht bewerkstelligen. Vielleicht hält die Mauer dem Druck noch 200 Jahre stand oder nur noch 10 Minuten. Fakt ist aber auch, dass ich zwangsläufig irgendwann weiterziehen muss, wenn ich nicht von den Fluten und Trümmern mitgerissen werden möchte."

Syrgs Aussage machte all die Anstrengungen und Arbeiten sinnlos. Sie zögerten das unausweichliche Schicksal der Mauer hinaus und waren nichts weiter als eine Vergeudung von Kraft und Zeit. Auf der anderen Seite konnte Vilgan das Gefühl der Verantwortung für einen solchen Ort durchaus nachvollziehen. Die stille Hoffnung, das Ende doch noch wie durch ein Wunder abzuwenden, war eine Sache, eine andere hingegen die bittere Erkenntnis, dass alles vergänglich war. Sich beispielsweise von einem Haus zu trennen, in welchem man aufwuchs, war mitunter ein Prozess der Entwurzelung. Die Erinnerungen würden bleiben, und doch lauerte die Angst, dass auch sie verschwinden würden. Letztendlich konnte man dem Schmerz wohl nur damit begegnen, loszulassen, denn spätestens im Tod würde sich der Griff von allem Irdischen lösen.

„Wenn du das weißt, was hält dich dann davon ab?" wollte Vilgan wissen.

„Ich muss noch etwas herausfinden", antwortete Syrg. „Und vielleicht kannst du mir dabei helfen."

„Sind wir deshalb hier unten?"

„Ja."

Sie folgten weiteren Gängen. Vilgan rechnete jederzeit damit, das Wasser an seinen Füßen zu spüren, doch Syrg hatte alles so gut verlegt und angepasst, dass es nicht passierte; kein Wunder, denn der Mann konnte garantiert sehr gut darauf verzichten, den Stoff an seinen Füßen und Unterschenkeln zu durchtränken.

„Ich war vor längerer Zeit auf einem der üblichen Kontrollgänge", berichtete Syrg, „und fand dabei eine Mauer, aus der Wasser kam. Das ist nichts Ungewöhnliches und passiert oben auch immer wieder. Meistens ist es ein beschädigtes Rohr oder ein undicht gewordener Kanal. Aber das klärt sich erst, wenn man die Steine entfernt und nachsieht."

Syrg blieb stehen und betätigte einen weiteren Schalter, der neue Glühbirnen und Neonröhren mit Leben erfüllte. „Wir sind gleich da." Dann lief er weiter.

„Aber diesmal fand ich keinen Kanal und auch keine andere Ursache für das Wasser, zumindest nicht sofort."

Für Vilgan klang die Geschichte mysteriös. Und insgeheim hoffte er, dass die dadurch erzeugte Erwartung nicht enttäuscht wurde, auch wenn er nicht wusste, ob das in diesem Zusammenhang wünschenswert war.

Syrg bog in einen schmalen Seitengang, der nur quer betreten werden konnte. Mehrere Kabel und brennende Glühbirnen hingen knapp unterhalb der Decke. Den Boden bildeten jeweils zwei alte Bretter, die nebeneinander auf Steinen ruhten, um trocken zu bleiben. Das Wasser darunter wirkte bei den ärmlichen Lichtverhältnissen pechschwarz. Kurz darauf verschwand Syrg rechts in einem Wanddurchbruch.

Vilgan folgte ihm und fand sich Sekunden später in einem leeren Raum wieder. Der Steg aus Brettern verlief im Zickzack zur anderen Seite, wo er in einem weiteren Durchbruch verschwand. An den Wänden konnte Vilgan die rostigen Überreste von Kerzenhaltern sehen, die nun als Halterung für weitere Kabelstränge dienten, welche dem Steg in die Schwärze des Loches folgten.

Syrg wartete vor dem Durchbruch auf Vilgan. „Der Raum hier war die erste Überraschung, denn ich hatte keine Ahnung, dass es zugemauerte Bereiche gibt. Gerade hier unten kann man nicht sagen, welches Volumen wo von statischer Relevanz ist. Weiter oben hätte man es eher bemerkt, wenn plötzlich eine große Fläche ungenutzt geblieben wäre oder die Anordnung der Räume und Gänge nicht mit der tatsächlich belegten Grundfläche übereinstimmt. Aber das würde genaue Pläne voraussetzen, etwas, das ich nicht habe. Umso erstaunlicher ist es, dass ich hier unten ganz zufällig auf so etwas gestoßen bin. Aber vielleicht war es Bestimmung. Und es wirft unweigerlich die Frage auf, was sich sonst noch in der Staumauer verbirgt.“

Vilgan erreichte den Durchgang.

„Jedenfalls konnte ich auch hier die Stelle finden, von der das Wasser kam. Und dann entdeckte ich das.“ Damit betätigte er einen Schalter, der sich am Kabelstrang befand, woraufhin das Dunkel jenseits des Wanddurchbruchs dem Schein der Lampen wich.

Vilgan folgte Syrg.

Hinter dem Durchbruch befand sich eine riesige, kreisrunde Halle mit einem gemauerten Kuppelgewölbe. Es gab mehrere Reihen aus steinernen Bänken, die so geformt und angeordnet waren, dass sie Kreise bildeten. Die Lücken zwischen den Bankreihen waren so unregelmäßig verteilt, dass für den Betrachter eine Art Labyrinth entstand. Syrgs Stege verliefen in einem zufällig wirkenden Muster, teilten sich, endeten plötzlich oder formten Rundwege. Die Beleuchtung befand sich hauptsächlich an den Wänden, teilweise aber auch an und auf den Bänken. Auf einigen Sitzflächen lagerten Bretter und Steine. Die wild verlaufenden und chaotisch hängenden Kabel mahnten in Anbetracht des von Wasser bedeckten Bodens zur Vorsicht. Aber letztendlich wäre ein solcher Tod gewiss die bessere Alternative, anstatt ohne Licht den Weg zurück zur Oberfläche zu suchen und dabei jämmerlich und von Panik erfüllt zugrunde zu gehen.

Form und Aufbau der Halle hatten etwas Religiöses, das spürte Vilgan, noch ehe er sah, was sich im Zentrum des Kreises aus Bänken befand: Aus einem teils gemauerten, teils aus Beton gegossenen Sockel ragte ein metallisches Etwas, das über Hydraulikzylinder verfügte, über stählerne, mit Zähnen bewehrte Walzen, Gelenke, Ventile und gepanzerte Leitungen. Je näher Vilgan trat, desto mehr erweckte das Objekt den Eindruck, Teil des Fundaments zu sein; und ihm schien, als würde es nur einen Bruchteil seiner wahren Dimensionen offenbaren.

Syrg blieb vor dem stählernen Artefakt stehen, welches hier in längst vergangenen Zeiten verehrt wurde, ehe man es aus irgendeinem Grund vom Rest der Anlage abgeschirmt hatte und es letztendlich in Vergessenheit geraten war. „Ich war seit meiner Entdeckung schon so oft hier unten und ich weiß noch immer nicht, was das für ein Ding ist. Leider habe ich noch kein passendes Werkzeug gefunden, um die Kreisläufe zu öffnen und es eventuell mit Strom zu versorgen. Es muss irgendeinem Zweck dienen."

Vilgan stellte sich neben Nerastor Syrg und ließ ebenfalls den Blick über die erstaunlich makellose Oberfläche gleiten.

Nach einer Weile brach Vilgan sein Schweigen: „Ich kann dir genau sagen, was das ist."

Kapitel 31

„Hier wurden die Toten der Erde übergeben", sagte Syrg und blickte durch die Wandöffnung hinaus auf die endlosen, grünen Weiten. Der Nebel hatte sich zurückgezogen und die hügeligen Wälder freigelegt, die aus dieser Höhe wie Moos oder Rasen wirkten. „Es war stets ein furchtbarer Gestank, der von unten heraufzog, auch Jahrzehnte nach der letzten Beisetzung. Deshalb gibt es hier keine geschlossenen Fenster. Zum Glück ließ der Geruch irgendwann nach, bis er ganz verschwand."

Vilgan stand vor einem runden, gemauerten Ring, der an einen Brunnen erinnerte. Die Außenseite war mit verziertem Holz verkleidet. Die Schnitzereien zeigten Blüten, Blätter und Ranken. Er beugte sich etwas vor und sah in die bodenlose Schwärze. Dann schaute er kurz hinter sich zu Syrg.

Er spürte, wie gedankenverloren der Mann war, seit er diesem von dem *Verschlinger* erzählt hatte, der sich im Fundament der Staumauer befand. Es hätte ihn nicht gewundert, wenn Nerastor Syrg nun umso intensiver überlegte, wie er die Kreatur mit Leben erfüllen konnte, um all das hier zu beenden und sich von der selbst auferlegten Verantwortung zu befreien, von der er sich nicht lösen konnte. Die Auslöschung schien der einzige Ausweg zu sein. Sicher, Syrg hätte auch einfach die Staumauer zum Einsturz bringen können, doch irgendetwas hielt ihn offensichtlich davon ab. Vielleicht kam diese Möglichkeit für ihn nicht in Frage, weil sie ein aktives Eingreifen gewesen wäre und damit ein Verrat an sich selbst und an all denen, welche die Gänge und Räume einst mit Leben erfüllten; und ein Verrat an den zahllosen Träumen und Hoffnungen der Vergangenheit. Wenn allerdings der *Verschlinger* sein Werk verrichten würde, so wäre es eine Macht, die sich Syrgs Kontrolle entzog.

Vilgan war sich bewusst, dass diese Argumentation etwas seltsam war, zumal sich am Ergebnis nichts ändern würde, und doch konnte er die Möglichkeit eines solchen Gedankens nachvollziehen. Er ging sogar so weit, dass er Parallelen zu sich selbst sah, denn auch er war nach wie vor nicht in der Lage, eine Entscheidung zu fällen und sich der Auflösung zu ergeben. Und welche bessere Möglichkeit gäbe es dafür als den stählernen *Heilsbringer*, der dort unten ruhte und nur darauf wartete, die Welt mit seiner Erlösung zu segnen?

Vilgan wandte sich wieder um und betrachtete den für die hiesigen Verhältnisse ungewöhnlich großen, kreisförmig angelegten Raum, in dessen Mitte sich der Schacht befand. Es gab mehrere Nischen, in denen längliche Gedenktafeln aus Holz standen, die neben Namen und Daten auch Verzierungen zeigten. Er trat näher, um sie sich genauer anzusehen.

Syrg schaute kurz über seine Schulter und beobachtete Vilgan. „Das sind die Namen von Mitgliedern der Gemeinschaft, die durch ihr Handeln positive Veränderungen für die Zukunft brachten. Ärzte, Mitglieder des Ältestenrats, aber auch Bewohner, die sich beispielsweise aufopfernd um andere kümmerten oder Ideen einbrachten, die das Leben hier verbesserten." Dann sah er wieder hinaus und ließ den Blick über die Landschaft wandern.

Vilgan lief von Nische zu Nische und betrachtete die unterschiedlich langen Gedenktafeln, die teils in mehreren Reihen standen. Plötzlich ließen ihn drei Namen innehalten: *Sihnond Insenbor*, *Roparte Scarpa* und *Calensto Vird*. Was hatten sie hier zu suchen? Die Tafeln nannten keine Daten, aber die umliegenden Sterbejahre lagen Jahrhunderte zurück.

Syrg tauchte neben Vilgan auf und sah ebenfalls in die Nische.

Vilgan deutete auf die Namen und fragte: „Weißt du etwas über die drei Männer?"

Syrg beugte sich etwas nach vorn, um die Namen besser lesen zu können. „Ja. Sie gaben unabhängig voneinander ihr Leben freiwillig auf, weil sie der Ansicht waren, dass allein ihre Existenz eine Entwicklung der Gemeinschaft hier behindern würde."

Vilgan gab einen undefinierten Brummlaut von sich, während er versuchte, der Entdeckung einen Sinn zu geben. Aber musste sie einen haben? Immerhin war diese Welt hier alles andere als normal. Auf der anderen Seite warfen die drei Tafeln allerdings die Frage auf, was sie ihm in diesem Zusammenhang sagen sollten. Bedeutete es, dass er den Männern nie wieder begegnen würde und nun wirklich auf sich allein gestellt war? Kein hilfreicher Dialog, kein selbstreflektierendes, gemeinsames Schweigen und keine aufflammenden Emotionen aus der Vergangenheit. Oder sollten ihm die Holztafeln zeigen, dass er doch endlich *loslassen* sollte? Wo lag schon der Unterschied zwischen Leben und Tod, Hoffnung und Trauer?

„Kennst du sie?" wollte Syrg wissen.

„Ja", antwortete Vilgan. „Aber ich bin mir nicht sicher, ob das gut ist oder schlecht."

„Vielleicht ist es am Ende auch egal", sagte Nerastor Syrg, „so egal, wie die Frage nach den ursprünglichen Schöpfern der Mauer."

Dem konnte Vilgan nur zustimmen, denn dieses Wissen hätte am Hier und Jetzt nichts geändert, weder für Syrg noch für ihn. Er behielt diesen Gedanken allerdings für sich und schwieg.

Kapitel 32

„Angeblich verbrachte er schon seit Jahren seine Tage damit, die Türe mitsamt Rahmen hinter sich herzuziehen. Das allein fand ich schon seltsam, aber seltsamer fand ich, dass es für jeden im Ort völlig normal war. Gut, wenn man genau hinsieht und sich umhört, dann hat jedes Dorf und jedes Stadtviertel einen Sonderling wie ihn. Und er tat ja niemandem etwas. Das Schlimmste war wahrscheinlich, wenn er mal wieder eine Straße oder Ausfahrt blockierte und den Leuten damit die Zeit stahl. Aber irgendwie konnte ihm deshalb keiner böse sein. Ich glaube, er wurde mehr bemitleidet als belächelt.

Mir wurde erzählt, dass er ein renommierter Physikprofessor war. Irgendwann stand er während einer Vorlesung wortlos auf und verließ den Saal. Er ließ sich dann von einem Taxi zum nächsten Bahnhof fahren und verschwand so einfach aus seinem alten Leben.

Er konnte sich nicht von dem Haus trennen, in welchem er aufgewachsen war. Es stand all die Jahre leer und war in einem entsprechend schlechten Zustand. Jedenfalls tauchte er eines Tages in dem Dorf auf und zog in das Haus. Und keine Woche später fing er damit an, eine alte, ausgebaute Holztüre durch die Gegend zu ziehen.

Ich war mehrere Monate immer wieder in der Gegend, weil ich den Bau einer neuen Müllverbrennungsanlage beaufsichtigen musste. In der Zeit sah ich ihn fast täglich. Und als ich eines Abends einen Spaziergang machte, kam er mir auf einem Feldweg entgegen, natürlich mit der Türe. Und da sprach ich ihn einfach an.

Ausnahmslos jeder, den ich fragte, sagte, dass er kein Wort spricht und nicht erzählt, wieso er das macht und warum er wieder zurück in das Dorf kam. Normalerweise versucht jeder, von dort wegzukommen.

Und wenn es jemand ist, der Karriere machte und keinerlei Geldsorgen hat, dann sind die Fragen bei den Leuten natürlich noch größer. Einige schoben es auf den Stress seiner Arbeit und andere meinten, er hätte einfach den Verstand verloren. Beides ist ja nichts Ungewöhnliches.

Nun ja, jedenfalls war ich überrascht, als er mir antwortete.

Er erzählte mir von Gestalten, die er nur ‚die Leeren' nannte. Angeblich waren ihre Körper langgezogen wie Schatten und 4 bis 5 Meter groß. Sie waren immer als Gruppe anwesend und standen meistens in einem Halbkreis. Er betonte, dass es dann immer aussah, als wären sie die Säulen eines Tempels. Sie waren nur schwarze Silhouetten in denen es ab und zu funkelte, als wären sie ein Fenster zu den Sternen.

Sie tauchten eines Tages auf und sagten ihm, dass sie jeden Tag eine Sonne sinken lassen, wenn er nicht die Pforte findet und sie öffnet. Und irgendwann wäre auch sein Sonnensystem Vergangenheit. Also legte oder stellte er die Türe an diversen Orten ab und öffnete sie, um zu sehen, ob sich dahinter die Passage befindet. Er war sich jedenfalls sicher, dass die richtige Stelle irgendwo in der Gegend sein musste.

Ich hatte nach dem Zusammentreffen mehr Fragen als vorher. Aber ich sprach nie mit jemandem darüber. Bis jetzt. Ich schiebe es einfach auf den Alkohol. Und die Sache muss für dich auch keinen Sinn ergeben. Wenn ich so darüber nachdenke, ergibt sie nicht einmal für mich einen.

Irgendwann erfuhr ich durch Zufall, dass der Mann eines Tages verschwand. 2 Jahre später entdeckten ein paar Kinder beim Spielen im Wald die Türe, die unter Laub und Ranken lag und fast bis zur Hälfte von Erde bedeckt war.

Bis heute weiß niemand, was aus dem Mann wurde."

Der ältere Herr stand auf. Er musste sich am Tresen des kleinen Restaurants festhalten. Er hatte ganz offensichtlich einiges getrunken und schien es erst jetzt zu spüren.

„Alles in Ordnung?" fragte Vilgan.

„Sicher", antwortete der Mann. „Ich muss nur kurz zur Toilette." Er sah zu dem Koch auf der anderen Seite des Tresens, wo dieser gerade für einen Gast ein Gericht zubereitete. „Ich nehme noch ein Bier."

Der Koch sah kurz auf und nickte, ehe er sich wieder seiner Arbeit widmete.

Der Mann klopfte Vilgan beim Vorübergehen auf die Schulter. „Und gleich erzählst du mir eine seltsame Geschichte."

Als der Mann nach einer ganzen Weile noch immer nicht zurückkam, ging Vilgan zur Toilette, um nachzuschauen, ob alles in Ordnung war; doch zu seiner Überraschung war die Toilette leer.

Als Vilgan wieder am Tresen Platz genommen hatte und den Koch darauf ansprach, zuckte dieser nur gleichgültig mit den Schultern und schob das bestellte Bier zu ihm.

Kapitel 33

Das Streben Gottes

Als Vilgan feststellte, dass Nerastor Syrg verschwunden war, ohne auch nur ein Wort zu sagen, wusste er, was das zu bedeuten hatte: Der Mann war sehr wahrscheinlich wieder hinab in die tiefen Eingeweide der Staumauer gegangen, um sich mit dem *Verschlinger* zu beschäftigen. Er konnte sich gut vorstellen, dass Syrg versuchen würde, den Bereich und eventuell sogar die Etagen darunter mittels Pumpen trockenzulegen, den *Verzehrer* aus seinem Gefängnis zu befreien und dessen Aufbau zu studieren, um eventuell doch eine Möglichkeit zu finden, die Maschine mit neuem Leben zu erfüllen. Syrg hatte eine neue Aufgabe gefunden, einen Sinn; das Wesen, das man einst verehrte, den stählernen Gott, der friedlich schlief und wartete.

Und so einleuchtend diese Vermutung war, so beunruhigend war sie auch. Was, wenn Syrg ihn nun als jemanden betrachtete, der sich möglicherweise zwischen ihn und seine Bestimmung und damit seine Erlösung stellte? Aus diesem Grund konnte und durfte er sich nicht länger hier aufhalten.

Was nach einem simplen Plan klang, entpuppte sich aufgrund der räumlichen Gegebenheiten als ein wahrer Alptraum. Zwar wusste er, in welche Richtung er sich zu orientieren hatte, dennoch formten all die Korridore, Treppen und nicht zuletzt die Sackgassen ein verwirrendes Netzwerk. Es war mehr nötig als reines Glück, um von hier wieder zu verschwinden.

So oder so war die Situation an diesem Punkt eine andere als noch vor ein paar Stunden. Bleiben konnte er nicht und zugleich würde es ihm definitiv nicht gelingen, Syrg glaubhaft zu erklären, weshalb er plötzlich Hals über Kopf verschwinden musste. Der Mann hätte gar keine andere Wahl, als misstrauisch zu werden. Und obwohl Vilgan immer wieder kurz anhielt, um zu lauschen, ob ihm Syrg auf den Fersen war, hörte er nichts als den Wind, der durch die Anlage wehte und hier ein Blech zum Klappern brachte, da trockenes Laub rascheln ließ und dort ein trauriges Lied anstimmte, ein Heulen und Klagen aus der Dunkelheit, ein Flüstern der Verdammnis.

Vilgan war sich bewusst darüber, dass er sich in einer Phantasie bewegte. Und doch konnte er sich nicht aus der Staumauer teleportieren. Er konnte sich auch keinen Schmetterling herbeiwünschen, dem er nur zu folgen hatte, um den Ausgang zu erreichen. Das sagte ihm, dass es nicht *seine* Phantasie war. Entsprechend musste er achtsam bleiben und jedes Risiko minimieren, denn er wollte keinesfalls herausfinden, was geschah, wenn er ernsthaft verletzt wurde oder gar den Tod fand. Er hatte das Aufeinandertreffen mit Roparte Scarpa und dem Baumwolf überlebt, war auf seinen Wegen nie verunglückt und hatte es bisher geschafft, dem mahlenden Stahl des *Verschlingers* zu entrinnen. Eben dieses Glück, diese Vorsehung durfte er nun nicht mit Füßen treten, nur weil anfing, aus Eile unvorsichtig und nachlässig zu werden. Deshalb schaltete er in einigen Bereichen die Beleuchtung ein, obwohl er in eine andere Richtung lief, um Syrg in die Irre zu führen. In anderen Abschnitten orientierte er sich so, dass er stets etwas Tageslicht zur Verfügung hatte. Und falls das nicht möglich war, stellte er sicher, dass er das vorher eingeschaltete Licht wieder löschte, sobald er eine Passage hinter sich gelassen hatte.

Dass dieser Ort etwas anderes war als die chaotische, interessante und zugleich beeindruckende Fassade, offenbarte sich, als Vilgan einen Bereich betrat, in welchem menschliche Knochen an Schnüren von der Decke hingen und als groteske Collagen und Ornamente die Wände zierten. Dafür fielen Vilgan nur zwei Erklärungen ein: Entweder gab es doch noch jemanden, der hier lebte, oder Nerastor Syrg war nicht der seltsame, unschuldige Kauz, der dieser vorgab zu sein. Nach einem weiteren Gedanken änderte die erste Möglichkeit jedoch nichts an Syrgs Schauspiel, denn es war völlig unmöglich, dass dieser nichts von den Knochen wusste. Es machte allerdings Sinn, dieses Geheimnis für sich zu behalten, denn immerhin war jeder Besucher der Staumauer der potenzielle Schlüssel zum Rätsel um das mechanische Götzenbild gewesen. Und dank Vilgan hielt Syrg nun die ersehnte Antwort in den Händen, die Antwort auf eine Frage, die dem Mann eventuell seit Jahrhunderten schlaflose Nächte bereitet hatte.

Vielleicht hatte Syrg den *Verschlinger* bereits entdeckt, als die Staumauer noch voller Leben war; oder jemand hatte ihm am Sterbebett von einem Orden erzählt, der seit alters her dem *Verschlinger* ergeben war.

An diesem Punkt wäre es nicht verwunderlich, wenn Syrg für den Tod aller Bewohner der Anlage verantwortlich war. Gift wäre eine ausgezeichnete Methode gewesen, da es über das Wassersystem alle Abschnitte und damit jeden Einwohner hätte erreichen können. Zugleich hätte er als aufopfernder und tragischerweise machtloser Helfer in Erscheinung treten können, um jeden noch so kleinen Verdacht von sich abzulenken. Und das alles nur, um dieses eine Geheimnis mit niemandem teilen zu müssen. Wer konnte schon sagen, inwiefern Syrgs Geschichte stimmte?

Die Möglichkeiten waren vielfältig, und nur Syrg kannte die Wahrheit. Was auch immer der Grund für den gegenwärtigen Zustand war und wie sich die Vernetzungen der vergangenen Ereignisse auch geformt haben mögen, Vilgan war absolut nichts daran gelegen, auch nur einen Bruchteil davon zu erfahren.

Die schlecht beleuchteten Korridore mit ihren weiten, dunklen Abschnitten und all den Knochen trugen nicht dazu bei, dass sich Vilgan weniger bedroht fühlte. Schlagartig sagte sein Kopf, dass Syrg ihn längst durchschaut und die Jagd offiziell eröffnet hatte. Vielleicht war Syrg deshalb verschwunden, um diesen winzigen Keim des Zweifels in Vilgan aufblühen zu lassen. Es konnte ein perverses Ritual sein, die Vorfreude auf die unerbittliche Hetzjagd. Deshalb hielt Vilgan Ausschau nach einer Waffe, die er nach kurzer Zeit in Form einer gesplitterten Rippe fand, die er im Fall der Fälle als Dolch nutzen konnte.

Er konnte irgendwann nicht mehr sagen, ob die Geräusche, die er hörte, vom Wind, von aufflatternden Vögeln bei den Fenstern oder von fliehenden Nagetieren verursacht wurden, oder doch von Syrg, der ihm auf der Spur war. Eventuell gab es ein Netzwerk von Geheimgängen, verbunden durch getarnte Klappen und Türen. Es war also möglich, dass Vilgan hörte, wie sich Syrg in den Wänden bewegte, um ihn einzuholen und irgendwo aufzulauern.

Er musste froh sein, zumindest hin und wieder einen Hauch von einfallendem Tageslicht sehen zu können, denn das verriet ihm, dass er sich in die korrekte Richtung bewegte und nicht immer tiefer hinein in die Eingeweide der Staumauer.

Er hielt die gebrochene Rippe so fest in der Hand, dass diese zu schmerzen begann. Aber er durfte sie nicht fallen lassen, denn die fahle Waffe war seine einzige Versicherung.

Und so eilte Vilgan durch das verwirrende Geflecht, durch eine Laune der Architektur. Er musste fliehen, das war seine einzige Option.

Vilgan wusste nicht, wie er es durch das Labyrinth schaffte, doch irgendwann nahm er mehrere Stufen auf einmal, um die Treppe zu erklimmen, die ihn hinab zur Staumauer geführt hatte. Er warf mehrmals einen Blick zurück, um sich zu vergewissern, dass Syrg nicht doch direkt hinter ihm war. Als er die Plattform am oberen Ende erreichte, warf er die Rippe weg und machte sich unverzüglich daran, den Trittsteinen im Fluss zu folgen, um diesen Ort wieder zu verlassen.

Die Staumauer und der See waren in der Ferne längst nicht mehr zu erahnen, als ein Beben alles durchzog, begleitet von einem Geräusch irgendwo zwischen tiefem Grollen und Brummen. Der Klang dröhnte aus den Tempeln, den Mauern und den Steinen. Das Wasser des Flusses erzeugte Wellen, die ein Muster des Verderbens auf die Oberfläche legten.

Vilgan blieb kurz stehen und sah zurück. Er wusste genau, was die Ursache für all das war. Es überraschte und entsetzte ihn, wie schnell es Nerastor Syrg gelungen war, seinen Plan Wirklichkeit werden zu lassen – und genau deshalb musste er weiter.

Vilgan wandte sich wieder nach vorn und eilte mit flinken Schritten über die Trittsteine.

Das dichte Grün des Waldes, aus welchem er gekommen war, rückte nur langsam näher, fast wie in Zeitlupe. Gleichzeitig hörte er hinter sich immer deutlicher dampfende Ventile und berstendes Gestein.

Er musste diesem Alptraum entkommen.

Kapitel 34

Auf eine sonderbare Art war es, als stünde die Zeit still; die Dinge bewegten sich, doch die recht tief stehende Sonne und die von ihr erzeugten Schatten verharrten von alledem unberührt. Das goldorangene Laub schillerte in der Höhe, tanzte im Windhauch und wartete darauf, eventuell von der nächsten Bö hinfort gerissen zu werden und zu Boden zu regnen, wo sich stellenweise bereits weite Teppiche aus trockenen Blättern gebildet hatten. Der Staub der Wege, die sich zwischen den teils mächtigen Bäumen befanden, wurde hin und wieder aufgewirbelt und funkelte im Sonnenschein wie Goldstaub. Durch das gleißende Licht der Sonne und all die herbstlichen Farbtöne musste Vilgan die Augen zusammenkneifen, um nicht zu sehr geblendet zu werden. Und das bezog sich auf jede Richtung, denn das Licht wurde selbst vom Laub am Boden reflektiert, als wäre es eine sich kräuselnde Wasseroberfläche. Von allem schien ein inneres Glühen auszugehen, das sogar die Luft zum Strahlen brachte.

Vilgan folgte einer Allee, zur deren Seiten sich weite Flächen mit einzelnen Bäumen und kleinen, dichten Hainen erstreckten. Dazwischen gab es nur Gräser und zahlreiche Inseln mit roten und blauen Blumen.

Plötzlich frischte der Wind auf und trieb Samenschirmchen wie glitzernde Partikel vorüber.

Vilgan blieb stehen und betrachtete das Schauspiel. Laub regnete aus den Baumkronen und der Staub zu seinen Füßen erhob sich tanzend in die Luft, während ihm die Sonne weiterhin eine klare Sicht verwehrte und das Licht, das allem innewohnte, kurzzeitig aufflammte und an Kraft gewann.

In diesem Augenblick fiel ihm eine Linie auf, ein hauchdünner, glänzender Streifen, der einem Spinnenfaden glich, der sich quer über den Weg erstreckte, ohne sich im Wind zu bewegen. Vilgan hatte Probleme, die genaue räumliche Lage einzuschätzen, weshalb er in die Hocke ging und die Hand danach ausstreckte, um die schillernde Saite zu berühren. Er benötigte mehrere Anläufe, nur um festzustellen, dass sich der Faden fester anfühlte, als erwartet, fast wie Draht. Er zupfte mehrmals daran. Zu seiner Verwunderung stand der Faden unter so hoher Spannung, dass er sich kaum bewegen ließ.

Seine erste Vermutung war, dass es sich um eine Art Stolperfalle handeln könnte, doch hierfür war die Lichtsaite mit nicht einmal 1 Zentimeter Abstand viel zu nah am Boden.

Vilgan erhob sich wieder und sah nach links, wo sich der Faden im Durcheinander aus herumwirbelndem Staub und tanzendem Licht verlor, regelrecht in Luft auflöste. Rechts hingegen konnten seine Augen der Linie noch ein ganzes Stück folgen, weshalb er diese Richtung einschlug und den Weg verließ.

Er lief über die Wiese und schon bald zeigten sich weitere dieser Fäden, die mal gerade, mal geschwungen oder sogar mit exakt erkennbaren Knicken aus allen Richtungen erschienen und sich dann am Boden in die gleiche Richtung erstreckten, in welche der ursprüngliche Draht verlief. Manche vereinigten sich, wurden dicker und bildeten nach und nach leuchtende Bänder, während immer mehr dieser sonderbaren Fäden aus dem Nichts der Umgebung entstanden. Bald sah er sie überall, wie sie einen ätherischen Teppich woben, der immer mehr Fläche einnahm und unter Vilgans Schuhen nicht zu spüren war.

Nach einer Weile erkannte Vilgan, dass die Fäden nicht nur derselben Richtung folgten, sondern auf einen gemeinsamen Punkt zuliefen. Die Neugier trieb ihn immer weiter. Er passierte Haine und Abschnitte mit großen und kleinen Inseln voller Blumen, während der schillernde, magische Pfad immer mehr Raum einnahm.

Irgendwann veränderte sich der Untergrund: Wo er zunächst deutliche Furchen unter dem Gras spürte, traten wenig später erste Kanten aus Eisen an die Oberfläche, deren rostiger Farbton immer mehr des Grüns verdrängte und sich zugleich weigerte, Teil des allumfassenden, schillernden Lichtspiels zu werden. Aus den Kanten wurden breitere Streifen, die an Kühlrippen erinnerten und die sich deutlich von einer tiefer gelegenen, teils vermoosten Eisenfläche abhoben. Die sich bildenden Formen und Muster wirkten wie eine grobe Version der Lichtfäden und bewegten sich ebenfalls auf den gleichen Punkt zu.

Irgendwann blieb Vilgan stehen und blickte hinab auf die Stelle, an der das rostige Metall eine kreisförmige Vertiefung bildete, in der eine eiserne Abdeckung ruhte. Die zarten Fäden und Lichtstreifen knickten zusammen mit den eisernen Rippen an der Außenkante der Vertiefung ab und verschwanden in einem Spalt am Rand der Abdeckung.

Die meisten Gullydeckel in der Region zeigten diverse Motive, die in vereinfachter Form Sehenswürdigkeiten der entsprechenden Gegend darstellten, zahlreiche Naturszenen oder Bilder unterschiedlicher, traditioneller Berufe. Und obwohl das Muster auf der Abdeckung, das von Rillen, Kanten und Absätzen erzeugt wurde, nichts Spezifisches verkörperte, spürte Vilgan doch mit einer unerklärlichen Intensität, was dieser Ort verbarg und worauf Eisen und Licht stumm hinwiesen: Hier war der Eingang zu etwas, das man nur nach langer und vor allem sehr genauer Überlegung betreten sollte, wenn überhaupt; allein diesen Schritt in Erwägung zu ziehen, konnte ein Fehler sein.

Es war ein sonderbarer Kontrast. Auf der einen Seite all das magische Licht, die Fäden, das Glühen in der Luft und die Sonne, auf der anderen dieser unglaublich finstere Ort, die Passage hinab in die Abgründe, die lediglich durch etwas Metall daran gehindert wurden, das faule, kollektive Unterbewusste hervorzuwürgen und ans Tageslicht zu speien.

Da er genau wusste, dass seine Neugier hier zu enden hatte, wurde Vilgan nervös, denn plötzlich stieg das Gefühl in ihm hoch, unwissentlich bereits zu weit gegangen zu sein. Er hob den Blick und sah sich aufmerksam um, ob es jenseits der freien Fläche Bewegungen gab. Auch fühlte er sich nicht aus den umliegenden Hainen heraus beobachtet, in deren Schatten so vieles hätte lauern können.

Vilgan nutzte diesen Weckruf, den Hinweis, dass einige Dinge besser unerforscht bleiben sollten, wandte sich ab und lief dahin zurück, wo er den Weg verlassen hatte. Er rechnete jeden Moment damit, hinter sich ein Unheil verkündendes Geräusch zu hören, doch es blieb aus.

Als er wieder auf dem staubigen Weg stand, wo sich der einzelne Lichtfaden im Nichts verlor, fragte er sich, weshalb ausgerechnet er es war, der an diesem Tag diese Entdeckung machte. Bei genauerer Betrachtung war es jedoch einleuchtend, dass jene Kräfte vom momentanen Zustand seiner Seele wussten und diesen für sich ausnutzen wollten. Scheinbar glimmte doch noch so etwas wie Hoffnung in ihm, denn er hatte den Eingang nicht geöffnet. Er wusste allerdings nicht, ob das gut war oder schlecht.

Vilgan sah ein abschließendes Mal auf die mysteriöse Linie. Dann machte er sich wieder auf den Weg und tauchte dabei immer tiefer ein in das Licht der Sonne und das strahlende Funkeln der Umgebung.

Kapitel 35

Sanftheit

Die *Leopardenwolken* waren an diesem Tag besonders eindrucksvoll. Vilgan hatte gelernt, dass diese Wolkenart weltweit nur in dieser Region vorkam. Sie besaß eine sehr kompakte Form, die an ein Laib Brot erinnerte, ohne dünne, schleierhafte Bereiche. Ihren Namen verdankten die Wolken den umlaufenden Einbuchtungen, die in Größe und Anordnung variierten und so durch die Schattenwirkung ein Muster auf dem Weiß erzeugten, das an die Zeichnungen auf einem Leopardenfell erinnerte. In der Regel traten diese Wolken in größeren Gruppen auf, aber es gab auch Berichte über einzelne, dafür aber umso mächtigere Exemplare. Und wo die einen glaubten, dass diese Wolken Zeichen einer bevorstehenden Veränderung waren – seit Generationen darauf basierend, dass sie vermehrt im Frühjahr und im Herbst auftraten –, hielten andere sie für Boten des Glücks, welches zu all jenen kam, die freundlich waren und Gutes taten.

Vilgan saß auf der schmalen Veranda eines der alten Bauernhäuser des Freilichtmuseums, und betrachtete den Baum, der auf dem gepflegten Rasen jenseits des kleinen Baches stand, der kaum hörbar plätscherte. Der Stamm des Baums erinnerte an den einer Birke, obwohl er keine war. Die wohlgeformte Krone gab dem Baum etwas Elegantes. Die länglichen Blätter waren nicht gefächert. Und während die Oberseite durchweg ein sattes, junges Grün zeigte, wirkte die Unterseite wie poliertes Kupfer.

In der Hand hielt er ein Baumblatt, das aus Papier gefaltet war. Es bestand aus verschiedenen Papieren, die sich sowohl in Farbe als auch Oberflächenstruktur unterschieden, und doch bildeten sie ein dünnes Blatt mit Stiel und erhöht ausgearbeiteten Äderchen. Die Stellen, an denen sich die Papiere berührten, waren so perfekt, dass Vilgan nicht einmal im Gegenlicht einen einzigen Spalt sehen konnte. Er hatte es leicht gebogen, um zu sehen, wie sich die Segmente bewegen ließen, doch die Technik, mit der es gefaltet und zusammengefügt worden war, gab nichts von ihren Geheimnissen preis. Die alte Frau, von der er es in einem der anderen Häuser geschenkt bekam, hatte erklärt, dass es sich nicht in seine Einzelteile zerlegen ließ, ohne dabei kaputt zu gehen, aber er könne es gerne tun, nur um zu sehen, dass es nichts außer Falttechniken waren und keine Tricks mit geschickt platzierten Klebestellen.

Die alte Frau hatte neben verschiedenen Blättern auch Blumen gefaltet, geometrische Körper und Spielzeuge, die sie allesamt aufgereiht präsentierte und zum Verkauf anbot. Vilgan hatte sich eine Weile mit ihr unterhalten und wollte anschließend das Blatt kaufen, doch sie hatte darauf bestanden, dass er es als Geschenk annimmt.

Laut ihrer Aussage konnte man die Blätter des ungewöhnlichen Baumes als Tee aufbrühen, aber nur, wenn sie im Herbst abfielen und bereits ein paar Tage am Boden lagen, andernfalls wäre das Getränk viel zu bitter und damit nahezu ungenießbar. Als besonders aromatisch und bekömmlich galten jene Blätter, die am Boden ein- oder zweimal vom nächtlichen Frost durchdrungen worden waren.

Und wie Vilgan dort auf dem Holz der Veranda saß, fühlte er, dass er trotz der schwülen Hitze etwas zur Ruhe kam und sich eine angenehme Schwere auf ihn legte. Ein bläulicher Schmetterling flatterte umher, landete kurz neben ihm, erhob sich dann wieder in die Höhe und verschwand über die Kante des Daches hinweg aus Vilgans Sicht.

Er drehte das aus Papier gefaltete Blatt in der Hand hin und her und betrachtete die Segmente, deren Form und Größe ausgewogen waren und im Zusammenspiel mit den gewählten Farben etwas überaus Ästhetisches erzeugten, das hier und jetzt regelrecht magisch wirkte.

Überall sangen Vögel und summten Insekten. Und obwohl selbst der leichte Wind keine Abkühlung brachte, war dieser Moment auf der Veranda mit der Sonne im Gesicht perfekt. Und dieses Wissen war es, das Vilgan ein Lächeln auf die Lippen legte.

Dann schloss er die Augen und sog die angenehmen Düfte der Umgebung ein; er wollte noch ein bisschen verweilen und den glücklichen Augenblick genießen.

8. Zwischenspiel

Der Trug der Akzeptanz

Dieses Hin und Her seiner Gedanken, Phantasien und Träume zehrte immer mehr an Vilgans Nerven. Dass dies allerdings Versuche des *Beobachters* waren, mit ihm in Kontakt zu treten, bezweifelte er längst nicht mehr. Was als Theorie begonnen hatte, war für ihn mittlerweile Wahrheit; und dabei war ihm durchaus bewusst, dass er eventuell falschen Ideen erlag und es doch nur sein geistiger Zustand war, der sich kontinuierlich verschlechterte und immer weiter in die Tiefen einer Abwärtsspirale rutschte, wo es immer weniger Hoffnung auf ein Entrinnen gab.

Seiner Ansicht nach war es wie mit Alpträumen. Es dürfte keinem daran gelegen sein, ein Trauma, das diesen nächtlichen Bildern möglicherweise zugrunde lag, erneut zu erfahren. Weshalb also hielten sich Alpträume dann hartnäckig, anstatt sich aufzulösen? Die Angst vor der Dunkelheit machte einen Sinn, denn diese konnte man vermeiden. Das Grauen, das beispielsweise eine schemenhafte Gestalt erzeugte, über die es keine Kontrolle gab, half Vilgans Ansicht nach nicht wirklich für das Überleben. Weshalb wurden solche Produkte des Gehirns also nicht aufgrund der Evolution entsorgt? Selektion erreichte ungeahnte Ergebnisse; warum scheiterte sie dann derart kläglich an genau dieser einen Front?

Und es war genau diese eine Frage, die ihm sagte, dass seine Phantasien weit mehr waren als Vorgänge auf zahllosen Nervenbahnen. Irgendetwas musste im Hintergrund agieren und sicherstellen, dass gewisse Dinge nicht in Vergessenheit gerieten. Solche Bilder gab es schon immer in verschiedenen Formen, lange vor der ersten Psychoanalyse und lange bevor Selbstreflexion als Konzept überhaupt existierte. Und wenn es diese beiden Dinge benötigte, um eine eventuelle Ursache zu erkennen und zu ergründen, wie konnte dann das alles für das Überleben relevant sein?

Auf der anderen Seite hatte sich der Mensch bereits vor Ewigkeiten von der Natur und ihren Regeln abgesondert. Vielleicht waren diese Dinge ihr Weg, um doch noch einen gewissen Einfluss zu behalten. Möglich war auch, dass sich psychologische Konzepte nur entwickelten, um Phänomene zu erklären, die keine Erklärung benötigten und nicht einmal besaßen. Und weil einige Personen genau das nicht hatten akzeptieren können, schufen diese sich schnell und weit verbreitende, nicht geladene Waffen aus Interpretationen und Medikamenten, um einen unsichtbaren Feind durch die Schützengräben des Gehirns zu jagen und dabei Macht und Reichtum anzuhäufen.

Bei dieser bildhaften Darstellung musste Vilgan innehalten, denn er merkte deutlich, dass er im Begriff war, die Gegenwart ein weiteres Mal zu verlassen.

Er spürte schubweise eine tiefe Sympathie für den *Beobachter* und wie sich dieser dort draußen in der lichtlosen Leere fühlen musste, gefangen in seinem Körper und außerhalb jeder Region, die auch nur die kleinste Stimulanz bot. Es gab nur ihn und seine Gedanken. Und vielleicht waren eben jene mit etwas verwoben, das sich fern jeglicher Materie im Verborgenen erstreckte, in dessen Gefüge Geistesblitze entstanden und scheinbar fremde Bilder. Möglich also, dass alles vernetzt war und der *Beobachter* deshalb mit Vilgan in Verbindung treten konnte, ohne dass dieser die Erfahrung der Jahrmillionen besaß, um eine Antwort in den Gedankenraum zu schicken.

Gebete wurden gewiss hin und wieder erhört, weil es eben doch – einen? – *Architekten* im Hintergrund gab mit der Macht, Einfluss zu nehmen. Vilgan glaubte, dass die Ahnung von der Existenz eines solchen Wesens nichts mit Religion zu tun hatte, sondern angeboren war wie ein Instinkt; denn alles griff ineinander und ein Wirken war im Spiel der Galaxien so zu erkennen wie im Aufbau einer Blüte.

Als Vilgan vor einer Weile – es konnte Tage oder gar Monate her sein – aus einem traumlosen Schlaf erwacht war, hatte er die Götter still darum gebeten, ihm die Kraft zu spenden, das alles durchzuhalten. Allerdings fragte er sich auch, ob sie ihn überhaupt hatten hören können. Mit Sicherheit wussten sie um die Wahrheit, die hinter seiner Anrufung lag und die er tief in seinem Herzen nicht akzeptieren konnte. Wenn dem so war, so konnten sie ihm nicht helfen. Auf der anderen Seite blieb natürlich die Frage, ob der letzte Gott nicht bereits gefallen war und es nur noch Vilgan, den *Beobachter* und den *Verschlinger* gab.

Wer konnte schon sagen, wie lange sich dieser Zustand bereits in all den Träumen dort draußen im Universum angedeutet hatte? Es war belegt, dass es Wesen gab, die sich in den Träumen von Personen bewegten, die sich nicht kannten, die keinerlei Verwandtschaft teilten und nicht einmal in der gleichen Galaxie lebten. Und doch verband sie unwissentlich etwas Höheres, ein altes Rätsel jenseits der Kymatik, die Sprache geheimer, zeitloser Existenzen.

Aber vielleicht war der gesamte Ansatz falsch und die Sache in Wirklichkeit genau spiegelverkehrt: Er selbst und alles um ihn herum waren Träume eines Wesens, das sich nun darüber wunderte, dass er ein eigenes Bewusstsein entwickelt hatte. Aber auch das konnte letztendlich nichts weiter als Einbildung sein, ein Tanz auf der Grenze zwischen Schicksal und Selbstbestimmung.

Vilgan fand es sonderbar, dass seine Gedanken derart komplexe Formen annahmen, obwohl er sich hier draußen besser mit grundlegenden Fragen befassen sollte, um sein weiteres Überleben zu gewährleisten. Aber vielleicht war es eine unausweichliche Entwicklung, weil er längst nicht mehr nur ein einfacher Mensch war, sondern einer der *Drei Letzten*. Und möglich, dass man deshalb versuchte, mit ihm zu kommunizieren, um den Schleier von den Geheimnissen des Äthers zu nehmen und ihm einen Blick auf das zu gewähren, was den größten Köpfen und den komplexesten Intelligenzen verwehrt geblieben war; ein letztes Geschenk vor dem Eintritt in das *Zeitalter der Leere*.

Die Zahlenkolonnen und Diagramme auf den Monitoren zeigten nach wie vor keinerlei Veränderungen an; und die Signalmodule, die jegliche Art von Wellen und Strahlung emittierten, zogen nicht einmal nach Tagen und Wochen die Aufmerksamkeit des *Beobachters* auf sich. Und doch war Vilgan fest davon überzeugt, dass sich die Kreatur noch immer in seiner Nähe aufhielt und nicht einfach desinteressiert weiter hinaus in das Nichts gezogen war.

Sehr wahrscheinlich ging es bei alledem aber auch nur oberflächlich um einen Kontakt. Das Fehlen jeglicher Hoffnung war wie ein Schimmelpilz, der die Wände des Geistes durchdrang und langsam alles vergiftete. Vielleicht wollte Vilgan auch nur, dass er hier draußen nicht übersehen wurde. Wenn der *Beobachter* das Raumschiff verschwieg, wie konnte Vilgan dann vom *Verschlinger* erlöst werden?

Vilgan lehnte sich zurück und sah auf die angezeigten Daten und Informationen, ohne sie zu lesen.

Eventuell war die Zeit nicht reif für eine Begegnung mit dem *Beobachter*. Was wusste er schon von den Plänen und seiner Bestimmung? Ihm war klar, dass er die Situation hinnehmen musste, aber eine Akzeptanz war ausgeschlossen, denn sie würde ein Ende seiner Hoffnung bedeuten, an der er festhalten wollte und festhalten musste.

Wie konnte er beweisen oder widerlegen, dass er nichts weiter war als eine Phantasie in den Gedanken eines alten, undefinierbaren Wesens, eine flüchtige Spielerei des *Architekten*?

Oder er blickte in genau diesem Moment in einen Spiegel, der mehr ein Fenster war, hinter dessen Scheibe sein vermeintliches Leben ablief und wo er genau jetzt auf die Monitore starrte, ohne dass sich dieses Spiegelbild des Wahnsinns bewusst war, in welchem es sich längst unwiederbringlich verloren hatte.

Vilgan war allerdings auch klar, dass keine Theorie, egal wie ausgefeilt oder abwegig, etwas an seiner Lage ändern würde. Auch keine Antworten auf all seine Fragen oder gar ein Blick auf die letzte, alles umfassende Wahrheit. Aber was, wenn da doch noch etwas war? Etwas, das er aktuell nicht sehen konnte, etwas, das diese Zweifel in ihm am Leben erhielt. Denn auch für sie musste es einen Grund geben.

Er konnte also lediglich das tun, was er bereits seit langer Zeit tat – abwarten.

Kapitel 36

Die vergessene Trasse

Es gab zahllose sonderbare Ecken in dieser Stadt, doch eine der ungewöhnlichsten war wohl eine stillgelegte Bahntrasse, auf der Bäume und Büsche mittlerweile einen dichten Wald bildeten, den all jene bestaunen konnten, die hoch genug in den umliegenden Hochhäusern wohnten. Eine Vielzahl von unterschiedlichen Vögeln und Insekten nutzten diese grüne Ader als Lebensraum, der auf einer Seite abrupt an der Wand einer verlassenen Industriehalle endete, deren Fenster und Türen ausnahmslos mit Spanplatten verschlossen worden waren.

Wenn sich jemand dazu entschied, der schmalen Straße neben der Trasse – auf der anderen Seite verlief einer der zahlreichen Flüsse, welche die Stadt durchzogen – bis zu der Halle zu folgen, gelangte man unweigerlich in eine Sackgasse. Doch es war genau diese Stelle, an der es zwischen den Pfeilern, auf denen die Bahntrasse ruhte, Gräber gab, deren schiefe Grabsteine teilweise noch immer regelmäßig von Bewohnern des Viertels vom wuchernden Rankenwerk befreit wurden. Selbst in den tiefsten Schatten tauchten immer wieder frische Blumen in den alten Vasen auf, deren Duft sich jedoch nicht gegen den Gestank von Urin und Kot durchsetzen konnte, der aus jedem Winkel zu dringen schien. Und obwohl ein Großteil des Bodens nichts weiter war als Schotter, Staub und verdichtete, trockene Erde, gab es doch auch Stellen, an denen Gräser wuchsen und kümmerliche Büsche, während sich die Ranken davon unbeeindruckt auch an den Pfeilern nach oben hin ausbreiteten, um sich mit dem Grün auf der Trasse zu vermählen.

Wo in anderen Stadtteilen Geschäfte, Parkplätze und Lagerräume jeden Quadratzentimeter unter den Bahntrassen nutzten, gab es unweit der Gräber Verschläge aus Holz und Blech, alte Zelte und Nischen aus Kartons, Plastikboxen und Bauplanen, die als Schlafplatz für Obdachlose oder betrunkene Nachtschwärmer dienten. Nicht selten machten dort auch Rucksacktouristen Halt, die von der Stelle wussten und welche bereitwillig ein Hotelzimmer gegen den Gestank eintauschten, nur um ihre Reisekasse zu entlasten.

Und auch wenn alles einen etwas unheimlichen Eindruck machte, so war man dort sicher, solange man den Ort respektierte. Wer das nicht tat, dem drohte ein Unheil aus der Dunkelheit, so jedenfalls erzählten es sich die Bewohner der Gegend. Sie glaubten zudem fest daran, dass es Glück brachte, wenn man den zurückgelassenen Unrat anderer aufsammelte und entsorgte, weshalb man hin und wieder meist ältere Leute antraf, die für etwas Ordnung sorgten, während man nie jemanden auf frischer Tat ertappte, der seine alten Elektrogeräte, Schrott oder Abfälle einer Renovierung ablud. Um diese Berge kümmerte sich einmal in der Woche die Müllabfuhr, deren Mitarbeiter ebenfalls an die positive Wirkung ihres Handelns glaubten.

Ließ man die Verschläge hinter sich, tauchten unter der Trasse recht schnell Zäune aus Maschendraht und Wellblech auf, die Flächen umgaben, auf denen Anwohner der Gegend ihre Fahrräder und Mopeds abstellen und einschließen konnten.

Unweit davon gab es ein Altenheim. Einige der Bewohner waren bettlägerig, starrten den ganzen Tag ins Nichts und öffneten und schlossen den Mund, ohne etwas zu sagen oder zu kauen. Sie waren in einer eigenen Welt, die nur sie verstehen und sehen konnten, eine Welt, die vielleicht so seltsam war wie die Trasse und ihre Nachbarschaft. Abends konnte man von der Straße aus in die erhellten Zimmer blicken und erkennen, dass das Alter nicht immer ein Segen war und dass es nicht einmal die herzliche Fürsorge der Mitarbeiter und Helfer vermochte, die bedrückende Aura zu vertreiben, die das Heim umgab.

Es folgten einige Gebäude, in denen Verpackungen hergestellt wurden oder diverse Händler und Selbstständige ihre Lager und ein Büro hatten – meist gab es dazwischen keinen Unterschied. Durchzogen wurde alles von Gassen, die so schmal waren, dass das Sonnenlicht nur zur Mittagszeit den Boden erreichen konnte. Manche Wege wurden so selten genutzt, dass sich Moos und Gras ausbreiten konnte. An anderer Stelle hatten Ranken die Wände der Gebäude für sich so beansprucht wie die Stromleitungen, so dass grüne Tunnel entstanden, die gerade in den außerordentlich heißen und schwülen Sommermonaten all jenen etwas kühlenden Schatten spendeten, die zufällig des Weges kamen. Aber das war selten, denn dieser Winkel der Stadt lag so weit ab von den geschäftigen Einkaufspassagen und lauten Vergnügungsvierteln, dass sich kaum jemand dorthin verirrte.

Zwischen diesen Häusern befand sich eines, das den Anwohnern seit Jahren Rätsel aufgab, denn die einzige Türe führte nicht ins Innere, sondern lediglich in einen Raum, in welchem sich ein Müllcontainer befand. Fenster gab es lediglich ab der 3. Etage. Hinter ihren verdreckten Scheiben türmten sich Kartons und diverser Unrat. Es ließ sich nicht herausfinden, wem das Gebäude gehörte und wo sich der Zugang befand. Und obwohl man sich hin und wieder darüber wunderte, war es doch die meiste Zeit über so selbstverständlich wie die Gräber oder die riesige Anhäufung von Blumentöpfen und Blumenkübeln, die Einzug in das Bild hielten, wenn man der Trasse noch weiter folgte.

Hunderte Gefäße, allesamt aus Ton, standen an der Straße, jedoch nicht nur auf der Seite der Trasse, sondern auch gegenüber vor den dortigen Wohngebäuden. Die meisten Töpfe waren vom Frühling bis in den späten Herbst gefüllt und boten für die gesamte Nachbarschaft Gemüse, Kräuter und wunderbar bunte Blüten für das Auge. In den Schatten unter der Trasse türmten sich leere und kaputte Behälter, und das teils so hoch, dass der Betrachter hätte annehmen können, es handele sich um das Lager einer Tonbrennerei. Es war aber kein simpler Abfall, der nur darauf wartete, entsorgt zu werden, denn das Konstrukt aus Töpfen bot zahllose Lücken und Nischen für allerlei Tiere, von Eidechsen über Vögel bis hin zu kleinen Nagern. Hin und wieder schepperte es gewaltig. Dann wusste man, dass eine Katze versucht hatte, an einen Leckerbissen zu gelangen. Ob die Aktion jedoch von Erfolg gekrönt war, blieb ein Geheimnis der Schatten.

Lief man noch weiter, so fand man Stühle, Tische und Sessel zwischen den Pfeilern, wo sich gerne Leute auf ein Gespräch zusammensetzten oder ihr Können bei einer Partie Schach unter Beweis stellten. Jugendliche hatten hier und da sogar Stromkabel verlegt, um für Beleuchtung zu sorgen. Kurz darauf boten ausrangierte aber noch immer funktionstüchtige TV-Geräte und Stereoanlagen Unterhaltung für all jene, die sich dort einfach hinsetzten und darauf warteten, dass sich jemand zu ihnen gesellte.

Die Mauer unter der Trasse, die alles vom Fluss trennte und für die dunkelsten Schatten sorgte, war an vielen Stellen mit Graffiti und Malereien bedeckt, die wundervolle Naturszenen zeigten. Einige der Pfeiler hatte man ähnlich verschönert, während andere mit Fototapeten oder Postern beklebt worden waren. Nicht jede dieser Überraschungen war direkt sichtbar; manche zeigten sich neugierigen Blicken erst im Licht einer Taschenlampe.

Die vergessene Trasse endete nach etwa 2 Kilometern abrupt an der Stelle, wo ein kleiner Fluss in den größeren überging. Hier war es auch, wo sie durch ein Erdbeben eingestürzt war. Weshalb man die Bahntrasse jedoch nur auf der anderen Seite des Flusses zurückgebaut hatte, ließ sich nicht beantworten. Die Träger der Entscheidung waren längst nicht mehr in ihren Positionen oder bereits verstorben.

Und so, wie dieser letzte Abschnitt aus dem Gedächtnis der Städteplanung verschwunden war, so hartnäckig hielt er sich, denn niemand fühlte sich dafür verantwortlich und keiner war gewillt, Energie und Ressourcen für etwas aufzubringen, das letztendlich niemanden störte und zumindest den Anwohnern mehr Nutzen brachte als ein Streifen Brachland, den man höchstens für Parkplätze hätte nutzen können. Es war auch davon auszugehen, dass die Existenz der Gräber jegliches Unterfangen zunichte gemacht oder zumindest so verkompliziert hätte, dass man gut daran tat, die Dinge exakt so zu belassen, wie sie seit vielen Jahrzehnten waren. In regelmäßigen Abständen wurden zwar Sichtkontrollen durchgeführt, um eventuelle Schäden und damit potenzielle Gefahren festzustellen, doch abgesehen davon wurde der grüne Streifen mit seinen darunterliegenden Schatten sich selbst überlassen.

Vielleicht waren es aber auch die Gerüchte über das drohende Unheil, sollte man den gerechten Pfad verlassen, die dafür sorgten, dass keine Bagger anrückten, um dieses seltsam anmutende Stück der geheimen Seele dieser Stadt auszuradieren.

So überdauerte die vergessene Trasse mit ihren eigenen und den sie umgebenden Wundern und Rätseln die Jahre wie kaum etwas in dieser sich schnell und ständig verändernden Stadt. Und jeder, der das Viertel kannte und wegzog, konnte jederzeit zurückkehren und bei einem Spaziergang in vergangenen Zeiten schwelgen, alte Erinnerungen und Emotionen hervorholen, lachen und weinen, durch die engen Gassen schlendern und irgendwann am Ende eines Durchgangs das Relikt mit seinen Pfeilern und Schatten erblicken. Die Trasse hütete all die Geheimnisse, die ihr anvertraut wurden, von heimlichen Liebeserklärungen Jugendlicher und reflektierenden Selbstgesprächen bis hin zu den stummen Gebeten an einem kühler werdenden Abend im Herbst.

Die eigene Welt konnte in Flammen stehen, doch auf die vergessene Trasse war Verlass; man musste den Ort lediglich respektieren.

Kapitel 37

D i e   S t r a ß e   z u r   W i r k l i c h k e i t

Der Wind zerriss die Wolkendecke und trieb die Fetzen hinfort, so dass kurz darauf ein Himmel erstrahlte, dessen Blau klarer und kühler wirkte als vor dem Regen. Überraschenderweise waren auch die mächtigen Wolkenberge verschwunden, die alles überragt hatten. Die Temperatur war durch das Fehlen der Sonne nur kurzzeitig gesunken und fand recht schnell zurück zu alter Stärke, genau wie die Schwüle, unterstützt durch all das verdunstende Wasser. Gräser und Blätter funkelten wie diamantbesetzt und gaben allem einen fast magischen Schein. Doch schon bald darauf hatten die letzten Windböen jeden verbliebenen Tropfen vom Grün gewischt. Abgesehen von ein paar kleinen Pfützen und feuchten Stellen im Schatten der Bäume erinnerte nach kurzer Zeit nichts mehr an den vergangenen Wetterumschwung.

Vilgan hatte die Bühne aus Beton verlassen und folgte dem Weg weiter hangabwärts. Dieser schlängelte sich zwischen Büschen und Bäumen dahin. Gelegentlich gab die Vegetation den Blick auf den unteren Teil des Geländes frei, wo er eine Reihe von mächtigen Palmen ausmachen konnte, die einen großen, terrassenförmig angelegten Zierbrunnen säumten.

Einige Zeit später erreichte er auf den großen, asphaltierten Hauptweg, der an dem Brunnen vorüberführte. Er schaute sich um, konnte aber erneut keinen anderen Besucher sichten.

Einige Vögel flatterten umher und tranken aus Pfützen oder nutzten die Gelegenheit für ein Bad und die Pflege ihres Gefieders. Die einzelnen Ebenen des Brunnens, die aus großen Betonplatten bestanden, die sich wie schwebend in dem riesigen Becken erhoben, sahen mit fließendem Wasser gewiss atemberaubend aus. Doch das herumliegende

Laub, das nicht einmal der Regen hatte komplett wegspülen können, verriet, dass der Brunnen schon seit längerer Zeit kein Wasser mehr führte.

Vilgan lief weiter, ohne darüber nachzudenken, ob diese oder jene Richtung die bessere war, denn trotz all der interessanten Dinge machte sich langsam eine Erschöpfung bemerkbar, die nicht nur der Hitze zuzuschreiben war. Umso mehr erfreute es ihn, als er an der nächsten Gabelung endlich einen weiteren Getränkeautomaten fand und daneben eine Übersichtskarte.

Er hielt sich die kalte Wasserflasche seitlich an den Hals, studierte die Karte und stellte fest, dass der Ausgang nicht weit entfernt und einfach zu erreichen war. Und da er nicht vorhatte, sich ein weiteres Mal zu verirren, stand der Entschluss fest, seinen Besuch hier zu beenden und den Park zu verlassen. Deshalb trank er den Rest des Wassers aus, warf die Flasche in den Abfallbehälter, kaufte eine weitere und lief los, um schleunigst in die Schatten der nächstgelegenen Bäume zu gelangen und dort etwas Schutz vor der brennenden Sonne zu finden.

Er würde noch lange an diesen Park denken und die zahllosen Eindrücke verarbeiten, dessen war er sich sicher, als er einer Straße folgte, die zum Bahnhof des Stadtteils führte.

Es waren nur vereinzelt Leute unterwegs, manche von ihnen mit Sonnenschirm, während er durch den Beton und den Asphalt noch mehr schwitzte als im Park. Er sehnte sich den klimatisierten Bahnhof herbei, doch dieser war noch nicht einmal auszumachen. Stattdessen verlor sich die kerzengerade verlaufende Straße in der Ferne. Also konnte er nichts weiter tun, als zu laufen und geduldig abzuwarten. Leider stand die Sonne hinter ihm am Himmel, so dass die Schatten der umliegenden Gebäude nichts weiter waren als schmale Streifen am Boden, die ihm keinerlei Schutz bieten konnten.

Etwas Abkühlung bot der Besuch in einem kleinen Supermarkt, wo er mehrere Minuten vor dem großen Kühlregal mit den Getränken stand, während er die Klimaanlage auf seiner Haut spürte. Da ihm aber klar war, dass er noch einiges an Weg zurückzulegen hatte und er nicht ewig hier stehen bleiben konnte, kaufte er eine kalte Flasche Mineralwasser und ein Wassereis am Stiel. So ausgerüstet verabschiedete er sich von der älteren Frau an der Kasse und trat wieder hinaus in den schönen aber unbarmherzigen Tag.

Nach mehreren Häuserblocks und Kreuzungen erstreckte sich rechter Hand ein Park, dessen Bäume ihn dazu einluden, den Wegen der Anlage zu folgen, weshalb er den Gehweg verließ und dem hinter einer Hecke parallel dazu verlaufenden Schotterweg folgte. Das Eis war längst gegessen – oder verschlungen, denn es wäre nur immer weiter geschmolzen, hätte er sich Zeit gelassen. Ferner war das Wasser in der Plastikflasche nicht mehr kalt. Aber trotzdem war Vilgan guter Dinge, während er am schattigen Rand des Parks lief, den singenden Vögeln lauschte und hin und wieder ein Auto hörte, das jenseits der Hecke vorüberfuhr.

Er konnte auch hier keine anderen Besucher ausmachen; niemand saß auf einer Bank, kein Kind spielte mit einem Ball und niemand ging mit seinem Hund spazieren. Und der minimale Verkehr auf den Straßen trug seinen Teil dazu bei, die mitunter surrealen Erfahrungen dieses Nachmittags in seiner Erinnerung wieder aufblühen zu lassen. Die Dinge um ihn herum fühlten sich immer wieder für einen kurzen Moment an, als wären sie das Produkt eines Traums und nicht das von Städteplanern, Architekten und Arbeitern.

Irgendwann verließ Vilgan den Park und tauchte wieder ein in die flirrende Hitze zwischen den Häusern, in dieses seltsame Gefühl, das nicht nur dieser Tag, sondern auch die vergangenen Tage in ihm erweckt hatten; und auf einmal wirkten die Dinge weniger finster.

Die Zukunft war weit weg, irgendwo am Horizont hinter den letzten Gebäuden der Stadt, ja sogar noch hinter den Hügeln und Bergen, die sich jenseits davon erhoben. Eventuell würde er sich diese Zuversicht bewahren können, denn was ihm der merkwürdige Park aufgezeigt hatte, war, dass er sich durchaus verirren und mit etwas Ruhe und Durchhaltevermögen trotzdem wieder auf einen Weg gelangen konnte, von welchem aus es dann weiterging. Und dafür musste er nichts weiter tun, als zu laufen. So einfach war das.

Als er schließlich den Bahnhof erreichte und in das dunkle, kühle Innere trat, wo sich zahllose Menschen tummelten, blieb er stehen und betrachtete das Treiben, das oberflächlich chaotisch wirkte, aber doch einem System zu folgen schien: Jeder wich jedem aus und niemand hielt plötzlich ohne Orientierung an, als wäre die Ausführung eines Computerprogramms in einer Endlosschleife gefangen. Er kannte keinen dieser Menschen, und doch war er sich sicher, dass auch einigen von ihnen seine Gedanken nicht fremd waren. Aber eventuell war deshalb jeder so geschäftig unterwegs, um dem Kopf nicht die Möglichkeit zu bieten, in die weniger guten Regionen abzudriften. Noch vor Jahren war er sich sicher, dass so etwas Emotionen abtötete. Doch nun empfand er allein die Vorstellung als Segen.

Ein kleines Mädchen in einem Kleid mit Blumenmuster sprang ihm ins Auge. Das Kind trug keine Schuhe und lief mit dreckigen Füßen zwischen all den Leuten und wusste offenbar ganz genau, wohin es wollte.

Vilgan war sich aus dem Nichts heraus *sicher*, das Mädchen schon einmal gesehen zu haben, konnte aber nicht sagen, wann und wo. Wenn es den Leuten auswich und dabei fast sein Gesicht zu Vilgan drehte, konnte dieser ein grünliches Leuchten oder Funkeln ausmachen, das einem Punkt vor der Stirn des Kindes entsprang, etwas, das ihm ebenfalls bekannt vorkam.

Aus irgendeinem Grund hinterfragte er die Situation nicht. Keine Mutter, die einen Namen rief, niemand, der sich von tiefer Besorgnis und Panik getrieben durch die Menschenmassen kämpfte und sich dabei suchend umsah. Jeder ging seinem Tag nach; keiner blieb verwundert stehen, obwohl das Mädchen mit der gebräunten Haut und dem zerzausten, aschblonden Haar direkt vor ihnen auftauchte.

So schnell, wie ihm das Mädchen aufgefallen war, so schnell war es auch zwischen all den Besuchern des Bahnhofs verschwunden.

Plötzlich riss ihn eine Stimme aus seinen Gedanken: „Was glaubst du eigentlich, was du hier machst?"

Vilgan schaute zur Seite und erblickte Calensto Vird.

Der Mann trug einen dunkelgrauen Wollpullover und eine Stoffhose, die sehr derb wirkte. Darüber hatte er eine Jacke, deren beigefarbenes Gewebe an zahllosen Stellen von grünlichen Adern durchzogen wurde und von Moos bedeckt war, mal als dünner Film, mal als dichter, weicher Belag.

In der ungewöhnlichen Kleidung, barfuß und mit seinem Filzhut auf dem Kopf sah Vird in dieser Umgebung wie ein Zeitreisender aus, der sich verirrt hatte.

Vird betrachtete das Treiben im Bahnhof, als würde er Vilgan ignorieren.

Vilgan wollte gerade etwas sagen, als ein lautes Tosen das Gebäude erschütterte. Fast gleichzeitig ertönte ein ohrenbetäubendes Zischen aus dem Inneren des Bahnhofs, das einem wütenden Fauchen glich.

Er wusste nur zu genau, was das zu bedeuten hatte, und doch entzog sich die Situation seinem Verständnis.

Calensto Vird blickte zu Vilgan und nickte ihm mit einem leichten Lächeln zu.

Auf einmal atmete der Bahnhof warme Luft aus, die nach Öl und Eisen roch – und nach Baumharz, und das so intensiv, dass Vilgans Augen zu tränen begannen.

Im nächsten Augenbl

Nachspiel

V o n   F ä d e n ,   d i e   s i c h   v e r l i e r e n

Der Zug rollte durch die flache Landschaft, die von Feldern, kleinen Ortschaften, Wegen und Straßen durchzogen wurde. Im Hintergrund lagen hügelige Wälder am Fuß des Berges, welcher über der gesamten Region thronte. Dennoch war er nichts weiter als ein Zwerg im Vergleich zu den majestätischen Wolkenformationen, die sich hoch in den blauen Himmel erhoben.

Isbel war allein. Ein paar Reihen vor ihr saß eine ältere Frau mit einem Strohhut auf der anderen Seite des Mittelgangs und schaute aus dem Fenster. Ansonsten war der Waggon leer.

Sie betrachtete das Buch – oder besser gesagt das, was davon übrig war. Der untere Teil der Seite fehlte, so auch der Rest des Buches und der gesamte Einband, weshalb der tatsächliche Umfang ein Geheimnis blieb. Sie hatte den Buchblock beim Warten auf ihren Zug gefunden, auf einer Bank am Ende des Bahnsteigs.

Isbel erinnerte sich nur zu lebhaft an das Buch, das sie vor Jahren in einem Zugabteil entdeckt hatte. Das war auch einer dieser seltsamen Momente gewesen. Hinzu kam unweigerlich die Parallele, dass auch in diesem Text der Name ‚Yaco' auftauchte, gemeinsam mit Details, die sie aus dem anderen Buch kannte und welche zu spezifisch waren, um diese dem Zufall zuzuschreiben.

Sie legte das Buch auf den Sitzplatz neben sich und schaute wieder aus dem Fenster.

Das Buch war wie ein Motiv auf Stoff, dessen Ränder so zerfranst waren, dass sich die Fäden unaufhaltsam trennten und die Zeit nach und nach immer mehr des Bildes auflöste; das Gefüge verschwand und damit unweigerlich der Sinn.

Während sie die kühle Luft aus der Klimaanlage auf der Haut spürte, wurde ihr bewusst, dass auch sie bald unerträglich schwitzen würde, genau wie Vilgan, denn das Ziel ihres Tagesausflugs lag ebenfalls mitten in einer riesigen Stadt. Das war schon ein sonderbarer Zufall.

Mit diesem Gedanken lehnte sich Isbel zurück und schloss die Augen, denn die Fahrt würde noch eine Weile dauern.

Ende.

»Bald wirst du alles vergessen haben, und bald wirst auch du bei allen in Vergessenheit sein.«

Marcus Aurelius Antoninus
›Selbstbetrachtungen‹
Siebentes Buch, 21., Albert Wittstock

Obwohl die Handlung und die Charaktere dieses Romans frei erfunden sind, gibt es für den Park, durch den Vilgan irrt, ein reales Vorbild: Es handelt sich um den Tsurumi Ryokuchi Park im Stadtbezirk Tsurumi in Ōsaka, Japan, in welchem die Expo '90 (The International Garden and Greenery Exposition) stattfand.

»Es gibt nur ein Sonnenlicht, obgleich es durch Wände, Gebirge und andere Dinge bis ins Unendliche zerteilt wird«

Marcus Aurelius Antoninus
›Selbstbetrachtungen‹
Zwölftes Buch, 30., Albert Wittstock